虫樹音楽集

奥泉　光

集英社文庫

目次

川辺のザムザ　9
地中のザムザとは何者?　37
菊池英久「渡辺柾一論――虫愛づるテナーマン」について　47
虫王伝　65
特集「ニッポンのジャズマン二〇〇人」――畝木真治
（別冊『音楽世界』1994年よりの抜粋）　101
虫樹譚　113
Metamorphosis　187
変身の書架　233
「川辺のザムザ」再説　265
解説　円堂都司昭　298

虫樹音楽集

バードは、普通の三倍の早さでアルトを吹いていたが、自分のパターンを踏みはずすことは、ぜったいになかった。自分の出すべき音が、指を動かすよりもさきにすでにはっきりとバードにはわかっていたのだ。

——ハロルド・ベイカー『チャーリー・パーカーの伝説』

毎日、毎日そうして眺めていると、すこし距離のある物の形がだんだんぼんやり霞《かす》んで見えてくる。前にはいやでも目にはいるので呪わしく思っていた、向かいの病院の建物でさえ、いまではさっぱり見えなくなった。閑静ではあるが、完全に都会ふうな外観をもつシャルロッテ通りに住んでいることを、もし彼が自分で正確に知っていなかったら、おそらくは灰色の空と、灰色の大地とがひとつに溶けこんで、地平線もわからぬような荒野を自分はいま窓から眺めているのだ、とうっかり信じこんだかもしれない。

——フランツ・カフカ『変身』

川辺のザムザ

1

通称イモナベこと渡辺猪一郎《いのいちろう》が五年間の米国留学から戻ったのが七〇年の十一月、同月の二十五日には早くも「凱旋《がいせん》コンサート」が渋谷の内島《うちしま》画廊で開かれた。これはイモナベの古くからの知り合いで雑誌『Passion』の編集長であった菊池英久の企画によるもので、島岡和也（b）、巻健次（p）、ケニー杉原（d）のメンバーを従えたイモナベは、テナーサックスとバスクラリネットを持ち替え、スタンダードを中心に六曲ほど演奏した。

それより五年前の六五年、同じ渡辺の渡辺貞夫が、やはり同じ米国留学から帰国した直後、銀座の〈ギャラリー8〉に突然現れた際には、宣伝をしたわけでもないのに噂《うわさ》を聞きつけた観客で客席は埋めつくされ、大変な熱気のなか、佐藤允彦《まさひこ》（p）、稲葉国光（b）、富樫雅彦（d）の共演を得た渡辺貞夫が物凄《ものすご》い演奏を披露して聴衆を驚倒せしめた一夜のセッションは、「日本のジャズ生誕」の出来事として既に神話となった感があるが、これに対し、イモナベのコンサートは、とくに話題にならなかったせいもあって、客の入りは悪く、演奏の評判も概して芳しくなかった。『モダンジャズ評論』'71年春季号掲載のライブ評では、渡辺猪一郎の「凱旋コンサート」は次のように書かれている。

「……よく言や、落ち着いたおとなの演奏だ。銀座のクラブあたりで、おねえちゃんの肩でも抱きつつ、カクテル片手にジャズでも聴こうかてなネクタイ人種にはちょうどいいんだろう。だが、堕落した感性に刃をつきつけるジャズの創造性からみたら、まるで期待はずれ。腑《ふぬ》抜けのたわごと。こっちの優秀なミュージシャンが逆にアメリカに進出しつつある現在、凱旋コンサートとうたう感覚がそもそもアナクロというしかないですね。」

六五年から七〇年の五年間は、日本のモダンジャズ史にとってまさに疾風怒濤《しっぷうどとう》の時代であった。輸入に始まったジャズが、演劇や映画や文芸、他ジャンルと絡みあいながら一個の「前衛」として日本の土壌に根付き、一遍に花を咲かせた時代であった。リード奏者に限っても、高木元輝《もとてる》、武田和命《かずのり》、阿部薫といった個性が次々出現して、フリージャズの旗印の下、新宿近辺を中心に夜な夜な刺激的なプレイを繰り広げていたから、彼らより一世代上で、「落ち着いたおとなの演奏」をするイモナベが霞《かす》むのは仕方がなかった。六五年から七〇年の、この決定的な時期に日本にいなかったこと自体、イモナベの才能欠如の証拠だと決めつける批評家もあった。留学して却《かえ》って感覚が後退したのではないかと疑う同業者もあった。いずれにせよ、留守中の日本のジャズシーンの変貌《へんぼう》ぶりに、米国留学前には次代を担うべき俊英との評価を受けていたイモナベは、浦島太郎の戸惑いを覚えているんだろうと、業界周辺はやや意地悪く同情した。

だが、この観測は間違っていた。技術はむろんのこと、個性の点でも、イモナベは決して他のプレイヤーに引けをとらなかった。いやむしろ断然引き離していたというべきだろう。しかし、それが明らかになるのはもう少し後のことで、帰国してから数年は、各所のジャズクラブで鳴かず飛ばず、地味に活動していたらしい。私がはじめてイモナべの演奏を聴いたのは、七三年の夏、埼玉県の川口市にあった〈キャノンボール〉のライブ、高校の吹奏楽部の先輩でドラマーの春藤孝則氏が出演するというので、仲間と一緒に応援に駆けつけた際である。このときのメンバーは、ギターの山瀬圭太をリーダーに、ドラムスとベースにテナーサックスが加わったカルテットで、そのテナーがイモナべなのであった。

まずはイモナべが瘦身《そうしん》で小柄なことに、テナー奏者は大男でなければならぬとのイメージを何故ともなく抱いていた私は意外の感にうたれた。のちに都内や近県のジャズスポットに足繁《あししげ》く通うようになって、ホーンプレイヤーには案外小柄な人が多い事実に気付かされたけれど、プロのテナー吹きを間近に見るのはこれがはじめての機会だったから、楽器に絡み付くような格好で吹く細身の小男に奇嬌《ききょう》な感じを抱いたのを覚えている。

山瀬圭太は『Once I Loved』なるボサノヴァのアルバムを出したばかりで、この日もアルバムから何曲か演奏した。ボサノヴァを吹くテナーといえばスタン・ゲッツである。一緒に行った友人も「あのテナーはゲッツだよ」と得意げに分類してみせた。実際には、イモナベはスタン・ゲッツとは本質的にタイプの異なる演奏家であったけれど、世評とは概して大雑把なものだ。『Once I Loved』がジャズのレコードとしては小ヒットとなったおかげで、イモナベはゲッツ風の演奏をするテナー奏者としてジャズファンから認知されるに至り、同じくボサノヴァで一般の人気を得たナベサダには及ばぬものの、少しは人気も出た。その年の暮れの『Jazz Journal』人気投票では、一年限りではあったけれど、渡辺猪一郎はテナーサックス部門で第六位に顔を出したのである。

イモナベの演奏については、〈キャノンボール〉で聴いた時点での私は、「枯れている」とする以外に評言がなかった。音色がきれいだなと思ったことは覚えているものの、フレージングは全体にぎこちなく、音数も少なくて、渡辺猪一郎は実力派のプレイヤーであるとの春藤氏からの事前情報がなかったら、ただの下手糞《へたくそ》と断じていただろう。モダンジャズ史のなかで、恐らくは最も技術の高い演奏家であったエリック・ドルフィーが、当時の私のアイドルであった。どちらにしても、イモナベの演奏から私は大した印象を得ることがなかった。端的にいって詰まらなかった。けれども、演奏とは別のところでイモナベは私に印象を残した。というのはカフカである。

この日私は出がけに池袋《いけぶくろ》の書店で本を買い、偶々《たまたま》鞄《かばん》に入れていた。それはフランツ・カフカ『変身』の文庫本であった。これを見たイモナベが、休憩中に声をかけてきたのである。細かい経緯は忘れてしまった。けれども、イモナベが口にした言葉は鮮明に記憶している。

――カフカの Verwandlung は変身と普通訳すけれど、これは本当は変態と訳すべきなんだ。

私はイモナベのライブを都合三度聴いたが、直接言葉を交わしたのは、この〈キャノンボール〉が唯一の機会である。変身ではなく変態。出し抜けに言葉をかけられた高校生の私がいかなる応接をしたかは覚えていない。何故かと、たぶん私は訊《き》いたのだろう。グラスのコーラを啜《すす》ったイモナベはおおよそ次のような事柄を語った。

変態とは生物学の用語であり、つまり、「気がかりな夢」から覚めたグレゴール・ザムザは虫に変態したのである。幼虫だったザムザは変態を経て、成虫として完成した。これはザムザに限ったことではなく、人は誰しも未完成な幼虫なのだが、大抵の人はそのことを知らず、変態前に死んでしまう。だからカフカの小説は、変態を経験し、成虫と成った、生物としての存在様態を全うした男の希有《けう》な記録として読まれるべきである。

以上はむろん私の記憶に拠《よ》る再構成であって、実際にイモナベがこのように語ったのではないだろう。ひょっとすると、まるで違うことを喋《しゃべ》っていた可能性すらある。とはいえ、いま三十年余の時間を経て、広くないジャズ喫茶の、小さな丸卓に向かい合わせに座った男の口から出た言葉が、こうした形で我が記憶に定着している事実は否定しようがない。カフカの『変態』。あのときの私は、はじめて会った歳上のミュージシャンの言葉をどのように聞いたのだろうか。ひたすら畏《かしこ》まっていたか、それとも理解しにくい冗談に困惑して防御の薄笑いを浮かべていたか。よくは思い出せない。どちらにしても、イモナベの言葉は決して冗談ではなかった。そのことをほどなく私は知ったのである。

2

同じ年、すなわち七三年の十二月、イモナベは自分のグループを結成して活動を始めた。テナーサックスに、ドラムスとベースを加えたトリオ編成で、若手の金子彰文(b)と坂出康二《さかいでこうじ》(d)が最初のメンバーである。これは山瀬圭太のグループとは違い、フリーコンセプトに貫かれたもので、『孵化《ふか》』と表題の付されたコンサートが、暮れも押し詰まった十二月二十九日、浅草橋の秋草会館で行われた。その少し前に出た『Jazz Journal』'74年新年号――イモナベが六位に入った人気投票の載った号だ――には、イモナベのインタビュー記事も出た。思えばこの頃が商業的な意味ではイモナベの絶頂期であり、

「渡辺猪一郎の新たなる出発」と題された記事では、イモナベの留学時代にはじまり、新しいグループによる活動を中心に質問がなされていて、『孵化』のことを私が知ったのもこの記事からである。

なかでイモナベは渾名《あだな》について訊かれていた。渡辺という苗字《みようじ》の者が複数いる場合、名前と組み合わせて上下をひっくり返すのはバンドマンの符丁であり、渡辺貞夫ならサダナベ、渡辺猪一郎ならイノナベとなる。さらにこれが変化して、サダナベが再度ひっくり返ってナベサダ、イノナベが訛《なま》ってイモナベになったとは、高校生の私でも推測できた。しかし、「イモ」といえばジャズの世界では「最低」の代名詞であり、イモナベはいくらなんでもないいんじゃないかとは誰でも思うわけで、インタビュアーもこの点は気になっていたらしい。これに対してイモナベは、妹《いも》は古語で「愛しい女」の意味であり、気に入っていると答え、イモが芋虫に繋《つな》がるのもいい点だといっていた。芋虫がいいとは随分唐突に思えるが、これはイモナベの米国留学の話と繋がっているので、というのは、イモナベは五年間の留学中、カリフォルニアの田舎町の大学にいて、毎日虫と顔をあわせて暮らしていたというのだ。

JJ　でも、音楽学校に行ってたんですよね？

渡辺　いや、行かなかった。いまさら学校で習っても仕方がないと思ったからね。

ＪＪ　じゃ大学っていうのは？
渡辺　だから生物学科だね。
ＪＪ　というと、生物学の研究に行ってた？
渡辺　研究するつもりはなかったんだけど、結局はそういうことになったのかな。学生じゃなくてね、昆虫の飼育係をアルバイトでしていたんだよね。それで虫には詳しくなった。
ＪＪ　楽器の練習は？
渡辺　してたよ。昆虫を飼育する馬鹿《ばか》でかい温室があるんだけど、そこでよく吹いた。
ＪＪ　虫とセッションしてたんだ？
渡辺　そういうこと。五年間、毎日つきあったからね。虫からは色々と教えてもらった。彼らは人間とは全く違う感覚の世界に生きているわけで、我々人間には思いもよらないものを見たり聴いたりしている。虫の感覚は刺激的だよね。いま自分が持っているアイデアは全部、虫から得たものだといってもいいだろうね。

インタビュアーは以上をジャズマンに特有の冗談、ないしは韜晦《とうかい》と考えたらしく、「少し音楽のことを真面目《まじめ》に話すとして」と直後にいって話題を変えているところからもそれは明らかだ。この後は『Once I Loved』に関する「真面目」な話、サックスの奏法についての「真面目」な話と続いて、最後が『孵化』を巡っての話題となる。これに関してイモナベは、少しずつリハーサルを始めてはいるものの、コンセプトが固まりきっていないのだとして、あまり多くを語っていない。ただ、米国滞在中から温めていたアイデアを是非とも試してみたいのだとイモナベは語り、これを受けたインタビュアーが「虫から教わったアイデアを披露するわけだ（笑）」と冗談めかして対話は終わっている。が、イモナベは決して冗談をいったのでもなく、ふざけたのでもなかったのだ。

私自身は『孵化』コンサートには行かなかった。行く理由がなかった。だから以下は後から聞いたり読んだりした話なのだが、結論をいえば、これは大変に評判が悪かった。当日手伝いで会場にいた春藤氏によれば、イモナベと付き合いのある業界仲間の尽力で、三百名入るホールは三分の二が埋まり、演奏の方も、非常に静かな、でありながら鋭い緊張を孕《はら》んだ、要するにいい感じで始まったらしい。ところが、いつまで経《た》っても演奏は同じような調子で続くばかりで、聴衆がいい加減飽きはじめた頃合い、妙なことが起こった。妙なこととは、つまり、イモナベが着ていた服をいきなり脱ぎ出したのである。イモナベは白いパンツ一枚になり、さらにはそれも脱いで、ついに全裸となった。それからまた同じようにサックスを吹いた。会場はざわめき、共演者にも予想外の展開だったらしく、若いメンバーは呆然《ぼうぜん》となりつつ、でもなんとか演奏を継続して、それから二十分ほどで起伏のないままライブは終了した。というか、唐突に吹きやめたイモナベが脱いだ服を抱えて舞台袖《そで》へ引っ込んだので、ベース、ドラムスもやむを得ず終わりにしたということらしい。楽屋へ戻ったイモナベは、裸のまま便所に入り、裸のまま差し入れのコーラを飲み、裸のままサックスをケースに仕舞い、それからようやく服を着て、声もなく突っ立ったメンバーやスタッフに向かって、お疲れさまと一言声をかけて帰っていったという。

——笑えればさ、いいんだよ、笑えれば、と春藤氏は今更ながらに嘆じた。ところが、イモナベのパフォーマンスは、どれほど好意的な観客にとっても、まるで笑えぬ悪ふざけとしか見えなかったというから救えない。

——パフォーマンスになってりゃまだいいんだよ。変なセットか何か舞台に置いちゃってさ、芝居のつもりだったのかもしれないけど、とりあえず裸になってサックス吹いてみました、って感じしかないんだよね。客もあれだけど、ホールの人は激怒するし、メンバーもしらけきって、ありゃ、結構拙《まず》いよね、と批評的に述べた春藤氏は、一つだけイモナベが男をあげた点があると加えた。

——イモナベさんのチンポが非常にでっかいんだよね。あれには参ったね。完全に負けた。

『モダンジャズ評論』'74年春季号のライブ評欄は、イモナベのペニスには触れず、珍しく生真面目な調子で、ここ数年のジャズライブのパフォーマンス化傾向に警鐘を鳴らしつつ、楽器演奏という原点に戻るべきを論じ、否定さるべきパフォーマンスの最低最悪の実例として、「ここで取り上げるのも馬鹿馬鹿しいが」と前置きしたうえで、イモナベのコンサートを紹介していた。

この失敗で錯乱さえ疑われたイモナベであったが、以後もときどきは雑誌のライブ情報で名前を見かけた。〈キャノンボール〉にも山瀬圭太カルテットでたまに出ていて、ここでは服は脱がず以前と変わらぬ演奏をしていると店のマスターからは聞いた。もっとも私はイモナベの動向に殊更な注意を払っていたわけではない。払うわけがない。浪人を経て大学生となった私はときどきライブを独りで聴きに行くようになっていたが、少ない予算をイモナベに使うほど酔狂じゃない。イモナベを聴くとしたら、当時よく通った〈キャノンボール〉以外になかったが、ドラムスが春藤先輩から別の人に代わっていたこともあり、山瀬圭太グループには食指が動かなかった。

その私が、イモナベのライブコンサートに行くことになったのだから、世の中面白いといえば面白い。不思議といえば不思議である。きっかけは〈キャノンボール〉で見かけたチラシだ。質の悪い紙に黒の単色で印刷されたチラシには、「渡辺猪一郎ソロコンサート」とあり、その下に並んだ『幼虫』vol.5 の比較的に大きな活字が眼を惹《ひ》いた。『孵化』から『幼虫』へ。その道筋が理解されたとき、イモナベが裸になった理由が分かった気が私はした。孵化したばかりの幼虫ならば、そいつは当然裸だろう、と考えたら急に笑いがこみあげて、「幼虫」となった全裸のイモナベが、それこそ芋虫みたいな巨大な一物をぶらぶらさせつつ、舞台狭しと暴れ回る様子を想って笑いがとまらなくなった。それにしても、となお笑いながら私は思案した。vol. 5とは凄いもんだ。『幼虫』はこっちが知らないうちに四回もやられていたのだ！　こいつは油断した、全く惜しいことをした、とは、しかし全然思わなかったわけで、これだけなら私がイモナベのライブに足を向けることはなかっただろう。にわかな興味が湧《わ》き起こるのを覚えたのは、チラシの惹句《じゃっく》を見たときだ。

「幼虫はまどろみ、夢を見る。やがて来《きた》るべき変態のときに向かって」

変身ではなく変態。かつてイモナベから聞いたカフカの話を私は思い出さないわけにはいかなかった。孵化して幼虫となったイモナベは、変態のときを待ってまどろみ、夢を見ているのではあるまいか。夢というのは、この場合、「気がかりな夢」であり、夢から覚めたときが変態のときに他ならない。洋服行商人グレゴール・ザムザがそうだったように！

その頃、大学の授業で偶々《たまたま》カフカ『変身』を丁寧に読みつつあることもあった。イモナベはザムザである。このことはおそらく世界の誰もまだ気付いていないだろう。もちろんそれは誰も気付こうとしないからだし、また気付いたところで益がないからだが、しかし、どんなに詰まらぬことだろうが発見は発見である。日時は一週間後の土曜夜八時。場所は下北沢、劇団「暗黒星雲」稽古場《けいこば》となっていた。ささやかな発見の昂奮《こうふん》、とまではいかぬものの、それでも何かしらの感興が、私を下北沢へ向かわせたのである。

3

ライブ会場は一階が居酒屋チェーン店になった箱ビルの地下にあった。「渡辺ライブはこちら」と書かれた貼り紙に従って薄暗い階段を下りて行くと、黒いカーテンの降りた入口があったので覗《のぞ》けば、なかは学校の教室くらいの部屋である。書割りの残骸《ざんがい》やら照明器具やら何やらが壁際に積まれた空間の、床半分に平台を置いた上に薄っぺらな座布団が散らばっているのが客席で、先客が二人あった。どこで入場券を買うのかと、客の一人に尋ねれば、黒いランニングシャツの男は、分からないという印に手をひらひら振った。仕方なく入口近くに腰を下ろしたら、長髪に黒眼鏡の男が出て来て金を集め、冷えていない缶麦酒《ビール》を配った。

床の残り半分、剝《む》き出しの混凝土《コンクリート》がそのまま舞台で、向かって左側にドラムセットが組まれ、天井に吊《つ》られた照明で真ん中あたりだけが薄明るくなっている。舞台奥には芝居のセットが組んであった。アトリエ公演で使ったのがそのままになっているんだろう、大きな衝立《ついた》てに寝台や書棚などが絵の具で描かれ、真正面の窓の所だけ穴があいて奥の混凝土《コンクリート》壁が覗いている。窓の前に、それだけは本物の古い皮革のソファーが、片付けたらいいだろうに、いかにも邪魔な感じで放置されていた。

定刻の八時を十分ほど過ぎ、客が四人になったところで、先刻の長髪黒眼鏡がドラムを叩《たた》き出した。チラシにはソロコンサートとあったのに、意外にもドラマーがいたわけで、ただしメンバー紹介のようなものは一切なく、だから彼が何者なのか、ついに分からずじまいであった。演奏なのか、それともただちょっと遊んでみているだけなのか、どちらとも区別のつかぬ感じでドラム演奏がだらだらと五分ほど続いた後、テナーサックスを抱えたイモナベがセットの裏から登場した。かくて、使い古しの書割りの「部屋」で、演奏は本格的に始まったのである。

イモナベは脱ぐか。それが私の興味の一つだった。結論をいえば、イモナベは脱がなかった。つまり、彼は最初から裸だったのである。考えてみたら、幼虫なのだから、裸なのが当然だ。もっともイモナベは全裸ではなく、暗黒舞踏の踊り手がするような下穿《したば》きをつけて、僅《わず》かに股間《こかん》は隠されていたから、問題の偉大なる物件を拝むことは叶《かな》わなかった。イモナベは異様なほど痩《や》せ、軀《からだ》の色が真っ白で、それこそ或《あ》る種の昆虫の幼虫の膚《はだ》を想わせるものがあった。しかし、何より眼を惹いたのは、胸毛だ。下穿きからはみ出した黒々とした剛毛が、草原に燃え立つ火焔《かえん》めいて、腹から胸までを覆い、以前とは違って長く伸ばした髪と相呼応して、不思議な力感を放っていた。

地下の薄暗がりのなか、クスリにいかれた者みたいに大頭をふらふらさせて太鼓を叩く黒眼鏡。眼を瞑《つむ》り、幾分傾いた姿勢でくすんだ色の楽器に絡み付く裸の胸毛男。それを凝《じ》っと眺める四人の観客。という構図は、客観から眺むるならば、かなり異様であり、また滑稽《こっけい》であるともいえた。けれども、私はまもなく、サックス奏者の股間の膨らみも、脛毛《すねげ》の濃い脚を妙にくねらせるおかしな仕草も、胸の剛毛も全然気にならなくなった。イモナベの奏でる音が、私に他を忘れさせた。音数はやはり少なく、フレージングにどこかぎこちない風があるのはたしかなのだけれど、音色のよさとあいまって不思議な透明感が漂った。多くのフリージャズがそうであるような攻撃性は一切なく、リズムを叩き出すというより、装飾的に鳴らされる太鼓やシンバルが、淡々と吹き流されるサックスの響きにゆるやかに呼応した。ドラマーははっきりいって素人で、ときにドラムスが余計な昂《たかぶ》りを見せたときには、イモナベは驚くほど長く続く低音のロングトーンで待機し、太鼓が鎮まるとまたはじめた。曲は調性をいささかも感じさせずに先へ先へと伸びた。スピード感を欠いた演奏は単調だった。退屈でないかといわれれば、否定する自信はない。だが少なくとも、私にとって、これが一度も聴いたことのない音楽であるのは間違いなかった。

人の声に近い楽器だからなのか、サックスは物静かなフレーズを奏でると、深い叙情性を帯びる性質があると私は思う。これはフリーコンセプトでも変わらない。オーネット・コールマン然《しか》り、阿部薫然り。だが、イモナベの演奏は、叙情からはほど遠い、むしろ対極的な何かで、えげつない即物性の印象を与えながら、しかもそれが透明で、あえていえば美しいのだ。虫の感覚。かつてイモナベがインタビューで語った言葉が思い出されると、その言葉に導かれて、夏野に飛び交う虫たちの透き通る翅《はね》の音に、やはり一匹の虫であるイモナベが応答しているのだとの幻想が到来した。まだ幼虫で翅を持たないイモナベは、探し出した葦《あし》を口にくわえ、唇でふるわせ声をあげる。

一方で私は、これもインタビューにあった、イモナベの演奏技術をめぐる言葉を思い返した。自分は「手癖」では吹かない。そうイモナベは語っていた。アドリブにおいて、手慣れたフレーズをただ繰り返したり、手が動くままに音を出したりしたくない。音を出す瞬間に音の輪郭を完全に摑《つか》んでいたい。イモナベはそのように語っていた。しかし、手癖だろうが何だろうが、出てしまった音は出てしまった音として全面的に受け入れ、これをどうにか意味付けるべくフレーズを次々繰り出していくのがジャズのアドリブではないか。インタビュアーの反問には、そういうやり方もあると思うが、自分は違うとはっきり答えたうえで、目指す方向にあって我が理想に近い演奏家はチャーリー・パーカーであると名前を挙げた。チャーリー・パーカーは天才であるが故に、音の輪郭を明確に摑みながら、あれだけ速いパッセージを吹くことができた。自分は凡才だから、あんなに速くは吹けないけれど、「音を摑む」ことは心がけたい。これを読んだ時、イモナベの音数の少なさ、フレージングのどことないぎこちなさの理由を私は理解した。理解はしたけれど、だからといって評価は高まらなかった。演奏家が何を考えようが、出た音が詰まらないんじゃ仕方がない。

けれども、いまやイモナベの「音を摑む」技法は、効果を発揮しているといわざるをえなかった。濁った音や、音程の判然としない曖昧《あいまい》な音は一つもなく、だから畢竟《ひっきょう》その音列は十二種類の音でしかないわけだけれど、にもかかわらず、きわめて耳慣れぬ響きとなって届いてくるのが不思議だった。無調の響きそのものは珍しくもなんともない。むしろ数多《あまた》のフリージャズで聴かれる無調の音には飽き飽きしていたくらいだ。だから、耳慣れぬこと自体、希有な経験であり、つまり、これは斬新といってよかった。

木質の手触りがある音色の独自性が、新しさの印象を生む要因だったのかもしれない。あるいは急がないリズムの特性が、と、いまあれこれ記憶を探ってみれば、イモナベの演奏が本当に凄いものだったかどうか、にわかに確信は失われる。およそモダンジャズなるジャンルにおいて、七〇年代も半ばになって真に新しいものなどありえただろうかと、どうしても考えてしまう。人間は雰囲気に弱い生き物だ。暗い地下で、独り蒼《あお》い光を浴びた裸の男の放つ異形の気に私は吞《の》まれ、ありもしない名演の幻影に惑わされただけなのではないか。いまとなってはもう分からぬが、いずれにせよ、途切れぬ音の響きに晒《さら》された私が、周囲の空気を濃密なものに感じ、倉庫風の殺風景な地下室全体が生々しく息づくように思ったことは疑えない。サックスの響きが、地下の空間そのものが発する「声」であると感じられはじめ、それとともに、イモナベはいよいよ虫らしく思えてきた。イモナベは楽器を吹いているのではなく、楽器に絡み付き、むしろ楽器から何かを吸っているかのごとくに見えた。錆《さび》にくすんだテナーサックスは植物の根であり、剛毛を生やした白い幼虫が草の根からしきりと樹液を吸っている。かくて土中密《ひそ》かに栄養を蓄えながら、幼虫はやがて来る変態のときを待つのだ。

演奏は五十分ほどで終わった。唐突と感じられる仕方で吹きやめたイモナベは、楽器を首の吊《つ》り紐《ひも》から外し、書割りの裏側に消えた。「窓」の向こうにイモナベの姿が一瞬見え、通り過ぎる横顔が、この場の出来事とはまるで無縁な者のようであることに私は微《かす》かな衝撃を受けた。鉄扉の開閉する音が聞こえると、黒眼鏡のドラマーが椅子《いす》から降り、客席に向かって、エート、これで終わりですと、何が可笑《おか》しいのか、爆笑を必死で抑え込むかのような調子でいった。客は儀礼的に拍手をしてから、黙って出口へ向かった。私も遅れずに後から続いた。

4

下北沢のライブの頃を境に、イモナベはジャズシーンから姿を消した。ライブ情報に名前は出ず、山瀬圭太のグループにもイモナベの名前はなかった。それはそうだろうと、私は幾分安堵《あんど》するような気持ちで考えた。下北沢でのイモナベは、すっかり「あちら」へ行ってしまった人の印象が強くて、一般の店で酔客相手にボサノヴァを吹いたりする姿はとても想像出来なかった。むしろ逆に、『孵化』以来の、ユニークと呼ぶ他ない活動を始めながら、〈キャノンボール〉あたりに何食わぬ顔で出ていたことの方が驚異といえた。『幼虫』はvol.6、vol.7と、なお続いていると想像されたけれど、チラシは見かけず、噂も聞かなかった。春藤氏も会うことはないそうで、イモナベが入院したらしいとの、確度の高くない情報を伝えてくれた。

もし『幼虫』ライブがあるなら、また行ってもよいと私は考えた。思えば、高校生の私が生まれてはじめて足を踏み入れたジャズ喫茶で聴いたのが、イモナベなのだった。これは奇《く》しき縁といってよいのではあるまいか。そのことを、そしてまた、あのときカフカの話を聞いたことを、だからというわけでは別にないけれど、カフカの『変身』がとても好きな小説であることを、イモナベに話せなかったのが私はやや心残りだった。

もっとも、ライブに行って話しかける機会がかりにあったとして、イモナベがあのような異形の姿でいる限り、交わす言葉は見出《みいだ》せそうにもなかった。どちらにしても、イモナベの活動の情報は、以後はどこからも伝わってこなかったのである。

　ジャズそのものも、七〇年代の終わりに向かって、急速にエネルギーを失いつつあった。優秀な若いミュージシャンは次々現れてはいたけれど、かつてジャズが持ち得た「表現」の力を見出すのは難しくなった。商業主義がジャズを呑込んだ、といえば簡単だけれど、アメリカの黒人がそれをはじめた時から、ジャズは商業主義に絶えず直面してきたのであり、商業主義と無縁なところで「表現」専一でやれるほど暢気《のんき》なジャンルではない。あの時分よくいわれたように、ジャズが死んだかどうかはともかく、ジャズにとって特権的な時代が終焉《しゅうえん》しつつあるのは疑えなかった。一抹の淋《さび》しさを覚えながら、私はこの事態を認め、だからといって耳の喜びとしてのジャズが消えるのではなかった。けれども、「表現」への意欲以外何一つないと見える、それこそ裸体ともいうべきイモナベのライブに生存の余地はなさそうだった。『幼虫』はアングラの強烈な臭《にお》いを放ってやまなかった。鼻が曲がるほどだった。だが、アングラの言葉はすでに死語となり、郷愁の対象となって久しかった。夏が去って蟬《せみ》が鳴きやむように、あるいは秋の深まりとともに庭の虫声が消えるように、イモナベはいなくなった。単純に食えないこともあるだろう。孤立のなかで精神に異常をきたすことだってあるだろう。ライブを実見した私は、イモナベが半ば錯乱しているのではあるまいかと、やはり考えないわけにはいかなかったのである。いずれにしても、あのままの形でイモナベが活動を継続するのは無理というものである。イモナベの類《たぐい》が絶滅するのは、いわば歴史の必然であると、私のみならず多くの者は考えた。考えるしかなかった。ところが、ことイモナベに関する限り、私たちは間違っていたのだ。

私の最初の小説集が出版された年だから、一九九〇年である。真冬の二月、西荻窪で友人と飲み、〈アケタの店〉でライブを聴いての帰り道、駅に続く商店街の一角で私はその貼り紙を見たのだった。貼り紙とは、いうまでもなく、イモナベのライブの案内である。いきなり眼に飛び込んだ「渡辺猪一郎ソロコンサート」の文字に私はまず吃驚《きっきょう》し、ついでひどく懐かしい気持ちになった。まだやってたんだと、私はわざと大きな声を出して、イモナベの健在を言祝《ことほ》いだ。しかもである。手書きの原稿をコピーしたチラシには、コンサートの表題として、『変態』と、慎《つつ》ましい文字ながら記されていたのである。チラシが貼ってあったのは古本屋の板壁で、そういえば昔、イモナベが西荻窪に住んでいると聞いたのが思い出された。街灯の薄明かりのなかで、私は貼り紙を注意深く読んだ。会場が「多摩川河原、南武線の鉄橋の下」となっているのに、私はいたく感銘を受けた。橋といったら、ソニー・ロリンズ以来、テナー吹きの本拠地《フランチャイズ》である。日時は翌日の午後二時から。渡辺猪一郎『変態』ライブコンサート。けだし幼虫はいよいよ変態のときを迎えるのだ。であるなら、見逃すことは断じて出来ないだろう。少し酔っていたので、念のため手帳に時間と場所をメモして立ち去ろうとしたとき、ふと気がついて、貼り紙をとめたセロハンテープを剝《は》がしてみた。貼り紙の下から別の古い貼り紙が現れた。雨に濡《ぬ》れて皺《しわ》くちゃになってはいたものの、字は判読できる。「渡辺猪一郎ソロコンサート」の下に並んだ文字、それを見たときこそ、私は掛け値なしに、心底驚嘆した。『幼虫』vol. 36 とそこにはあったのである。三六！　八〇年代をまるまる跨《また》ぎ越えて、イモナベの活動は途切れず続いていたのだ。それこそ蟬の幼虫が暗い土中で何年もの時を過ごすように。

翌日、私は地図で調べておいた通り、中央線武蔵境《むさしさかい》で西武線に乗り換え、終点の是政《これまさ》駅で降りて、多摩川の河川敷に立った。いまにも雪が降り出しそうに、重たく雲が垂れこめた、とても寒い日だった。南武線の鉄橋はすぐに見つかった。そちらへ向かって歩き出すと、速度の遅い貨物車が長い列をなして通るのが見えた。水の少ない多摩川は曇天を映して鉛色に濁っていた。鉄橋の近くまで来ると、立ち枯れた外来種の草に辺りは覆われ、見通しは悪かったけれど、早くもテナーサックスの音が聴こえてきたので、場所は探すまでもなく分かった。丈高い草叢《くさむら》に踏み分け路が出来て、進んで行けば、川岸にまるくひらけた地面があって、立ってテナーを吹くイモナベが、そこに間違いなくいた。

観客は私の他に一人あった。灰色の髪と髭《ひげ》を長く垂らした、野宿者《ホームレス》然とした風体の男が寒そうに立って見物していたが、私と入れ替わるように立ち去った。見ると、脇にはダンボールとビニールシートで出来た小屋が建って、それが現在のイモナベの住まいと考えられた。周りには壊れた椅子やら七輪やら鍋やらの所帯道具が散らばって、このまるい地面はイモナベ占有の「地所」であるらしかった。しかしながら、イモナベその人には、垢《あか》じみたところは全く見られなかった。イモナベは、幾分くたびれてはいるけれど、黒の礼服を着込み、首に黒い蝶《ちょう》ネクタイを締めていた。靴などはぴかぴか光るくらいに磨かれている。髭はきれいに剃られ、髪は短く刈って、そのせいで小さな耳が寒そうに露出していた。全体にそのままホテルのラウンジで吹いてもよさそうな格好であり、鉄橋の陰になった野天の河原には、だからまるで場違いだった。

見たところ、イモナベはさほど老けた様子もなく、昔と変わらぬように思えた。眼を瞑って楽器にしがみつく独特の姿勢も変わらなければ、妙に脚をくねらせる癖も同じだった。そして何より、テナーの音が変わらなかった。反響がない戸外の悪条件にもかかわらず、輪郭の明瞭《めいりよう》な音の美しさは私を改めて仰天させた。純然たるソロの演奏は、下北沢のときよりなお一層音数が減った印象で、しかしイモナベの「音を摑」んだフレーズは、理屈抜きに、「よいもの」の手応《てごた》えを運んできた。鉄橋に列車が通りかかると音は掻《か》き消される。列車が遠ざかって、再び音楽が立ち上がる度に、その深く透明な響きの新鮮さに私は驚かされた。

とはいえ客が一人ではどうしても居心地は悪い。まして人気の少ない冬の河川敷である。落ち着いて音楽を愉《たの》しむ心境になりづらいのは致し方ない。途中で、犬を連れた女と、作業服の老人が順番に覗きに来たけれど、どちらもすぐにいなくなった。とりあえずイモナベの健在を知っただけで今回は満足すべきであった。演奏するイモナベの前の地面には、テナーのケースが広げて置かれ、小銭が散っているのは、ここに木戸銭を入れろということらしい。いくらくらい入れるべきかと思案した私は、そのとき、イモナべの背後にソファーが置かれているのに眼をとめた。いや、はじめからそれは眼に付いていたのだけれど、塵芥《ごみ》か家財道具としか思わず、格別の注意は払わなかった。けれども、これは疑いもなく、イモナベがその位置へわざわざ運んだものなのであった。何故なら、ソファーのまた後ろに、ダンボールを繋げたセットが組まれていたからだ。ダンボールには絵もなく色もついていないので、それが書割りだとはやはり最初は思わなかった。しかし、気付いてみれば、衝立てになったダンボール壁にはきれいな四角い穴が切られているではないか。「窓」だ。そう認識した瞬間、下北沢の、混凝土《コンクリート》の地下室の舞台が俄然《がぜん》甦《よみがえ》った。と同時に一遍に理解が訪れた。窓前にソファーのある部屋。これはつまり、ザムザの部屋、チェコのプラハはシャルロッテン通りにある、グレゴール・ザムザの居室なのだ！

一番最初の『孵化』コンサートで、イモナベが舞台にセットを組んだと春藤氏はいっていた。どんなセットかは聞かなかったけれど、それが「窓前にソファーのある部屋」であるのはもはや疑えなかった。私は確信した。長年にわたって継続された一連のライブを、イモナベは一貫して「ザムザの部屋」で行ってきたのだ。

だが、何のために？　発見の昂奮は疑念の黒雲にみるみる押し包まれる。途切れず続くテナーの響きに得体の知れぬ不安感がまとわりついたとき、鉄橋にまた列車が通りかかり、草叢の一場をたちまち無言劇に変えた。と、黒い礼服の人物が歌口《マウスピース》から口を離し、首の吊り紐から楽器を外して、ケースの上に置いた。それから、ソファーの後ろへ回って、取り出したのは黒い光沢のある帽子である。手品師が使うような山高帽を頭に載せた男は、次にソファーの上に後ろ向きに正座した。そのまま「窓」を眺める格好になる。

列車は去った。その途端、サックスの響きが消えていることに、それが当然であるにもかかわらず私は愕然《がくぜん》となった。と、いままで気付かなかった水音が、異様な大きさで届いて来て、不意に出現した空白に流れ込んだ。

川音の響く中、山高帽の男は、電車の窓から外を見る幼児みたいな格好で、凝固したまま動かない。暗鬱《あんうつ》に凝った雲が寒々とした河原の風景を上から押し潰した。不意に飛来した一羽の烏《からす》が、書割りのダンボールにとまり、すぐにまた飛び去った。そのときにはすでに、私は眼の前の無言劇が、『変身』の一場面であるのを直覚していた。虫となったグレゴール・ザムザがソファーから身を乗り出し、もうよくは見えない眼で窓の外を眺める場面は、『変身』のなかでも最も印象深い場面の一つである。ザムザは毎日毎日窓の景色を眺める。けれども、その眼に映るものは、一面が灰色の、空と地の区別もつかない、地平線さえそれとは分からぬ荒野なのだ。それが虫の見る風景なのだった。河原の沈黙の舞台には、原作と同じ、悲しみとも滑稽とも恐怖ともつかぬ感情が湧出した。

山高帽は動かなかった。カフカの小説では、虫のザムザは次第に衰弱し、死んで乾涸《ひから》び、塵芥と一緒に片付けられてしまう。ソファーで背中を見せた山高帽もまた、死のときを迎えるまで、同じ格好を続けるつもりなのではあるまいか。そう考えた刹那《せつな》、戦慄《せんりつ》に全身が捉えられ、改めて眼を向けた黒い衣装が甲虫のキチン質の外皮のごとくに思いなされて、急に空恐ろしくなった私は、もと来た方向へ駆け出した。

地中のザムザとは何者？

――『NCB科学ジャーナリスト』vol.67から

モスクワの「自然史博物館」にある不思議な生物化石が古生物学会の話題を呼んでいる。

不思議な生物化石とは、第二次大戦前の、一九三三年に白海沿岸の地層から発見された大型生物の化石である。厚さは最大で三〇cm、長径一七五cm、短径五〇cmの長楕円形の、甲虫に似た体軀《たいく》を持ち、多数に分かれた体節からそれぞれ左右に一本ずつ細い脚の出た姿は、ずんぐり肥満したムカデを想わせる。Samsaterraneus と名付けられたそれが、発見当時、石炭紀に出現した大型節足動物のひとつと見なされたのは、米国イリノイ州で見つかったメゾンクリーク動物群との類縁性が考えられたからである。いまからおよそ三億年前、古生代石炭紀は昆虫など節足動物の巨大化が進んだ時代であり、翼長七〇cmあまりの巨大トンボ、メガネウラや、全長二mに及ぶ巨大ムカデ、アースロプレウラなどが知られている。ザムザテラネウスは節足動物の一種と考えられ、人間とほぼ同じくらいの大きさがあるとすれば、メゾンクリーク動物群に代表される石炭紀大型節足動物の仲間とする見解には、当時の古生物学の知見内では妥当な部分もあった。

しかし、この見解は当時からすでに疑問視されていた。というのはザムザテラネウスの発見された地層が本当に古生代石炭紀のものであったかどうか、異論が出されたからである。

ザムザテラネウスを発見したのはアキラ・ウネキという日本人留学生である。彼は地質学の演習で訪れた白海でこれを発掘し、モスクワ国際大学生物学部講師であったセルゲイ・ゾロフに報告した。ゾロフは詳細な分析を加えたうえで、多足類に近い節足動物の化石であると判定し、ザムザテラネウスと命名した。しかしこのゾロフこそが、ザムザテラネウスが石炭紀の大型節足動物であるとの説に異を唱えた張本人であった。

なによりもゾロフは、ザムザテラネウスが発見された地層が石炭紀よりも古い、カンブリア紀（五億七〇〇〇万年前〜五億九〇〇〇万年前）ないしそれ以前のものであるとの事実を指摘した。事実、白海沿岸には先カンブリア時代の地層が存在する。かりにカンブリア紀であるならば、多数の動物門が一挙に出現した、いわゆる「カンブリア爆発」に連なる動物群に属するものと見なされ、実際複数の学者が、カナダで発見されたカンブリア紀中期のバージェス動物群との類縁性を指摘した。その一方で、ソビエト科学アカデミーの権威であったミハイル・ウルリッヒは、ザムザテラネウスが陸上生物であったと推測される点などから、むしろ現在の多足類に近い動物であるとし、外骨格動物がそのような高度の進化をとげるには、石炭紀、少なくともデボン紀を待たなければならないはずだと主張した。

発掘地の再調査が行われたのは当然である。化石の出土場所を調べれば、他の化石記録が出てくることが期待され、実際に発見されれば、年代の確定はほぼできる。論争には決着がつくはずであった。ところが、調査隊を案内したアキラ・ウネキは化石を掘り出した正確な位置を指摘できなかった。理由は分からない。一説ではアキラ・ウネキは極端に内気な性格で、どんな場合でも「ニェット」の言葉を口にできない人物であり、加えて物覚えがとても悪かったという。留学生アキラ・ウネキについては、東京の浅草出身で共産党員としての活動歴があるという以外ほとんど記録がなく、革命記念日に研究室で鮨《すし》を握って同僚にふるまい、いやがられたというのが唯一残るエピソードである。

アキラ・ウネキが化石の位置を指摘しなかったのは、科学アカデミーから圧力がかかったせいである可能性も否定できない。他と論争対立する陣営が不利な証拠を握り潰す行為は科学史ではしばしば見られるもので、自然科学の分野におけるこうした政治的力学の発動は旧ソ連だけに限られた現象ではない。

アキラ・ウネキはほどなく帰国し、ザムザテラネウス化石の発掘場所の同定はいよいよ困難になった。ウネキの帰国がソビエト科学界の「政治力学」に係りがあるかどうか、それも分からない。帰国後のウネキの消息は不明であるが、のちにソビエト本国では、ウネキは日本の内務省から送り込まれた間諜《かんちょう》であると認定され、アキラ・ウネキの名前はスターリン王国下の「革命の敵」の長い長い名簿に記載されることになった。

もう一人の当事者であるセルゲイ・ゾロフがアメリカへ亡命したのは明らかに「政治力学」の作用であった。科学アカデミーの意に添わぬ論を唱える以前に、彼がユダヤ人であるという一点において、ゾロフは疑問の余地なく「自然弁証法」を理解しない異端者であり、「反革命」的人物だったのである。

ミハイル・ウルリッヒは融通の利かぬ保守派ではあるが、決して無能な学者ではない。科学界におけるユダヤ人排斥に反対する良識人でもあった。ウルリッヒはザムザテラネウス化石およびそれが発見されたと思《おぼ》しき地域の調査を丹念に進め、数年後、ザムザテラネウス化石は「捏造《ねつぞう》」であると最終的に発表した。

たしかにザムザテラネウスはあまりにも奇妙であり、古生物学の枠に収まり切る代物ではなかった。ゾロフも早くから枠を飛び出しており、ザムザテラネウスは先カンブリア時代に宇宙から飛来した生物であるとの奇説を唱えていた。これは分子生物学の進展により完全否定された、いまなお散見される昆虫宇宙飛来説の一変奏である。ゾロフの論はしかし異端のなかでもさらに極端であり、彼は論文中でザムザテラネウスを「虫の王」と呼び、あらゆる昆虫類が進化の果てに辿《たど》り着くべき「祖型」ないし「原型」だというのだから、理解されにくいのは無理もない。ゾロフのこうした発想にはC・G・ユンクの思想の影響があるだろう。アメリカへ渡ったゾロフはカリフォルニアのベラミ大学に職を得て、いよいよ神秘主義的傾向を深め異端に磨きをかけたらしい。こうしたいささか怪しげな人物を平然として受け入れるあたりは、まだ十分に若かった「新大陸」の鷹揚《おうよう》さというべきだろう。

どちらにしてもザムザテラネウスは日本人スパイと狂人科学者による捏造であると結論され、化石標本は倉庫の奥に放置された。やがて第二次世界大戦から冷戦を経て、ソビエト連邦そのものが消えてなくなるまでのあいだずっと、ザムザテラネウスは「自然史博物館」の地下倉庫で、「原人アダムの骨格標本」であるとか、「ブルジョワ猿人の頭《ず》蓋骨《がいこつ》」といった、スターリン時代のがらくたと一緒に埋もれ続けた。

それを世紀の変わり目も近づこうかという頃になって掘り出してきたのは、モスクワ国際大学生物学部教授、ウラジミール・コンチェビッチ博士である。ある日、博士はザムザテラネウスの化石をがらくたの山から掘り出し、埃《ほこり》を払った。

放射性炭素による年代測定の技術が一般化するのは一九五〇年代からである。ザムザテラネウス化石の発見当時は、したがって確実な年代計測はできなかった。コンチェビッチ博士は化石標本に放射性炭素年代測定を試み、その結果、驚くべき事実が判明した。ザムザテラネウス化石の年代はおよそ六億年前に遡《さかのぼ》るという数値が得られたのである。この数字はいうまでもなく石炭紀ではなく、カンブリア紀も通り越して先カンブリア時代を指し示す。同時に博士は化石標本の捏造の可能性を完全に否定した。少なくとも化石の年代認定については、ゾロフが正しかったわけである。

となると、あらためてザムザテラネウスとは何者かとの問題が生じる。コンチェビッチ博士はエディアカラ生物群に属する生物化石だと考えた。エディアカラ生物群は、一九四六年、オーストラリアのエディアカラ丘陵で発見された一連の化石で、肉視しうる大きさの生物化石としては最古のものであるが、ロシア白海沿岸の先カンブリア時代の地層からもエディアカラ生物群と同じグループに属すると見られる化石が発見されていたのである。

エディアカラ生物群の特徴の一つは個体のサイズが比較的大きいことで、一・七mを超える大きさのあるザムザテラネウスがエディアカラ生物群に結びつけられた理由もそこにある。

コンチェビッチ博士が論文を発表するや、直後から激しい議論が巻き起こった。そもそもエディアカラ生物群自体、それらがいかなる生物であるかを巡って論争の的だったのであり、ザムザテラネウスは論議に新たな火種を持ち込むことになったのである。

ザムザテラネウスの厚みのある楕円形の軀と多数の脚、さらに体節構造と頭部の大顎《おおあご》と思しき器官は、かつてゾロフやウルリッヒが信じて疑わなかったように、外骨格を持つ節足動物の特徴であると思える。エディアカラ生物群の個体はしかし、どれも軟体性の動物であり、外骨格を持つ生物はいない。コンチェビッチ博士はザムザテラネウスを、エディアカラ生物群の代表的生物であるディッキンソニアと類縁である、つまり原始的な環形動物であるとし、脚と見える構造は体節に付いた棘手《きよくしゆ》であると考えた。ザムザテラネウスは浅瀬の砂地に横たわり、棘手の先にある口から海水を吸い込んではそれに含まれる微小生物を餌にしていたというわけである。大顎と見える部位については化石の欠損として片付けられた。

コンチェビッチ博士のもとには多数の反論が寄せられた。ディッキンソニアは体長こそ一二〇cmを超えるが、厚みは三cmほどしかなく、厚さが三〇cmあるザムザテラネウスとは全く違う生物であるというのが、それら反論の中心論点であり、もっと単純にいえば、論文と一緒に公表された写真からはどう見ても外骨格を持つ節足動物にしか見えないというのであった。ある著名な生物学者などは「脚をひらひら閃《ひらめ》かせていまにも地面を走り出しそうだ」と感想を述べた。

外骨格生物が地球上にはじめて登場するのは、「カンブリア爆発」においてである。約五億一五〇〇万年前の、カンブリア中期のバージェス動物群にはアノマロカリスをはじめ外骨格を持つ生物が多数あり、中国雲南省澄江から発見されたアノマロカリスには体長二mのものもある。ザムザテラネウスをバージェス動物群に含めることができるならば収まりはいい。しかし、放射性炭素年代測定から、ザムザテラネウスがカンブリア爆発以前の生物であったことは疑えない。コンチェビッチ博士の計測に誤りがあった、あるいは何かの原因で測定値に誤差が生じたのではないかとの指摘がある一方、先カンブリア時代すでに外骨格を持つ生物が出現していた可能性があるという、常識を覆す意見も提出されて、どちらにしてもザムザテラネウスがあったと考えられる地層の再調査が必要であった。化石がただ一つということはないはずで、他に興味深い標本が出てくる可能性が期待された。

ところが、そうこうしているうちに、事態は再度急展開を見せた。モスクワ国際大学の地球物理学科に属する研究員の一人が、ザムザテラネウスの化石標本を調べたところ、標本の岩石から大量のイリジウムが検出されたのである。イリジウムは地殻にはほとんど存在せず、隕石《いんせき》に多量に含まれる。中生代末の恐竜絶滅の原因が大隕石の衝突であるとされる証拠の一つが、白亜紀と新生代第三紀との境界にイリジウム層が広く見られる事実であることはよく知られている。

ザムザテラネウスの化石を含む岩石にイリジウムがある。これはザムザテラネウスが隕石とともに飛来した事実を指し示すのではあるまいか？　ここにおいて、はからずもセルゲイ・ゾロフの宇宙飛来説があらためて浮上したのである。

むろん「隕石説」には数々の難点がある。ザムザテラネウスを乗せた隕石が地表に届いたのだとすれば、それはかなり大きくなければならないはずだが、そのような地質学的記録があるか？　大気圏の摩擦熱で燃え尽きなかった以上、ザムザテラネウスは隕石の奥深くにあったと考えられるが、そんな場所にどうして生物が生存できたのか？　地表との衝突時になぜザムザテラネウスはばらばらにならずにすんだのか？　そもそも地球以外の太陽系天体のどこにこれほどの大型生物を進化させる場所があったというのか？

疑問は尽きない。とはいえ、「隕石説」を否定するのなら、なぜイリジウムが多量に含まれていたかを説明するとともに、ザムザテラネウスを地球上の生物進化系統に位置づけるという、これはこれで大きな難問に答えなければならないだろう。

ところで、ザムザテラネウスの名称がフランツ・カフカの小説に由来するのはいうまでもない。セルゲイ・ゾロフは若い頃、ケーニヒスベルクのユダヤ人文学者サークルにいたことがあり、カフカのロシアへの紹介者の一人であったという。

ある日、悪夢から醒《さ》めたグレゴール・ザムザは虫に変身した自分に気づく。しかし、それが何故であるのか、カフカは一切説明していない。虫に変身したザムザとは何者なのか？　多くの批評家、文学研究家が謎《なぞ》の解明に取り組んできた。だが、古生物学界に現れた怪物はそれに劣らぬ謎を秘めているといえるだろう。

地中のザムザとは何者か？　議論は当分収まりそうにない。

菊池英久「渡辺柾一論——虫愛づるテナーマン」について

近年出版されたマイク・モラスキー『戦後日本のジャズ文化』(青土社　2005)は、「思想としてのジャズ」が戦後日本文化のなかで持ち得た意味を析出する好著で、興味深く読んだのだけれど、これが一つのきっかけになって日本のジャズ史に関心を抱いた私は、関連する著作や資料を少しずつ集めてみる気になった。

通史的な著作としては、内田晃一『日本のジャズ史　戦前戦後』(スイング・ジャーナル社　1976)が最も浩瀚《こうかん》かつ体系的な著述であり、また戦後のフリー・ムーブメントに対象は限られるが、副島輝人《そえじまてると》『日本フリージャズ史』(青土社　2002)も貴重な仕事である。この両著を除けば、通史と呼べるようなものは他にはほとんどなく、しかし、そもそも体系性がジャズに似合わないともいえるわけで、むしろ長くないエッセーや評論に面白いものが多いのも事実である。相倉久人《あいくらひさと》『現代ジャズの視点』(東亜音楽社　1967)、平岡正明『ジャズ宣言』(イザラ書房　1969)などは、いまなお新鮮な刺激と魅力に満ちているといえるだろう。本にまとめられていない雑誌の記事やライナーノーツにも光るものがあって、仕事を終えた深夜、音楽を聴きながら、古本屋で漁《あさ》った本や雑誌の埃臭い頁《ページ》をぱらぱらとめくるのが、このところの我が生活の愉しみになった。

菊池英久『モダンジャズあれやこれや』（鶏後書房　1979）も、大阪に所用で行ったおり、ぶらり立ち寄った古書店で見つけた本である。扉頁の略歴によれば、一九四〇年生まれの著者は、本業は雑誌編集者であるが、海外ミュージシャンの呼び屋をやったり、レコードの製作をしたりと、ジャズシーンの周辺にいた人物のようで、彼が色々な機会に色々なところに書いた文章を集めて一冊としたのが本書である。自らの生い立ちやら、ジャズ業界人の思い出話やら、レコード評やらを芸なく並べただけの内容は、いささかごた混ぜの感は否めないけれど、たとえば冒頭に置かれたエッセー、「フルートを吹くコルトレーン」などは興味深い。

一九六六年、ジョン・コルトレーンが来日したおりの話である。ある日、ライブ会場に入ったコルトレーンの楽屋から音が聴こえてくる。何だろうと思えばフルートの音色だ。コルトレーンがフルートで音階《スケール》をしきりになぞっているのである。サックス奏者がフルートに持ち替えるのは普通のことだが、コルトレーンに限ってはサックス一筋、公の場で、つまりライブやレコード録音で、フルートを吹いた記録はそれまでひとつもなかった。なのに廊下に漏れ聴こえてくる音は、ちょっと遊びで別の楽器をいじってみましたというのではない、どこか鬼気迫るものがあったと回想した著者は、なぜ晩年のコルトレーンがフルートを手にしたのかと、謎を提示する。このあたりの叙述はなかなかスリリングである。ただ残念なのは、せっかくの謎の解明が竜頭蛇尾に終わっている点で、エリック・ドルフィーのフルート演奏に刺激を受けたからだろうとの推論は冴えず、フルートの稽古のやり過ぎが死期を早めたとする見解にも首を傾《かし》げざるをえない。著者によれば、息を使い過ぎるフルートは体に悪い楽器で、ドルフィーの早世もそれが原因だと、シカゴ在住のアルジェリアの医師（誰だ？）は断定しているそうだ。ちなみにコルトレーンは、一九六七年に録音された『エクスプレッション』のなかでフルートを披露している。

他にも、美空ひばりとシナトラが偶会した際の逸話や、セロニアス・モンクの奇行ぶりなど、なかなか楽しませてくれる。他方、やや堅い内容の評論風文章は平凡で、いまとなっては古色が漂わざるをえないのであるが、なかに私が大いなる興味をもって読んだ一文があった。「渡辺柾一《せいいち》論――虫愛《め》づるテナーマン」がそれである。

渡辺柾一といっても、いまでは知る人は少ないだろうが、七〇年代にイモナベの通称で個性的活動をなしたテナーサックス奏者であり、私は少し前にこの人をモデルに小説を書いた。だから「渡辺柾一論」の活字を目次に見たときにはだいぶ驚いた。渡辺柾一に関しては、雑誌のライブ評やインタビュー記事は幾つかあるものの、まとまって書かれたものはないと思っていたこともあるけれど、やはりなにより、自分が書いたばかりの人物の名前に出くわした偶然に驚いたのである。もっともこれに類したことは、小説など書いていると時折起こるもので、欲しいと思う情報を全く偶然としかいいようのない仕方で入手した経験が私には何度かある。旧海軍の、ミッドウエー海戦で沈んだ航空母艦のことを調べていたとき、山梨の温泉で偶々一緒になった老人が問題の船に乗っていた主計科の准士官と判明し、色々と貴重な話を聞けたこともあった。

できれば小説を書く前に読んでおきたかったけれど、別に伝記を書いたわけでもなく、私自身が聴いたイモナベのライブの印象を中心に一篇《いっぺん》をなしただけなので、資料をきちんと集めなかった怠惰を後悔したりはしなかった。古書店で菊池英久の著者名を見たとき、覚えがある気がしたのだが、イモナベのアメリカ留学から戻っての「凱旋コンサート」、そのプロデュースをした人物がその名前だったと、家に戻って読みはじめてから思い出した。

「渡辺柾一論」の叙述によれば、同い年の二人は埼玉県の飯能《はんのう》市出身、小学校以来の幼《おさな》馴染《なじ》みで、地元の中学校から川越の県立高校に共に進んだ。イモナベは中学の吹奏楽部でクラリネットをはじめ、テナーサックスを吹き出したのは高校からである。当時、川越市にあった〈蜃気楼〉という喫茶店で聴いたソニー・ロリンズ『サキソフォン・コロッサス』がテナーをはじめるきっかけだったらしい。戦前、慶応大学「レッド＆ブルー・ジャズ・バンド」で活躍し、戦後もしばらくプロ活動をした塩沢靖という人が、老舗の芋煎餅《いもせんべい》屋に婿入りして川越に住んでおり、この人からイモナベは一時期テナーを習い、しかしだいたいは独学だったという。菊池氏もクリフォード・ブラウンのレコードにいたく感銘を受け、コルネットをはじめたが、こちらはまるでものにならず、早稲田の露文に進んで卒業後は出版社に就職した。一方のイモナベは進学も就職もせず、芋煎餅屋でアルバイトをしつつジャズに邁進《まいしん》したという。

私の小説では、「渡辺柾一」は「渡辺猪一郎」と名前を変えて登場する。「渡辺柾一」がどうしてイモナベの渾名で呼ばれたのか、私は知らず、小説の「猪一郎」はむしろイモナベから逆に考えた仮名である。小説中にも書いたが、イノナベ↓イモナベというわけだ。「柾一」ではこうはならない。このことが私はずっと気になっていたのだけれど、本書を読んで謎は解かれた。すなわち、イモナベなる渾名は芋屋で働いていたところに由来があると、菊池氏が述べていたからである！　芋屋の渡辺でイモナベ。小説より奇なりというけれど、まったくその通り。虚をつかれた私はわりと長い間笑った。

芋煎餅屋で働きつつイモナベは精進し、二十歳頃から池袋のクラブ等で吹き始めた。一九六二年に「小野満とスイングビーバーズ」にスカウトされ、しかし一年半ほどで退団して、六四年には「明石健六重奏団《セクステット》」に参加するとともに、自分のグループでも活動をはじめた。イモナベが一躍注目を集めたのは、六四年の暮れ、東京宝塚劇場で行われた「年忘れオールスター・ジャズ・オリンピック'64」において、松本英彦の代役として出演した際の演奏が評価されたからで、これ以後、渡辺柾一という若くて活きのいいテナーがいると業界内で知られるようになったという。そして、六五年、イモナベは渡米する。このときの経緯を菊池氏は次のように書いている。

そのうち、渡辺がアメリカへ行きたいと言い出したんだが、オレは最初は反対だった。せっかく日本で人気が出て来たのに、わざわざ向こうへ行くことはないだろうというのが反対の主な理由で、第一、渡辺にはカネがなかった。当時は、ナベサダさんや荒川康男さんがバークリーに留学中で、とりあえず行きの旅費だけ工面して、あとは誰かのところへころがりこむつもりだと渡辺はいった。大人しい男なのに、ときどきそういう無茶をする奴なんだな、昔から。バークリーの学費はどうするんだと聞いたら、皿洗いでもなんでもして稼ぐというから、オレも諦《あきら》めて、少しだがカネを貸してやった。

それで七月に向こうへ発ったんだが、あとは全然連絡がない。十一月頃に渡辺貞夫さんがバークリーから帰ってきたので、聞いてみると、イモナベは来なかったし連絡もなかったというから驚いた。一体全体奴はどこへ行っちまったのか？　色々連絡を取ろうとしたんだが、まるでつかまらない。ビザのことなんかもあるから、大使館に聞けば分かるだろうと思って、問い合わせてみても駄目。完全な行方不明。そのうちにみんな諦めて、ギャングに撃たれたか砂漠でがらがら蛇にかまれたんだろうと話していた。五年間、まるで音沙汰無しだった。
それが昭和四十五年の秋頃、突然手紙を寄越して、もうすぐ帰国するので、帰国コンサートをやりたいといってきた。それでオレが色々仕組んで、渋谷の画廊を借りてコンサートを開いた。

七〇年のイモナベ「凱旋コンサート」については、小説に引用した『モダンジャズ評論』の批評に見られるとおり、概して評判が芳しくないのを私は知っている。しかし、さすがに菊池氏の評価は違う。菊池氏は、イモナベのプレイが渡米前後で大きく変化したのに驚いたという。渡米前のイモナベのプレイは勢いはあるが繊細さを欠いたのに対し、帰国したときにはアグレッシヴなところがすっかり消えていた。この変化を晩年のコルトレーンの「宗教的」境地と類比して論じた著者は、帰国後のイモナベの音楽の核心に、「自然への回帰」ないしは「自然との共生」の思想があると指摘する。「当時のアメリカで盛んだったヒッピー文化、フラワームーブメントの影響があった」のだろうと推測したうえで、菊池氏は、イモナベの音楽には、きわめて地味で、目立たぬものではあるけれども、「平安に満ちた世界の到来への希求」と「深く限りなく優しい」個性があったと、古くからの友人だけあって、愛惜をこめて批評している。山瀬圭太グループで演奏するイモナベを私がはじめて聴いたのがちょうどこの頃であるが、イモナベの演奏を肯定的に評価したいと思うのは、コルトレーンとの類比はさておき、私も同じである。アメリカから帰国して二、三年がイモナベの音楽活動の絶頂期であったとした菊池氏は、さらに次のように述べている。

四十八年の暮れには、『Jazz Journal』の人気投票で上位に顔を出したりして、渡辺は順風満帆にみえた。けれど、悲しいことに、その頃すでに渡辺は心を病んでいたのだ。いまから思えば、帰国直後から、変調の兆しはあった。昔の渡辺は虫好きの子供だった。そういうオレも大好きで、飯能あたりには虫のごちゃごちゃいる山林などいくらもあるから、二人でよくカブト虫やらクワガタ虫を採りに行ったものだ。渡辺は蝶々やカミキリムシも好きだった。蟬やてんとう虫も好んだ。オレは蝶々その他はだいたい嫌いで、まずクワガタ一辺倒だった。小五の夏には、オオクワガタだけで、軽く百匹は捕獲した。大人になってからも渡辺は昆虫採集を趣味にしていて、水槽に土を入れてカブト虫の幼虫を飼ったりしていた。アメリカ滞在中も、ベネズエラあたりまで足を伸ばして蝶やバッタをたくさん捕まえたが、せっかくのコレクションは税関で全部没収になったらしい。「自然との共生」は、渡辺の場合、早い話が、昆虫との共生の形をとった。これは年々過激になっていって、そのうちには、アパートの畳に土を敷いて虫を飼い、本人も道ばたに生えた草を生で喰って暮らしたというから普通じゃない。言っておくが、クスリじゃない。渡辺はクスリはもちろん、酒も煙草もやらない男だった。

渡辺は「孵化」だとか「幼虫」だとか、そんな題のついたライブをはじめたんだが、明らかにおかしくて、やるたびに変調はひどくなった。共演者もいなくなり、最後には普通の家みたいな所に素人を集めて細々やっていた。あんな馬鹿なことはやめろと、オレは何度か意見してみたんだが、渡辺はもうほとんどわけが分からなかった。オレは暗澹《あんたん》とした気持ちになり、あとは医者に連れていくことくらいしかできなかった。

だから、渡辺柾一が本格的に活動したのは、昭和四十五年秋から四十九年夏までの約三年半。こうした場合、ジャズシーンを一気に駆け抜けたなんてよくいうが、そんな陳腐なフレーズは渡辺にはまるで似つかわしくない。イモナベ・渡辺柾一は、そのどこまでも優しい演奏と同じく、肩肘《かたひじ》張らずに、ふわりとジャズという花畑に舞い降り、また風に乗ってふわりと去った。あいつが子供の頃から大好きだった蝶々のように。

菊池氏はイモナベの活動時期を昭和四十九年、一九七四年夏までだとしているが、私が『幼虫』と題されたライブを下北沢の地下室で聴いたのは七六年である。つまりあれはイモナベがジャズシーンから「去った」後の演奏ということになる。小説にも書いたとおり、私はあのライブから或る種の感銘を受けたのだけれど、もちろん全体に常軌を逸した雰囲気があったのは間違いない。どちらにしても七六年にはイモナベは活動を続けていたわけで、私の必ずしも確かでない記憶によれば、その頃を境に、イモナベの名前はジャズシーンから消えた。逆にいえば、七六年までは、イモナベの噂や情報はときどき伝わってきていたわけで、それを菊池氏が知らないはずはないから、菊池氏のいう七四年までの三年半の活動時期とは、菊池氏の評価においてイモナベの演奏が輝きをみせていた時期の意味だろう。私が聴いた下北沢の演奏などは、菊池氏からしたら、ただの狂人の所業であり、ジャズ演奏としては問題外に違いなく、それは通常の見方からすれば正しいのである。

『モダンジャズあれやこれや』の初出一覧によれば、「渡辺柾一論――虫愛づるテナーマン」が『ミュージック・スパイス』誌に出たのが七八年の春。その時点で著者の菊池氏は、イモナベを完全に過去の人間と見なしている。しかし、小説にも書いたとおり、私は一九九〇年の時点で、イモナベのライブコンサートのチラシを西荻窪で見かけているわけで、このしぶとい蠢動《しゅんどう》ぶりを、菊池氏がどのように観たか、興味をそそられるところだ。「あちら側」へ踏み込んでしまった人間の所業とはいえ、幼馴染みの持続ぶりに感銘を受けなかったとは思えない。菊池氏のぶっきらぼうな文章の奥には旧友への深い愛情が仄《ほの》見え、そのせいもあるのだろう、七〇年代から八〇年代、イモナベの活動を菊池氏がずっと支えていたのではないかと、私はどうしても想像したくなる。まるで根拠はないのだけれど。

ところで、ひとつ告白すれば、私がイモナベの「ライブ」のチラシを見かけたのは実話であるが、私は実際には河川敷へは行かなかった。つまり小説の河原の場面は全くの虚構である。さらにいうなら、川口の〈キャノンボール〉で、イモナベとカフカの話をした件《くだ》りも嘘である。では、何が嘘でないかといえば、下北沢の「暗黒星雲」稽古場に足を運び、「窓」と「ソファー」のセットの前で演奏する裸のイモナベを見たことである。あのライブに私はたしかに行った。実をいえば、あのときはじめて私は、イモナベのインタビューから知られる昆虫好きの事実や、「幼虫はまどろみ、夢を見る。やがて来るべき変態のときに向かって」などと書かれたチラシの文句から、当時学校のドイツ語の授業で読んでいたカフカの『変身』を連想したのだ。「窓の外を眺めるザムザ」のイメージは、「部屋」の書割りの置かれた、あの殺風景な地下室ではじめてイモナベに重ね合わされたのである。

〈キャノンボール〉ではイモナベと私が言葉を交わすようなことはなかった。高校生の私は、生まれてはじめて足を踏み入れたライブスポットで、プロのミュージシャンと話ができるほど剛胆ではなかった。ましてカフカの話などするはずがない。小説では、チラシに「変態」の文字を見た「私」が、〈キャノンボール〉で聞いたカフカの「変態」なるイモナベの言葉を不意に思い出し、下北沢へ向かったという流れになっているけれど、実際は違うので、しかしでは何故、私はイモナベのライブへ行く気になったのか。どうしても思い出せない。

どちらにしても、私は下北沢へは行ったが、多摩川河川敷のライブには行かなかった。このことを私は悔やみ、いまも悔やんでいる。なにがなんでも河川敷へは行くべきであった。イモナベの「勇姿」をこの眼に捉えるべきであった。私は西荻窪へ行くたびに、貼り紙チラシは出ていないものかと注意してみるのだけれど、その後は二度と見かける機会はなかった。

イモナベは河原のステージでどんなライブを繰り広げたのだろうか。私は想像した。下北沢のときと同じように裸でサックスを吹いたのだろうか。共演者はあったか、なかったか。客はいたのか、いなかったのか。そして楽器から流れ出る音はどのような響きとなって冬の河原に散ったのか。私は想像し、夢でも視た。夢のなかのイモナベは、黒い礼服に黒い山高帽を被って登場した。川辺の丈高い草原のなかに、怪しい手品師みたいな格好でサックスを吹くイモナベがいた。黒服に山高帽とは随分唐突のようだが、おそらくはユダヤ人のイメージに違いなく、つまりユダヤ人カフカの連想が無意識裡に働いたからなのだろう。あるいは光沢のある黒いシルクが甲虫のキチン質の軀を想わせたのかもしれない。いずれにしても、その夢を視てからというもの、曇天の下、枯れ草に覆われた川辺で、黒服山高帽でテナーサックスを吹く人物のイメージが、私のなかに定着することになった。

ところが、今回の菊池英久の「渡辺柾一論――虫愛づるテナーマン」との出会いは、固着した私のイメージをいささか揺り動かすことにもなった。もちろん本の出版が七九年である以上、かりに菊池氏がイモナベの河川敷ライブを観たのだとしても、そのことが書かれているはずはない。私の注意を引き、私を動かしたのは……これもまた「夢」である。イモナベが菊池氏に語ったという夢だ。

その頃（イモナベの調子がおかしくなった頃の意――引用者註《ちゆう》）、渡辺はよくオレに見た夢のことを話した。それがひどく印象に残って、オレはいまでもよく覚えている。こんな夢だ。

「自分は川原で楽器を吹いている。川は子供の頃よく遊んだ入間《いるま》川だ。川の左右は森で、人は誰もいない。自分は吹きながら、空を飛べたらどんなにいいだろうと考えた。子供の頃から自分は空を飛びたくて、だからこのときもそう考えた。すると、吹いているマウスピースのリードが甘い味になってきて、そこから蜜みたいなものが口にどんどん流れ込んで来る。自分は夢中になって甘い蜜を吸い、そうしているうちに、体の形が段々変わってきて、羽が生えてきた。自分は変態したらしい。そう思うと嬉しくて、変態した自分は、ぱたぱたと羽をふるわせて、空中に飛び上がる……」
実を言うと、同じような夢の話を子供の時分にも渡辺はよくしていた。少々おかしくなって、渡辺は子供に戻っていた。というより、結局、渡辺は、大人になっても子供のままだったんだろう。渡辺は演奏中、夢と同じように、変態した自分が空を飛ぶように感じることがあるともいった。たしかに、好調時の渡辺のプレイには、蛹《さなぎ》から抜け出た蝶々がふわふわと花畑を舞うような軽やかさがあったし、月に向かって羽撃《はばた》くカブト虫の力強さがあった。だが、その時分にはもう、まともなプレイをするだけの力は渡辺には残っていなかった。

まともなプレイをするだけの力が残っていなかったと菊池氏がいうのは、七五年頃の話である。一方で私が下北沢で演奏を聴いたのは七六年。下手糞なドラマーを従え、裸でテナーを吹く男を、当時は暗黒舞踏などアングラパフォーマンスを観つけていたせいか、さほど異様とも思わなかったのだけれど、いま思い返せばかなり珍妙といわざるをえない。けれども、あのときの演奏そのものは、テナーサックスから溢《あふ》れ出た音楽そのものは、質の高いものだったと、不確かながら私は信じたい。まともかどうかはともかく、少なくとも聴衆のひとりの記憶に強くとどまるくらいの力は、イモナベのパフォーマンスにはあったと考える。とするならば、それからさらに十数年の持続を加えたイモナベの河川敷ライブが、より力強く、より自由なものであったとしても不思議ではない。あるいは「まともなプレイをするだけの力」はないにしても、何か別の力にイモナベが捉えられていたらどうだろう……そのように幻想するのを私はやめられない。

寒い風の吹く午後、河川敷に立てば、立ち枯れた外来種の草に河原は覆われて、ひどく見通しは悪いだろう。水の少ない川は曇天を映して鉛色に濁り、あたりに人の気配はない。それでもテナーサックスの響きは、水音に混《こん》じてどこからか届いてくるのだ。演奏者の姿を求めて、草叢を分け進むのだけれど、行けども行けども草叢があるばかり。やがて河川敷は暮れかかる。雲の切れ間に青い月が輝き出したとき、不意に草叢から黒い影が飛び出した。影はたちまち空へ舞い上がる。薄くて硬い翅を閃かせる甲虫は、間違いない、変態を遂げたイモナベだ。地下に棲《す》む剛毛の生えた白い膚の幼虫イモナベは、いまやシルクの光沢を帯びたキチン質の軀を持つ黒い甲虫となったのだ。力強い翅音を響かせた成虫イモナベは月へ向かって高く高く飛行する……仕事を終えた深夜、一杯やりながらジャズを聴くとき、私は窓の外に広がる夜空を自在に飛び回るイモナベを想像することがある。あるいは、人知れぬ山奥に降り立ち、再び人間の姿に戻ってテナーを銜《くわ》えるイモナベを想う。実際のところ、四〇年生まれのイモナベは二〇〇六年現在、六十六歳。まだまだ現役で演《や》れる年齢だ。ひょっとしたら、私の幻想などとは無縁なところで、私の想像を超える形で、たとえばどこか異国の街のライブハウスで、イモナベはなお吹き続けているのではあるまいか。音数の極端に少ない、けれども深い琥珀《こはく》の手触りのある音を、樹の根のようにくすんだ色のテナーサックスから響かせているのではあるまいか。そんな気がしてならないのだ。

虫王伝

夕刻から、首都高速道路が一時通行止めになり、一般道の自動車が雲海を進み行く舟の列と見えるほどの、霧が、東京シティー全域を覆いつくした夜、**一匹の巨大な虫**が東京スカイツリーに這《は》いのぼった。

霧深き深夜のこと、目撃した者は少なく、でも、噂は迅速に広がって、少なくない数の人間が事件の話を聞きたいと願ったからには、欲望の湿地に虚構の菌類がはびこるのは必然だよね。

蜘蛛網《ネット》に簇生《そうせい》するおびただしい目撃談。数々の証言。真正の目撃者、報告者を選び出すのはたちまち困難となる。そもそも直接見た人間が正しい情報を発信できるとは限らないんだし。

結局は、蜘蛛網《ネット》創成期に遡る昔ながらの手法で、すなわち、虚構の群れのなかから、勘と経験を頼りに「真実」の臭いを嗅《か》ぎわけていくしかないとは、いまどきの蜘蛛網《ネット》人種なら誰もが弁《わきま》える心得だけれど、ちょっと哀しくて、でも幸いなことには、人間の想像力には限界がある。無数とも見える虚構の物語は型《パターン》分けが可能だ。それも多くない数の。

虫の形状は、縦に細長い楕円形。ムカデふうに多数の脚をひゅるひゅるひらめかせて電波塔の壁面を這いのぼった、というところまでは目立った異説はなし。

色は黒。硯《すずり》に墨を融《と》かしたがごとく、あるいは、ブラックホールを覗き込むがごとくに真っ黒である（説1）。黒いけれど金属光沢あり（説2）。説2の変奏《ヴァリエーション》として、「深夜、霧がはれて、虫のキチン質の背中が、鏡面のごとく、星の光を映して煌《きら》めいていた」「早朝、黎明《れいめい》の光を浴びて、虫の背は虹色の輝きを帯びていた」等があり、つまり出来事の起きた時刻についても、深夜と早朝の二説あるってこと。

虫の大きさは、長径で170㎝～190㎝。とは、平均的な人間の身長であるところに要点あり。つまり、人間大の虫が鉄塔を這いのぼった、とする点に関して、「目撃者」らの意見はほぼ一致をみる。

ごく少数、20㎝くらいとする異見もあるにはあったけど、それじゃただのムカデだろう、バカか、と嘲笑《ちょうしょう》冷笑の石つぶてにたちまち打ちすえられる。虚構なるものが、現実性《リアリティー》と同時に、潜在意識にまで喰い込む異形性に支えられて、はじめて強度を保ちうる、との真理の、これは好例というべきだろう。

人間ほどの大きさの、黒い、ややずんぐりしたムカデ。これが無数の変奏《ヴァリエーション》から浮かび上がった基本像。ただし、あれは絶対にムカデではない、ムカデとは似ても似つかない、とする、きわめて強硬な見解も根強くあって、最後まで――とは、つまり噂の熱が拡散して冷めきるまでってことだけど――日陰に残る氷雪のように、しぶとく消えなかったことはいっておこう。

で、虚構の核心はもちろん、虫の正体だ。あの虫はいったい何者か？

当初有力だったのはロボット説。ラジオコントロールとの見方もなくはなかったけれど、あくまで基本は知覚器官内蔵の自走ロボット。

製作者には個人・団体、複数の名前があがるが、ＫＫＵＢではないかとの見解がほどなく他を圧する。その背景には、ＫＫＵＢが開発した消火／レスキュー・ロボットが、東京消防庁をはじめ複数の消防署で採用されて、活躍ぶりが一時ＴＶや蜘蛛網《ネット》でさんざん紹介されたって事情があるのは、誰でも気がつくところだよね。

虫型ロボットは高層ビル火災に際して、壁面を自力で這いのぼり、消火活動を行い、あるいは人命を救助する。ってことで、今回の出来事は、ＫＫＵＢの実験、ないしデモンストレーションだとの見解が有力となる。高さ６３４ｍ、日本国内最高、世界でも五番目に高い東京スカイツリーならば、なるほど宣伝としては格好だろう。

シドニーに本社があり、中国資本が株式の大半を所有するＫＫＵＢは、ここ十数年の眼をみはる急成長の過程で、日本企業の技術を合法非合法を問わぬ強引な手段で「盗んだ」と、やっかみ半分に悪口を叩かれる企業なのは知ってのとおり。ＫＫＵＢならば、許可なく自社製品を東京スカイツリーに這わせる程度のあざといことは平気でやるだろう。そう頷《うなず》く人は多いんだろうね。

けれど、KKUBの名前が出たからには、今回の虫ロボットは軍事用ではあるまいかと、憶測が流れるのは必然だ。

地球環境テクノロジーを売り物にするKKUBが、エコロジカルな企業イメージの裏側で、兵器製造で巨利を得ていることは、英国人ジャーナリスト、ケント・ストロウの詳細な告発本をはじめとする報道を通じ、周知の事実となった。

KKUBの開発した蜘蛛型の地雷除去ロボットが、カンボジアや中央アフリカの旧紛争地域で成果をあげているのはよく知られているところ。他に、ビルディングの壁面を這いのぼり、あらゆる隙間に入り込んで爆発物を探し出し処理する爆弾探知ロボットも、数年前から実用に供されているってことで、つまりKKUBは虫型のロボットについては実績があるわけだ。

もっとも、兵器説を主張する人たちが念頭に浮かべたのは、これら「平和活動」的技術じゃない。みんなが想起したのは、敵基地や陣地に密かに接近して自爆する自走式爆雷――通称〈**タランチュラ**〉だ。

爆発に際して内部に仕込まれた何百本もの鋭い鉄針が飛び出す仕掛けを持ち、並外れた殺傷力を誇る〈タランチュラ〉は、人類の過去の野蛮と未来テクノロジーの最悪の結合と評され、「二一世紀最高の非人道的兵器」の栄誉を得た。使用する側からすれば、目下の戦争それ自体が「平和活動」——すなわち「平和」をもたらす活動である以上、〈タランチュラ〉もまた平和活動的テクノロジーだとの理論が主張されたわけだけれど、殺傷力のすさまじさそのものが理論を破砕してしまった。

夜の東京スカイツリーを這いのぼった虫ロボットを兵器だと考えた人々は、つまり〈タランチュラ〉の延長上でこれを捉えたわけで、たしかにKKUBの宣伝活動という視点に立つなら、夜陰に紛れる曖昧な形で兵器性能の一端を紹介し、あとは噂の伝播《でんぱ》を待つ、そのやり方は巧妙といえなくもない。陰険な兵器にふさわしくもある。国民の軍事力増強への潜在的意欲の高さでは、日本は世界でトップ3に入ると、昨年の国際機関の調査で明らかにされたけれど、たしかに武器市場としての魅力はあるだろうしね。

殺人兵器説で問題になったのは大きさ。隠密性と殺傷力のバランスから〈タランチュラ〉のサイズは決定され、複数あるヴァージョンのいずれもが長径80cmを超えない。一方で東京スカイツリーの虫——通称〈ツリー虫〉は170cm〜190cm。いや、そもそも蜘蛛とムカデでは形状が違い過ぎる、〈ツリー虫〉の軍事目的は〈タランチュラ〉のそれとは根本的に異なっているはずだとの主張は、当然ながらなされる。

では、あらためて。〈ツリー虫〉とは何か？

自走式核爆弾——。この著しく悪夢じみたイメージには、当初より激越な悪罵《あくば》と嘲笑が浴びせられた。なんでも核っていえばいいと思ってんじゃないの？　だいたい核爆弾が自走式である戦術的な意味はどこにあるのさ？　蜘蛛型ロボットは、対ゲリラ戦のような比較的近距離の小規模の敵に対して有効なんで、そもそも核兵器とは戦術理念的に相容《あいい》れるものじゃない！

　批判の要点は以上に尽き、反論の余地はなし。にもかかわらず自走式核爆弾説を持ち出す者は跡を絶たぬばかりか、そのイメージをアニメ化した動画にアクセスが集中したのだから、核兵器というやつは、登場してから一世紀近く経つのに、いまだイメージ喚起力を失っていないんだからすごいよね。

　起伏のある荒れ野を貫く一本道。その行き着く果てに、高層ビルや塔の林立する都市がある。道に一匹の黒い虫が現れ、手前から奥へ、すなわち都市の方向へ、のろのろ進んで行く。崖を上り下りして進む虫は、だんだん遠ざかり、小さくなり、やがて見えなくなる。広い空に鳥が飛び、左手の丘では羊らしい獣がのんびり草を食《は》む。羊は二頭、三頭と数を増やし、やがて丘からこぼれ落ちそうになるほど混み合ったとき、不意に画面が真っ白になったかと思うや、都市の空に巨大なキノコ雲が立ち上がる。

　効果音はなく、一貫してバックに流れるのはグスタフ・マーラー交響曲第九番終楽章のアダージオ。と、場面は変わって。縄跳びや車輪回しをして遊ぶ子供らのいる裏路地。石造りの家に囲まれた場所は西洋の街らしい。植木鉢の置かれた高い窓に洗濯物がひるがえり、教会の鐘が鳴る。そこへ虫がひょっこり現れ、遠慮がちに路地を這いはじめる――。

とにかく問題は〈ツリー虫〉が人間のサイズである事実。ここを重視すれば、自走式ロボットからは離れて、一種の**装甲アーマー**と見るべきとの発想が出てくる。東京スカイツリーを登攀《とうはん》した虫のなかには人間が入っていたのだ、とする構想が主流となったのはむしろ自然だろう。

虫型カプセルのなかに人間はうつ伏せに収まり操作を行う。匍匐《ほふく》前進は歩兵の基本。その意味でも地を這う形の虫型アーマーは理に適《かな》っている。多数の脚でもって前進するシステムは複雑な地形を苦にしないだろう。なにより、これは〈ツリー虫〉が人間大である理由を合理的に説明する唯一の理論であり、結果、軍事目的説は虫型アーマーでほぼ一本化する。

カプセルの内部構造の詳細や、起動システムを描いた図解が複数登場し、性能の要目一覧が、細部の訂正が繰り返されたあげく、いちおうの完成をみたあたりで、蜘蛛網《ネット》の熱はようやく冷めはじめる。次々登場した新たな虫の目撃談（立川昭和記念公園の梅林で見た！　東池袋のファミリーレストランのトイレにいた！　蒲田《かまた》の板金工場の倉庫にたくさん並んでた！　地下鉄銀座線の地下電車倉庫にいた！　浅草寺《せんそうじ》の境内をうろついていた！　狛江《こまえ》市民プールの底に沈んでいた！　等々）も、ヨウ素消毒された黴菌《ばいきん》よろしく急速に消える。

終わったな、と誰もが思ったとき、消えかけの焔《ほのお》の喩《たと》えに似て一瞬の賑《にぎ》わいを見せたのは、真打ち、「虫＝人間」説の登場だ。

虫のなかに人間が入っているのではなく、虫が人間である。つまり人間が変身したのだという発想自体は、**フランツ・カフカ『変身』**を参照枠にする形で当初よりあったし、虫に対する呼称として、〈ツリー虫〉と並んで、一部では〈グレゴール〉が用いられもした。けれども、人間が虫に変身する、その合理的根拠の提示なしに物語はとても支えきれるものではない。

〈グレゴール〉は遺伝子改変された人間である。っていうのはちょっと陳腐すぎないかな？　でも、いちおう合理的は合理的ってことなんだろう、このSF的発想が根拠となって、最後の賑わいに結びついたわけだ。

なぜ〈グレゴール〉は生体を改造されたのか？

軍事目的のサイボーグである。この説では再びKKUBが、その人道を顧みない企業体質が買われて、物語の主役の座につく。しかし、最も頻繁に語られたのは、地球環境の激変に対応すべき人類の形態改変実験の説。〈グレゴール〉は人類が今後向かうべき進化の方向を示すサンプルであるとされ、気候、放射能汚染、宇宙線の影響等の環境変化に対する、中生代以来地球に君臨してきた虫類の高い耐性が、数々の実例をあげて称揚された。

もちろん現実性《リアリティー》の点で、「虫＝人間」説はいかにも弱い。人間はそう簡単に虫になれるもんじゃないからね。大量の物語を支えるだけの地盤たりえるとはとても思えない。むしろ、ごく短期間とはいえ、「虫＝人間」説が物語の森の土壌となりえたことこそ驚異。これはたぶん、変身譚の持つ、民族文化を超えた普遍的磁力によるものなんだろう。虫に変身した人間の物語は、カフカへのオマージュの域を超えて、大きな力を発揮したってこと。

――結局、オレら、カフカの手のひらの上で踊ってたってことなわけ？

この書き込みが現れたのが、霧の夜からおよそ三月後。それから数日を経ずして、〈ツリー虫〉の噂は蜘蛛網《ネット》上から完全に消えた。

だが、物語は蜘蛛網《ネット》にだけ生まれるものじゃない。

昔ながらのインク文字や鉛筆文字でもって密かに記されることもあれば、人類創世に遡る普遍的手段、すなわち「声」によって、物語は語られもする。さまざまな場所で。さまざまな機会に。さまざまな音色で。

蜘蛛網《ネット》上の物語は猛烈な速度で消費されていく。むしろ三ヶ月強もの長きにわたり、〈ツリー虫〉の物語がエネルギーを保ちえたことは、ほとんど奇跡と呼んでいいと思う。

これに対して、やがては茶色い染みが見知らぬ大陸の地形図のごとき文様をなし、紙魚《しみ》に喰われてぼろぼろに腐食していく植物繊維、そこに刻まれた色とりどりの、しかし時間の経過とともに一様な褐色に変じていくインクの物語、あるいは、林縁の草の葉や池面にたつ漣《さざなみ》に似て、幽《かす》かに空気を揺らしては世界に波紋を拡げる「声」の物語、それらは決して目立つことはないけれど、世代を超えて命脈を保つことも珍しくない。

それはたとえば、こんな物語だ。

二〇世紀末、八〇年代半ばから九〇年代、米国はロサンジェルスを中心に活動したバンドがあった。**Samsa by the Window**。和訳すれば**〈窓辺のザムザ〉**。リーダーは、その名も**ザムザ**という男。バスクラリネットを吹き、語り、歌うザムザ。周りを固めるドラムス、ベース、ギター等のメンバーは固定されず、ライブごとに、チューバやシタールやシロフォンや、その他さまざまな楽器奏者が加えられたから、〈窓辺のザムザ〉は、バンドというよりむしろ、ザムザを中心とするセッショングループというべきだろう。

〈窓辺のザムザ〉は、二〇世紀末のポップミュージックの文脈では、広義のパンク、ないしオルタナティヴ、グランジといった、ほとんど定義とはいえぬジャンルに分類されていたけれど、いまに残るライブの海賊盤からすると、音はモダンジャズの影響が色濃く、いわゆるアシッドジャズの流れに位置づけることも可能だろう。実際、ザムザの吹くバスクラリネットには、アルバート・アイラーやエリック・ドルフィーといった、六〇年代〜七〇年代のフリージャズの響きが間違いようもなく聴きとれる。歌詞のよくわからない歌は全然ジャズじゃないけれど。

ジャズってことでいえば、初期の〈窓辺のザムザ〉に参加して音楽の方向性を決定した人物がジャズ系のミュージシャンだったってこともある。sailor ——〈船乗り〉と呼ばれた男は、太平洋航路の客船のピアノ弾きで、船がアメリカ西海岸に着くたび、ザムザとともにライブの舞台に立った。

「彼は sailor なんだ」と観客に紹介された鍵盤《キーボード》奏者は、Uneki という名の日本人だといわれているけれど、Ueki の誤りともいわれ、はっきりしたことは分からない。「畝木《ウネキ》真治《シンジ》」という名前のジャズピアニストが二〇世紀東京にいたのはたしからしいんだけど、〈船乗り〉が果たしてこの畝木かどうか。それも不明。

一方で〈窓辺のザムザ〉が、活動期間が短いにもかかわらず日本に五度も来ている（六度の説もあり）のは、やっぱり日本人Uneki がメンバーに一時いた縁なのかも。〈窓辺のザムザ〉は千葉や横浜でライブを行い、日本でもカルトなファンを獲得する。

いま聴くと、〈窓辺のザムザ〉の演奏は、音量もさしてなく、どちらかといえば大人しい部類に属するような。にもかかわらず、ライブが毎回熱を帯び、「超過激」と噂されたのは、ザムザのパフォーマンスに理由がある。

ステージに立つザムザはいつでも全裸。って、もちろんただ裸ならさして珍しくもない。観客の度肝を抜いたのは、ザムザが全身に隈《くま》なく入れた刺青《タトゥー》だ。

顔面はもちろん、頭皮から足の裏まで、隙間なく刺青が彫り込まれ、絶えず半ば勃起《ぼっき》した性器の先端も例外じゃないんだから、たしかに過激だ。刺青の絵柄は文字。ひたすら文字ばかり。英語、日本語、ドイツ語、中国語、フランス語、ヘブライ語、ロシア語、アラビア語、韓国語、ギリシア語、タイ語、ウルドゥー語、スワヒリ語、テトゥン語、ベンガル語……世界のさまざまな言語の文字ばかりでなく、アヴェスター語、オスマン語といった死滅した古代語の文字、マヤ文字、楔形《くさびがた》文字、インダス文字等、あらゆる種類の象形文字、人工言語の記号、数学や化学の記号までが、みっしり軀に彫り込まれているのだ。

ライブの客は、メロディーのない朗誦《ろうしょう》のような声を低く放ち、黒い楽器に絡み付く姿勢でバスクラリネットを吹く男の軀で、青黒い線虫の群れのごとく蠢《うごめ》く文字に魅入られる。皮膚の文字を間近で読みとろうとするあまり、ステージへにじり寄る。ばかりか、ザムザの汗に濡れつくした肌をほとんど舐《な》めるまでに接近し、音楽とともに踊り出す文字の群れが眼のなかで交錯する様に陶然となる。まさしく舐めるように眺めるというやつ。というか、なかには本当に舐める奴も出てくるからアブナい。

というわけで、〈窓辺のザムザ〉のライブでは、必ず、裸のザムザに観客がまとわりつく形になった。客たちもほとんどの者が裸になったから、ザムザおよびザムザに群がる客の姿は、たくさんの嚢胞《のうほう》をぶらさげた原始の生き物のようでも、母豚の乳を吸う生まれたての子豚たちのようでもあった。

ザムザが人々を引きつける磁力の源はしかし、青銅みたいに固く滑らかな皮膚のうえで、生き物めいて蠢く刺青の文字だけではなかった。悪魔を想わせる極端に尖った耳と牙みたいな歯並び、それから破格に巨大な男根、ということが別にあった。これはちょっとわかりやすすぎるけど。とにかくもう、そのデカいこと、デカいこと。充血しきった状態ともなれば、股間にミサイル弾頭が屹立《きつりつ》するようでも、背筋を伸ばしたもう一人の人間が腰から鯱《しゃちほこ》ばって突き出るようでもあり、バスクラリネットを吹くときには、楽器を二本抱えているとしか見えないんだから、すごすぎるよね。

かつてザムザは〈**股ぐらにクロコダイルを飼う男**〉の芸名でラスベガスのストリップショーの舞台に出て、けっこうなギャラをとっていたという。絶えず半ば勃起した「股ぐらの鰐《わに》」。それ自体すでに観客を魅了する魔術的な力を有していたのだけれど、加えて、そこには、平常の状態では、つまり半勃起状態では決して見ることのできない、最高度に硬化して大理石でできたオベリスクのごとくなったときのみ現れる、「秘密文字」が彫られていると噂され、なんとかザムザの「股ぐらの鰐」を怒らせるべく、客たちは一心不乱となったから、ライブは毎回、猥褻《わいせつ》でありながらどこか宗教的な臭いもする、異様に淫靡《いんび》な光景が展開することになったのだった。

ザムザは、カリフォルニア出身のユダヤ系米国人。先祖はアレキサンドリアからボヘミアを経由して、ザムザの祖父の代にアメリカに渡った。ザムザ自身は一九六四年の双子座生まれ。地元ハイスクールからロサンジェルスのベラミ大学に進んで生物学を学び、在学中から音楽活動をはじめる。正式の名前はハンス＝イエルク・ザムザ。つまりザムザは本名なので、自分の苗字がフランツ・カフカの小説の主人公と偶然同じだったことが、ザムザの人生には決定的な意味を持った。

一二歳のとき、オレは通っていたダンススクールの教師からカフカ『変身』を教えられて読んだんだ——と、ザムザはある雑誌のインタビューで語っている。

人間が虫になる。最初それは端的に恐怖だった。当時の自分は、朝、目が覚めると、自分が虫に変身していないか、たしかめるのが習慣になっていたし、虫を見かければ、それがどんな虫であっても、人間が変身したものに思えて、胸が苦しくなった。自分がいずれ虫になるのは避けられない運命に思えて、いよいよ熱心に虫類を見詰めるようになった。

——そんな頃、ダンスの教師が『変身』をテーマに踊ったらどうかとすすめてくれたんだ。一五歳の春だ。街のホールの発表会のステージ、繭にみたてた白い布袋のなかで、オレは胎児の姿勢をとっていた。オレはレオタードを着ていたんだが、そこでオレは最初の啓示を得た。いまこそ変態すべきとの啓示だ。オレはレオタードを脱いだ。脳じゃなく、全身の細胞に仕掛けられていた時限装置がいっせいに作動した感じで、そうしろと、抗《あらが》い難い命令が身体を駆け巡った。つまり、これがオレの最初の脱皮だった。

——幕が開いて、音楽が鳴り出す。ＢＯＳＥのスピーカから流れたのは、その頃のオレの趣味で、セックスピストルズかなんかだったんだが、オレは、血液とは違う、ガソリンをぶち込んだ唐辛子ソースみたいな濃い体液が、ぐつぐつ沸騰しながら身体じゅうに満ちるのを感じていた。そいつに引火すれば大爆発を起こすのは間違いない。オレはこのまま死ぬんだと思った。そう思いながら、袋の縫い目を引き裂いて、舞台へ飛び出した。もちろん裸でだ。どうなったかって？　いうまでもないだろう。もう大騒ぎさ。女どもは大喜びしたけどな。親父は即刻オレを六週間の精神療法キャンプに入れた。

だが、そのときにはザムザはもう最初の覚醒《かくせい》をとげていたという。すなわち、繭から裸で飛び出た瞬間、自分が変態をなしとげたことを知ったと語るザムザは、カフカのドイツ語の小説のタイトル、Die Verwandlung は、生物学的な意味における Metamorphosis（変態）と解すべきだとも述べている。

一五歳で最初の変態を経験したザムザは、しかし、それが変態の全過程の最初の入口にすぎないことを理解していた。事実ザムザは、腐りかけの食い物を好んだり、ベッドの下や窮屈な家具のあいだで眠って落ち着くなど、内的な変化が生じているのははっきり感じていたものの、外見はあくまで人間のままだったからだ。眼に見えぬ身体の内部では虫になりつつあるのに、外側はまだ汚らしい毛が疎《まば》らに生えた柔らかい皮膚に覆われている状況が、いかにも中途半端に思えた。

虫――節足動物をなにより特徴づけるものは、外骨格のシステム、すなわち身体の外側を覆うクチクラの鎧《よろい》である。それが獲得されてはじめて自分は虫として完成できる。そう信じたザムザは変態の訪れを待った。だが、そのときはなかなかこない。ザムザは虫をより詳しく知るために、ストリップダンサーで稼いだカネを学費に大学の生物学科に進んだ。

大学は全然無意味だっただろう？　と訊く雑誌の学生インタビュアーに、ザムザは、そんなことはないと答えている。

大学で自分は、多くの節足動物が何段階もの幼生型を持つことを学んだ。たとえばエビは、ノウプリウス、ゾエア、ミシス、フィロゾーマ、メガローパ、という具合に幼生段階を経る。その意味と機能を自分は一々理解した。虫は一つずつ段階を経て、次第に完成に近づいて行く。いまの自分は幼生体である。言葉にならぬまま直感されていた事態が明確に理解された。正しく学ぶことは、いつでもどこでも一番大切なことなのだ。

自分の人生に決定的な意味をもった伝説を耳にしたのも大学でだった、ともザムザは同じ所で語っている。そのことを知っただけでも大学へ行った意味はあったと、述懐するザムザがいう伝説、それがBug Tree〈虫樹《ちゅうじゅ》〉の伝説だ。

〈虫樹〉とは何か?

——虫樹《バグツリー》は東アフリカにあるんだ。

そう述べるだけで、ザムザは具体的なことを語っていない。けれども、〈虫樹〉の存在を知ったことが、音楽をはじめるきっかけになったとは、はっきりと述べている。どういうことか?　と問われて、〈虫樹〉は、自分が在籍した大学に伝わる一つの伝説であり、その昔、ゾロフという生物学の博士が昆虫学科にいて、この人がはじめてアフリカで〈虫樹〉を発見したのだ、と語ったザムザは、しかし、ゾロフについても、ここではそれ以上詳しく述べていない。

以下は別資料からの簡単な報告レジュメ。

セルゲイ・ゾロフは一八九七年、ペテルブルク生まれの生物学者。一九三四年にカリフォルニアに移住し、三八年からベラミ大学の昆虫研究所の教授職についた。同じく西海岸に移住していた作曲家のシェーンベルクと親交があり、自身もヴィオラを巧みに弾いたゾロフは、独自の神秘的進化理論を展開した奇人学者である。

ゾロフの理論の特色は何より、生物進化を引き起こす動因を〈言葉〉だとする点にある。〈言葉〉が生物を進化させる。進化するのは生物だけではなく、宇宙そのものも進化しつつあるのであり、宇宙の進化を司《つかさど》る究極の言葉――〈宇宙語〉――が存在する。あらゆる〈言葉〉は、〈宇宙語〉から流れ出たもの、ないし〈宇宙語〉の写しであり、地球の人間の〈言葉〉も同じである。地球人類は〈言葉〉にしたがって進化していかなければならない。ところが人間は、いわゆる言語を持つことで、かえって〈言葉〉を見失ってしまった。旧約聖書のバベルの塔の説話が、この間の事情を端的に示している。

つまり〈言葉〉とは、ギリシア語やヘブライ語やラテン語といった言語に限られるものではない。というより、各言語は〈言葉〉の頽落《たいらく》形態にすぎない。むしろ音楽が、あるいは数学が、人間の〈言葉〉のなかでは、神の〈言葉〉、すなわち〈宇宙語〉に最も類似し、それと直接つながりうる可能性を有する、バベルの塔以前の人類の〈言葉〉である。

音楽家でもあったゾロフは、古代インドのカルナタカ音楽、古代ギリシアのピタゴラス教団の数秘音楽、そして二〇世紀新ヴィーン楽派の、いわゆる音列《セリー》の技法に基づく音楽こそが、〈宇宙語〉に最も近づきえた人間の〈言葉〉だとしている。

しかし、地球上の生物で、誰より〈言葉〉に忠実なものは、昆虫類である。

昆虫は地球上で最も進化した生物であり、全生物種の半数を占めるまでの支配力を獲得しているのは、けだし当然である。昆虫を含む節足動物は、人間には聴き取ることのできない〈宇宙語〉を聴き、また、人間が知らない、〈宇宙語〉に直接つながりうる

〈言葉〉を自ら放つ能力を持っている。それはいわば虫たちの音楽である。昆虫の研究と音楽研究を並行して進めることで、〈言葉〉を再興すべく目論んだゾロフは、一九六〇年代の末、アフリカへ研究旅行に向かったまま消息を絶った。と、ここまでは、権威のある書物にも記されている伝記的事実。

しかして、ゾロフはどこへ?

東アフリカの奥地に、〈宇宙樹〉ないし〈虫樹〉と呼ばれる大樹がある。ゾロフはこれを目指して旅し、艱難辛苦《かんなんしんく》の果て、ついに発見したのだ。——と、このあたりからは確証のない伝説の領域に突入する。ザムザが大学で耳にした伝説というのもたぶんこれだろう。

〈宇宙樹〉あるいは〈虫樹〉とは、地球上の虫たちが天空から降りきたれる〈宇宙語〉を聴き取るいわばアンテナである。虫たちは〈虫樹〉を通じて〈宇宙語〉を聴き、また〈虫樹〉を通じて自分らの〈言葉〉を天空に響かせる。〈虫樹〉は、毒を持つ生き物と緑魔のジャングルに護られた人跡未踏の秘境、黒い玄武岩の崖から飛沫《しぶき》をあげて落ちる滝水のせいで、乾季雨季を問わず毎日虹のかかる深い谷の底にある。

ゾロフは〈虫樹〉に到達した最初の人間——少なくとも最初の西洋人となった。〈宇宙語〉を聴くことを願ったゾロフは、持参したヴィオラを取り出し、〈虫樹〉の下で自作の曲を演奏した。音楽の〈言葉〉が、〈虫樹〉を通じて天空へ届くなら、ゾロフの願いはかなえられるはずであった。到来する〈言葉〉の力でゾロフは進化し、虫へと変身をとげて、宇宙を満たす天体の音楽である〈宇宙語〉が聴けるはずであった。ゾロフは、シェーンベルクに学びながら、古インド、古ギリシアの音楽に沈潜することで練り上げた自作の曲と演奏に自信を持っていた。たしかにそれは、虫たちの〈言葉〉と共鳴しうるだけの完成度を備えていたのだろう。

だが、ゾロフには一つ誤算があった。それはヴィオラの弦が羊の腸であり、弓が馬の尾であったことだ。鉱物でもなく、植物でもなく、風でも光でも水でもない、虫類とは異種なる生き物の死んだ組織の生み出す響きは、〈虫樹〉へ届かぬばかりか、〈虫樹〉に集う虫たちの恐慌と食欲を引き起こした。ゾロフが楽器をかき鳴らしたとたん、虫がわっとばかりに群がり、ゾロフとヴィオラはたちまち食われてしまったのだ。

ザムザが音楽をはじめたのは、ゾロフに倣って自分も〈虫樹〉の下に立ち、〈宇宙語〉を聴き取ろうと願ったから。宇宙から到来する〈言葉〉の力で虫へ変態しようと望んだから。とは、インタビューで直接語っているわけじゃないけれど、一連の流れから想像はつくよね。軀にびっしり入れた文字の刺青も、〈虫樹〉に関係あると推測できる。文字でできた外骨格とか。

九〇年代半ば頃、ザムザの失踪が伝えられた際には、ファンの多くが、ザムザは〈虫樹〉を探しにアフリカへ旅立ったと考えた。ソマリアの港で八つ目ウナギのオリーヴ油いためを食べるザムザを見かけた。タンザニアのルングウェ山の麓《ふもと》で牛追いの群れに紛れて歩くザムザを見た。ナイロビのヒルトンホテルのスイートで娼婦を集め乱痴気騒ぎをするザムザに会った。ルワンダの難民キャンプでボランティアとして働くザムザと話した。ビクトリア湖畔の村で呪術師に弟子入りしたザムザに前世を占ってもらった。等々の噂が語られた。

一方には、いかにもロッカーな変死説もあり。10kgの唐辛子から抽出したカプサイシンの結晶を、笊《ざる》一杯のハラペーニョを煮込んだカレーに混ぜて食って死んだ。二〇種類のクスリをラム酒で胃に流し込んだあげくアパートのバスタブで猫と一緒に溺死《できし》した。巨大イチモツを切り取られてNYのハドソン川に浮かんでいた。マカオの地下クラブの秘密ショーに出演してガソリンを浴びて焼け死んだ。etc.

真相は不明だけれど、一度でもライブを観たことのあるファンに限っては、ザムザが東アフリカへ向かい、ついに〈虫樹〉に到達したのだとの説を頑《かたくな》に信じてやまない。人々は想像した。鮮やかな七色の虹のかかる〈虫樹〉の葉陰、ライブのときと同様、裸になったザムザは、滝水や、風や、草の葉や、自然の奏でるあらゆる響きとセッションするように語り、歌い、バスクラリネットを吹いたのだろう、と。そのときザムザの皮膚の刺青は、葉を透かして射し込むあおい陽光のなかで、酸を浴びてのたうつ線虫のように蠢き、股ぐらの大鰐は、熱帯の太陽に翳りかからんばかりにそそり立っただろう、と。

　ザムザのバスクラリネットの材質は、グラナディラといって、黒色の深い艶《つや》のある、アフリカのサバンナに生育する樹木。マウスピースは硝子《ガラス》で、リードは葦。ここまでは問題ないけれど、タンポは大丈夫か？　と心配する向きがあったのは、音孔を塞ぐ円盤であるタンポの素材は大抵、動物の革だからだ。羊の腸と馬の尾で失敗したゾロフと同じ轍《てつ》をザムザも踏んだのではないか？

　それは大丈夫。杞憂《きゆう》だよ。請け合ったのは、後にアクセサリー通販会社の社長になった沖縄出身のモデルの女。ザムザと寝た唯一の日本人の勲章が彼女にはあり。で、いうには、ザムザのバスクラリネットは特注品で、タンポはすべてコルク製に替えてあった。どころか、ザムザは皮革製品は普段から一切身に着けなかった。革の鞄も持たなかったし、革の靴もブーツも履かなかった。ザムザは〈虫樹〉に到達して虫たちと〈言葉〉を交わすことに向けて、全身全霊、人生のすべてを捧げていたんだよ。だから楽器のことなんかでミスするわけがない。

　アフリカへ旅立つ半年前から、ザムザはロスのコリアンタウンのはずれにあるアパートの一室にほとんど籠《こも》りきりになっていた。もちろんライブはやらないで。毎日の楽器の練習は欠かさず続けていたけど。

その頃、わたしは二度ほど、ザムザの部屋を訪れた。ロスで撮影の仕事があったついでに。ザムザは一日中、ソファーに座って、窓の外を眺めていた。ザムザの部屋は、日本でいう三階、向かいは古い市民病院で、暗い灰色の壁に穿《うが》たれた窓から、疲れきった病人たちが黄色い顔を覗かせていた。そんな面白くもない景色を、ザムザは終日飽かず眺めていた。楽器に触れていないときはね。

ザムザが極度の弱視だったことは知ってるよね。知らない？　若いときから視力回復手術を受けて、強いコンタクトを入れて、ようやく0・1くらいだったんだけど、わたしが最後に行ったときは、もうほとんど見えなくなっていたんだと思う。

なにを見ているの？

わたしがきくと、ザムザは少しだけ笑って、

荒れ野、と答えた。

その日は、朝から冷たい雨が降っていて、靄《もや》に煙った病院の染みだらけの石壁が、本当に荒野みたいに見えていた。わたしの眼にも。視力1・5はある遠視気味のわたしの眼にも。空も壁も路も人も、何もかもが一つに溶かし込まれた、のっぺりした灰色の世界がそこにはあった。ああ、そうなのか、虫はこんなふうに世界を見ているのかと思った。

虫は見ている。天地の区別なく、どこまでも、どこまでも続く荒れ野を見ている。そ

うして、果てのない荒れ野の、寥然《りょうぜん》として色のない世界に、〈虫樹〉は独り立っている。内側から冷たい焔をあげて燃えるエメラルドの輝きを放って。あくまで虫の感性にとっての話だけれど。

いま思うと、ザムザはあの頃、もう変態しかかっていたんだと思う。それを感じたからこそザムザは〈虫樹〉へ向かったんだよ。

ザムザがいってた、虫に変態するっていうことを、あなたはどう考える？　人間が虫になる。そんなことが本当にあると思う？　普通は思わないよね。でも、だとしたら、ザムザがいってたことは、全部でたらめか、狂った人間の戯言《ざれごと》だってことになっちゃうよね。わたしは、でも、そういうふうには思わない。心や魂の深淵《しんえん》に分け入っていく、っていう言い方があるでしょう？　宗教とか、文学とかで。それでいうと、ザムザは、身体の深淵に分け入ったんだと思う。心や魂じゃなくて。肉体の。肉体の深淵。ザムザのいう変態というのは、普通なら絶対入っていけない肉体の深淵に入っていくことだったんだと思う。

ザムザは耳も聴こえなくなっていた。普通の意味ではね。だからわたしはザムザの背中や掌《てのひら》に文字を書いて言葉を伝えなくちゃならなかった。ザムザはね、窓辺で音楽を聴いていたんだよ。そう。まさしくSamsa by the Window。音楽は、もちろん〈虫樹〉から響いてくる音楽。虫だけが聴く〈言葉〉。それをザムザはずっと聴こえない耳で聴いていたんだ。

夜、電灯を消した暗がりで、ザムザの身体は光っていた。不思議でしょ？　正確には、光っていたのは、身体の刺青《タトゥー》。あれはもしかしてわたしの幻想だったのかな、と思うこともあるけど、でも、やっぱり光っていた。そういうふうにいまは信じられる。内側から冷たい焔をあげて燃えるエメラルド、っていう比喩は、じつはザムザの光る身体を見た印象なんだけど、でも、そのときわたしは、こういうふうに〈虫樹〉も光っていることを確信したのね。

激しく光っているのに、ザムザの身体は冷たいんだ。大理石に触るみたいにひんやりしている。わたしは、セックスとか、性愛とか、そういうこととは全然無関係に、でも、そうすべきだっていう一種の義務感から、ザムザの股間のものを大きくしようと奮闘した。一晩中。その淋しさが分かるかな？　つまりそれは愛じゃないし、コミュニケーションでもない。かといって一方的な奉仕でもないの。もしわたしがザムザの奴隷で、意思のない道具として使われているのなら、それなりの見返りはあるはずでしょう？　奴隷としての満足はあるし、逆に相手を奴隷にすることを夢想もできる。けれど、そうじゃないの。わたしとザムザは全然違う宇宙に住んでいるんだよ。身体に触れることでそのことが深く確信されるんだ。

わたしは、猫の仲間。わたしは猫を九匹、いまマンションで飼っているんだけど、猫たちとは交流できる。身体と身体で。もしも猫の肢をナイフで切り取ったら、嫌だよね。恐いし、可哀想だし、だけど、どこか魅惑的でもあるでしょう？　実際やった場合を想像すると。昔、やっぱりロスで、猫を切り刻むバンドのライブを見たことがあるけど、いまでも思い出すと、神経が激しく攪乱《かくらん》される。吐きたくなる。でも、たとえば、机に落ちたカナブンの脚がとれても、何とも思わないでしょう？　足りない脚でひょこひょこ歩いてるのを見ても、神経はふるえない。ザムザは、そういう意味で、異種だった。あのとき、かりにザムザを残酷な仕方で虐待して殺したとしても、わたしは何も感じなかったと思う。たとえば股間のものを切り取ったりしても。感動も昂奮もないアベサダ。

ザムザと裸で絡みあっていると、自分が本当に醜い存在だと感じさせられたよ。わたしは猫の仲間で、それは生暖かくて、ぶよぶよしているんだ。ザムザは冷たくて、かさかさしている。それでいながら、指を入れた口や肛門は、ジャングルに繁茂する蔓草《つるくさ》の樹液みたいにねっとりしていて、いま冷えていると思ったら、何かの拍子に沸騰するように熱くなったりする。身体の内部に特別な熱源があるみたいにね。

深夜、ザムザの股間の樹は固く根を張り、闇に輝いた。光っているのはびっしり隙間なく彫られた刺青の文字。エロチックな気持ちは少しもなくて、でも、樹液を一杯に満たして脈動する樹に頬《ほお》ずりすれば、達成感はあったかな。これこそが〈虫樹〉なんだなと、わたしは考えながら、樹の幹に彫られた文字のなかに「秘密文字」を探してみた。

見つけたかって？　たぶんね。たぶんわたしは見つけたんだと思う。もちろん教えられないよ。秘密というのはそういうことでしょう？

明け方、喉が渇いたわたしは、水を飲みに行こうと思って、ベッドから離れた。とたんにぞっとなって、気持ち悪さに叫び出しそうになった。なぜかって、ザムザのライブに行ったことのある人間なら分かるはずだよ。夕刻からずっと密着していたザムザから離れてはじめて、ザムザの軀の感触が、はっきりと、ありありと肌に生じたんだ。猛烈な嫌悪感と一緒に。かさこそ固くて節のある虫の感触。痛いくらいに鳥肌がたって、毛という毛が逆立って、それこそ無数のムカデか毛虫が身体じゅうを這い回る気持ちがした。わたしはベッドの横にあった椅子を摑んで、ザムザをむちゃくちゃに打った。アンティークショップで買った樫材《かしざい》の教会チェアがばらばらになるまで、ベッドのザムザを打ち続けた。わたしはね、昔から、虫がダメなの。

次の日の夜、わたしはザムザのアパートへ行ってみた。もしかして殺しちゃったかもしれないと思ったし。でも、そのときにはザムザはもういなかった。〈虫樹〉を探しに旅立ったんだと思う。パスポートとバスクラリネット、それから旅には必ず持っていく、ユダヤの祈禱書《きとうしょ》が部屋になかったから。

〈窓辺のザムザ〉は、公式には一枚のアルバムも残さなかったから、ザムザが消えてしまえば、あとには記憶しか残らない。はずだったのだけれど、ライブの模様を密かに録音したり撮影したものが複数出回って、ザムザの〈伝説〉は、ライブを直接知らない世代のあいだでも語られはじめる。そうなると、ライブを直接知る人間が一目置かれるのは自然のなりゆき。伝説が創成される現場を知る古参ファンが新参ファンから尊敬されるってのは、よくある現象だけど、〈窓辺のザムザ〉についても同じことが起こる。

ライブを聴いたことのある中年の映像作家と、蜘蛛網《ネット》完全離脱宣言で名を馳せた若手批評家が、〈窓辺のザムザ〉をめぐって人気フリーペーパーで対談したのがきっかけになり、ザムザが消えてから二十数年を経て、〈窓辺のザムザ〉は再び脚光、というほどじゃないけれど、一部で話題になる。ライブ録音の海賊盤も新たに出回ったりする。

〈虫樹〉が各地で作られたのもこの頃。K芸術大学の造形美術コースの学生たちが、卒業制作の一つとして〈虫樹〉を作り、八王子の山のなかに据えたのが最初だといわれる。これは合成樹脂素材でできた「樹」で、幹や枝にびっしり、さまざまな言語の文字や記号を彫り込んだのが、のちの範型になる。

K芸術大学の〈虫樹〉はまもなく何者かによって破壊されてしまったが、その後も〈虫樹〉は続々出現する。自然木の幹に直接文字が彫られる形で。シラカシ、ケヤキ、クス、キリと、樹の種類はまちまちだけれど、樹齢を重ねた巨木である点は共通する。

川崎の久地《くじ》緑地、奥多摩湖畔の鷹羽山、稲城《いなぎ》の南武線多摩川鉄橋脇、飯能の総光寺の裏山、館林のDAY-OFF裏、柏のみずほ国際大学グラウンド、木更津の湾岸工業団地敷地内、平塚のマサキ金属倉庫横の雑木林、といったところが代表的な〈虫樹〉のある地点。

〈虫樹〉の噂は広がり、観光気分で人が寄り集まるうちに、そこを拠点に独自のネットワークが形成されはじめる。定期的にバザーが開かれたり、農家が野菜を直売したり、野宿者《ホームレス》のための炊き出しが行われたり、犬猫の里親募集の集いがあったり、といった具合に。

そのうちには、周囲にダンボールハウスを建てて定住する者も現れ、ちょっとした集落をなす〈虫樹〉もでてくる。織物染色の工房や失職外国人の難民キャンプができたりもする。一方で、特定〈虫樹〉を拠点にするグループ同士の抗争も起こる。自分らの奉じる〈虫樹〉の正統性を主張して、グループはぶつかりあう。

〈**スカラベ**〉と名乗る一団は、ことに暴力的で、オートバイを駆って関東一円に遠征し、いくつもの〈虫樹〉を伐《き》り倒した。〈スカラベ〉のメンバーは若くて、そもそもザムザを知らず、〈虫樹〉の由来を知らない者がほとんど。にもかかわらず、〈虫樹〉についての独自の美学を共有して血盟を誓い、美学に反する贋《にせ》〈虫樹〉を討とうと欲するやっかいな連中だ。油膜みたいに光る、黒い滑らかな素材の戦闘服を着た〈スカラベ〉は、二〇世紀七〇~八〇年代に栄え、二一世紀初頭には死滅した暴走族、その隔世遺伝的再来であり、危険を顧みず死を怖れぬ者らだとのもっぱらの評判で、東京郊外の住民に恐怖と懐かしさを与えて回る。

ザムザの音楽も思想も行動も知らない〈スカラベ〉は、ただ暴れたいだけのはねかえり連中にすぎない。そのように批評する者は当然いて、けれども一方で、〈スカラベ〉こそが最もザムザに忠実な使徒だとする見方も出る。

〈虫樹〉は、見ただけで、激しくムカツクようでなければならない。

これが〈スカラベ〉の主張。なかなかいいな、けっこうゲージュツだな、なんて、人に気軽な感動を与えるようなのは〈虫樹〉じゃない。思わず眼を背けたくなるようなのが本物だ。これには〈窓辺のザムザ〉のライブ経験のあるジイサン、バアサン連中からも賛同の声があがる。

軟弱な商業主義に毒された贋〈虫樹〉を倒せ！　二〇世紀サヨクふうフレーズを得て、いよいよ勢いづいた〈スカラベ〉は暴れまくり、とうとう死者が出るに至って、官憲の本格的取り締まりがはじまる。〈スカラベ〉は弾圧され、集落は解体され、ほとんどの〈虫樹〉は自治体の手で伐られる。

残った樹も二、三はあり、また、その後も〈虫樹〉は新たに作られたけれど、彫られる文字は公衆トイレの落書きと変わるところなく、かつての完成度には到底及ばない。作った連中が〈虫樹〉が何だか知らないのだからこれは仕方がないところ。

〈スカラベ〉は解散し、〈窓辺のザムザ〉のライブを知る者も段々と消えて、ザムザも〈虫樹〉もしだいに忘れられる。〈窓辺のザムザ〉は歴史のなかで石化し、残された〈虫樹〉の文字はただの汚い疵《きず》に変わる。

それでも物語は死なない。ミイラとなって乾燥や寒冷に耐えぬいたあげく、湿熱にあって再び蘇《よみがえ》る虫のように。何千年の時を経て発芽する樹の種のように。

死んでいたはずの物語は、何かのきっかけを得て、不意に動き出す。動いている、とは見えぬほどの、かすかな吐息のような渦を残して。この世界の、誰もが見過ごしてしまう、片隅の、人目にたたない場所で。

ある雨の晩のことだ。海沿いの街の、廃校になった小学校の、壊れかけた体育用具庫に三人の人間が集う。一人は肺を病んだ老年の野宿者《ホームレス》、一人は夫の暴力から逃れてきた専業主婦、もう一人は子供時代を早くも懐かしんで母校を訪れた音楽好きの高校生。って、なんだか二〇世紀のアングラ芝居みたいだけど、たとえばそんなふうに、集うはずのない人間たちが、集うべきでない場所に集い、交わされるはずのない言葉が、交わされるはずのないリズムと調子で交わされる。そんな奇跡のなかで、物語は動き出す。少しずつ。ほんの少しずつ。

夕刻から、首都高速道路が一時通行止めになり、一般道の自動車が雲海を進み行く舟の列と見えるほどの、霧が、東京シティー全域を覆いつくした夜、一匹の巨大な虫が東京スカイツリーに這いのぼった。

それは変態をとげたザムザだ。〈虫樹〉に到達したザムザは〈宇宙語〉の導きを得て、幾つもの幼生体の段階を経たあげく、ついに完熟したのだ。ザムザは翅のある甲虫の姿である。昆虫の完成形態は必ず翅を持つのだから。

でも、東京スカイツリーに現れた虫には無数の脚があった、っていうじゃない。だとしたら、六脚が基本の昆虫とは異なるんじゃないのかな。

翅のあるムカデじゃなぜいけないの？　ムカデに翅があってなぜ悪いの？　そうだ。そもそも、どうして昆虫である必要があるんだ。あのザムザが変態する以上、それは考えうる限り異様で、グロテスクな姿であるべきなんじゃないのか。いままで誰も見たことのない、想像すらしてこなかった姿であるべきじゃないのか。とうてい正視に耐えぬ、見た瞬間、胃袋がぎゅっと縮んで胃液が口から噴き出してしまうほどの、途轍《とてつ》もない嫌悪を催させる姿であるべきじゃないのか。

無数の脚がサインカーブを描いてひゅるひゅる閃めくや、強化プラスチックで装甲されたような黒光りする軀は、驚くほどのスピードで運動する。餌食《えじき》を襲う鰐の敏捷《びんしょう》さで走り回る、その動きはまるで予測を超えて、意図も意志も感情も微塵なりとも感じさせぬまま、機械の正確さの印象を残す。

かとおもえば、まったく出し抜けに、背中に畳んだ硬化した飴《あめ》のような翅を伸展して、BBBBBBBBB! と、何かが連続的に破砕されるような音をたてつつ、宙に舞い上がるのだ。

耳をえぐって脳に侵入する不吉な響きをたてながら、ヘリコプターのごとく中空に静止したザムザは、やはりまったく出し抜けに飛行を開始する。まるで予測できぬ方角へ。羽撃く鳥類とは異なる、しかし鳥類に劣らぬ力感を放ちながら。

飛ぶのは夜だ。星明かりを浴びてザムザの翅は雲母の煌めきを帯び、微細な光の粒を高い空にまき散らす。

東アフリカから、海を越え、山脈を越え、砂漠を、森を、都市を越えて、いまや全地を支配する虫類の**帝王**であるザムザは、霧の東京シティーに姿を現す。

不器用に衝突する格好で東京スカイツリーの中程にとりついたザムザは、裂傷を押し隠すように翅を畳むや、今度は無数の脚をひらひら蠢かせ鉄塔を這い登る。東京スカイツリーは新たに選定された〈虫樹〉。虫たちのバベルの塔。〈空樹《スカイツリー》〉は〈虫樹《バグツリー》〉へと進化する。そう、ザムザは地球上のあらゆる巨木、あらゆる高層建造物を、〈虫樹〉たらしめる活動に従事しているのだ。

でも、なんのために?

もちろん、宇宙の音楽を鮮明に聴くために! 〈言葉〉を、宇宙のグルーヴを、身体に強く感じ、よりよいセッションを繰り広げるために。あれ？　もしかして忘れてる？

ザムザはもともとミュージシャンなんだぜ。

〈虫樹〉から〈虫樹〉へ飛び回るザムザは音楽を奏でる。ザムザの音楽は、かつて彼が手にしたバスクラリネットと同じ深く艶のある黒い軀から溢れ出る。いまこの瞬間にもザムザの音楽は宇宙に響いている。光の疎らな宇宙の隅々にまで届いている。

　耳を澄ましてごらんよ。どう、聴こえないか？　鉱物の粒みたいに降り落ちてくる雨だれの隙間から、ssisssisssississsisssississsissisississsissisissssi と鳴る不思議な響きが届いてこないか？　夜の底で響き続ける、ホワイトノイズに似た、しかし、それとははっきり違う時空の震え《ヴァイブス》が聴こえてこないか？

　べつにはっきりしなくたっていいんだ。なんだかそんな気がしただけで。

　うん、聴こえた、聴こえた感じがするよ！

　たとえ軽いノリでいったんだとしても、君がそんなふうに答えたのなら、今度は、君が、語る番だ。

特集「ニッポンのジャズマン二〇〇人」——畝木真治

（別冊『音楽世界』1994年よりの抜粋）

米国がベトナムから撤退した年だから、一九七三年、その年の暮れだったと思う。大久保にあったジャズ喫茶《ビブリ》で、ライブの後、飲んでいたときのことだ。プロデビューしたばかりの畝木真治が酔っぱらい、批評家の為坂正之《ためさかまさゆき》と口論になったことがあった。当時、為坂正之は《ビブリ》の雇われマスターをやっていて、カウンターの内と外で穏やかに話をしていると思ったら、いつの間にやら二人とも昂奮して、気付いたときにはほとんど殴り合う寸前にまで至っていた。あの頃、その手の揉《も》め事は日常茶飯事だったから、誰も驚かなかったけれど、為坂正之はともかく、無口でおとなしそうに見える畝木真治が意外に激しいところを見せたので、その場にいた人間は強い印象を受けた。

喧嘩の原因はテナー奏者の渡辺柾一にあった。イモナベの通称で知られる渡辺柾一は実力を認められた中堅テナー奏者で、畝木真治は当時イモナベのセッションに参加していた。その日もたしか畝木はリハーサルの帰りだったはずだ。為坂正之が畝木真治にイモナベのセッショングループから抜けた方がいいと助言したのが衝突のきっかけだった。渡辺柾一は自分のグループでコンサートをやった直後で、これが実に評判が悪かった。

浅草橋のホールで行われたコンサートはかなり実験的なもので、渡辺柾一は突然全裸になってサックスを吹くという「ハプニング」を演じてみせたりしたものの、結果はただの悪ふざけとしか見えず、あれほど観客がしらけたコンサートは前代未聞とさえ評された。渡辺柾一はその後錯乱し、グループも解散になった。

つまり為坂正之は、親切心から、渡辺柾一グループからは離れた方がいいと、若い畝木真治に諭したのである。最初は畝木真治も先輩の話を慎んで承っていたが、そのうち反論をはじめた。議論の詳細は忘れてしまったが、肉体性を超える超えないといった面倒な話になったのは覚えている。要するに、畝木真治は渡辺柾一のパフォーマンスを、肉体の限界を超えていこうとする、ある種の冒険だと弁護したわけだ。舞台で裸になることが肉体性を超えることなのかと、為坂正之は当然いったわけで、あんなことをする暇があったら音楽と真摯《しんし》に向き合うべきだと正論を吐いた。これに対して畝木真治は、渡辺柾一のパフォーマンスは、真摯に音楽に取り組んだがゆえのことなのだと反論した。なぜ畝木真治がそこまで渡辺柾一を弁護するのか、私は不思議に思ったが、どうやら畝木真治は為坂正之のいうことは何でもかでも気に喰わなかったらしい。

その頃、為坂正之は『**終焉のジャズ**』（ＴＫＳ出版）を出したばかりで、一部のジャズマンやファンから反発を買っていた。もっともこれは、「ジャズは終わった」のフレーズが一人歩きした面があって、よく読んでみれば、決してジャズの未来について否定的ではないのだけれど、一般にはそうは受け取られなかった。為坂正之はフォークやロックに関する評論も書き始めていたから、頭の固い連中からは、裏切り者、変節漢の悪《あっ》口《こう》が投げられることもしばしばあった。

畝木真治と為坂正之の論争も、渡辺柾一を離れ、ジャズの終わりを巡って戦われはじめた。面白いのは、畝木真治が「ジャズは終わっていない」と主張したのではなかった点である。むしろ逆に畝木真治は「あなたはジャズが終わったことが本当には分かっていない」と批判したのである。このとき、畝木真治は、ジャズの本質は人間の感性の変革にあるとしたうえで、ジャズに限らず、近代の音楽は人間の感性を変革してきたが、それも限界に達した、ここから先へ進むには、人間の肉体そのものを変革する他なく、しかしそれはきわめて困難な課題であると論じた。私が畝木真治と話したのは、このときがはじめてであったが、酔ってはいても論理には一本筋が通って、さすがに音大で正規の音楽教育を受けただけのことはあると感心したのを覚えている。為坂正之も畝木真治の論に反対というわけではなかった。むしろ両者は一致する点が多かった。たとえば、電子楽器等のテクノロジーの発達は人間の音楽的感性を退化させこそすれ、進歩させるものではないという見解などは、全く共通していた。にもかかわらず、畝木真治は「あんたは何も分かっていない」と執拗《しつよう》に為坂正之に絡んで、とうとう殴り合う寸前にまでなったわけだ。

仲裁に入った私と為坂正之に向かって畝木真治は、「ジャズが終わった証拠を見せてやる」と息巻き、じゃあ見せてみろということに当然なり、三日後に《ビブリ》にまた集まることになった。後日になったのは、畝木真治がいまは酔っているから駄目だといったからだ。どうやら畝木真治はピアノを弾いてみせるつもりのようだった。もしそっちを納得させられなかったら、自分は丸坊主となり土下座してお詫《わ》びする、その代わり納得したら、そっちの誤りを公の場で明らかにしろと畝木真治は要求し、為坂正之はこれを受けて立った。

三日後、私は「立会人」ということで、為坂正之と一緒に《ビブリ》に待機したが、とうとう畝木真治は現れなかった。一晩寝て素面《しらふ》になったら馬鹿馬鹿しくなったか、酔っぱらって覚えていなかったんだろうと、水割りのグラスを傾けつつ私たちは笑った。

畝木真治が『ジャズ・プレイズ・モーツァルト』（リングエージェント　GK－1003）でレコードデビューしたのは、その半年後である。これは少しは話題になったけれど、批評家筋や生粋のジャズファンの評判は概して芳しくなかった。六〇年代から七〇年代初頭、バッハをジャズ風に演奏するジャック・ルーシェやオイゲン・キケロのレコードがヒットして、クラシックジャズはひとつの流行だったから、どうしたって二番《にばん》煎《せん》じの感は否めず、実際聴いてみた印象も、畝木真治のテクニックのたしかさだけは感じられたものの、格別な個性を聴き取ることは難しかった。渡辺柾一のグループは完全なフリーコンセプトであり、畝木真治もセシル・テイラー風のスタイルで演奏していて、私は密かに買っていた。だから、このいかにも売れ線狙いのレコードデビューを意外に思い、落胆もした。

畝木真治はその後、**『ジャズ・プレイズ・ショパン』**（GK−1013）**『ジャズ・プレイズ・ブラームス』**（GK−1014）**『ジャズ・プレイズ・ドビュッシー』**（GK−1020）と一連のシリーズを立て続けにリリースしたものの、どれも似たり寄ったりで、ぱっとしないなかにあって、唯一注目されたのが**『ジャズ・プレイズ・演歌』**（GK−1101）である。モーツァルトから演歌とは、またずいぶんと進化したものだが、これは「別れの一本杉」「王将」「兄弟仁義」「柔」といった演歌の名曲をジャズ風にアレンジしてピアノトリオで演奏したもので、結構なヒットになった。もちろん生粋のジャズファンからはゲテモノ扱いされ、「いくらなんでもここまで堕ちることはないだろう」と呆れられた一作である。

『ジャズ・プレイズ・演歌』が出た年の暮れには、畝木真治はNHK紅白歌合戦に登場した。演歌の大御所が歌う前、曲の冒頭八小節ばかりを、ラメ入りのタキシードを着た畝木真治はジャズ風に弾いた。これを私はたまたまテレビで観て、畝木真治はもうすっかりジャズからは足を洗ったんだなと思い、ここまで徹すればそれはそれで大したもんだと感心した。畝木真治は派手な模様入りのふざけた眼鏡をかけていたが、これが全く似合っておらず、観る者を不愉快にする効果をひたすら発揮していたのが、らしいといえばらしかった。

その後、畝木真治はCM音楽などを手がける傍ら、七九年にはエナックスに移籍し、オリジナルアルバムを発表した。最初が『**愛と情熱のプレリュード**』（日本エナックスE－70458）で、このときのキャッチフレーズが「日本のリチャード・クレイダーマン」（！）であった。第二弾が『**渚のアベ・マリア**』（E－70466）。曲はどれもそう悪くはなく、少なくともリチャード・クレイダーマンには負けていないと思うのだが、なにしろ畝木真治は眼が細く、鼻の穴が二つ並んだマンホールのように前方へ向いた、エラの張ったおむすび顔の男であったから、日本のリチャード・クレイダーマンにはいささか無理があった。レコードは二枚とも全然売れず、今度はレーチクに移って、満を持して出したのが『**シルクロード　愛と幻想の組曲**』（レーチク　LPJ－841）。次が『**ETとの遭遇**』（LPJ－847）、さらに次が『**空と海のナウシカ**』（LPJ－848）というわけで、「ここまでするのか」と、思わず嘆息したくなるほどの便乗路線を突っ走ったものの、いずれも功を奏さず在庫の山を築くに終わったらしい。

この頃、畝木真治はNHKの教育番組に「ピアノおじさん」で出演していた。アラブの怪人風の衣装を着た畝木真治は、三〇歳を過ぎたばかりのはずなのに、かなり髪の毛が薄くなっているのが目についた。このときも畝木真治は妙にでかい眼鏡をかけて、トルコ行進曲を猛烈なスピードで弾いたりしていた。

八四年には『ピアノ・プレイズ・スタンダードジャズ』（LPJ－330S）を出した。これも当時、キース・ジャレットらが火を付けたスタンダードジャズブームに恥ずかしいくらい露骨に便乗したレコードだったが、畝木真治が残した唯一の本格的ジャズアルバムであり、いまとなっては貴重である。池田剛志（b）、佐々木靖（d）にバックを支えられた畝木真治は、オスカー・ピーターソンを想わせる華麗なテクニックを披露し、達者なところをみせている。キース・ジャレットのスタンダーズトリオが、トリオの絡み合いを重視するのに対して、畝木真治のそれは、ベース、ドラムスが控えに徹して、やや古めかしい印象を与えはするが、そのぶんピアノは伸び伸びと軽やかな演奏を繰り広げている。A Foggy Day や Everything Happens to Me といった「うたもの」が主に選曲されたなかにあって、一曲だけ傾向を異にしたコルトレーンの Giant Steps が、アルバム中の白眉《はくび》といってよいだろう。これほど軽快でスピード感溢れる Giant Steps は他にない。畝木真治が本当に上手いピアニストであることが分かる。

為坂正之もこのレコードを高く評価したが、これはいささか不思議に思われた。日頃から為坂正之はマル・ウォルドロンを最高と評価し、ピーターソンを「軽薄」だとして退けていたわけで、その意味からすると、畝木真治のアルバムは「軽薄」の最たるものとの判定が下されてもおかしくなかった。実はそれ以前にも、『ジャズ・プレイズ・モーツァルト』に対し、為坂正之は『Jazz Journal』のレコード評で悪くない点をつけていて、意外の感を人々に与えていた。というのは、為坂正之はジャック・ルーシェやオイゲン・キケロらのクラシックジャズ派をひとまとめにして「猪口才《ちょこざい》な馬鹿ピアノ弾きども」と、口をきわめて罵《ののし》っていたからである。畝木真治こそが「猪口才な馬鹿ピアノ弾き」の典型といわれても、やはりおかしくなかった。どういう心境の変化なのか、是非聞いてみたいところだったけれど、その頃には為坂正之と私との関係がまずくなっていたために、聞く機会がないままに過ぎた。『ピアノ・プレイズ・スタンダードジャズ』が出たとき、為坂正之は出版社の重役に納まっていたが、自分がプロデュースをするから、新たに録音をしないかと畝木真治に持ちかけたらしい。本当か嘘かは知らないが、ジャック・ディジョネットを呼んでタイコを叩かせてもいいといって誘ったという。

どういう経緯があったか、私は知らない。ほどなく為坂正之が喉頭癌《こうとうがん》で亡くなったことがあったかもしれない。結局、新録音はされなかった。これ以降、畝木真治は一線から退いた、かどうかは知らないが、少なくとも名前を聞く機会はめっきり減った。知り合いから耳にした話では、外国航路の客船でピアノを弾く畝木真治を見かけた人があったらしい。船のディナーショーで畝木真治は、「演歌調ベートーベン」だとか「ショパン風もしもし亀よ亀さんよ」といった「芸」を、例の派手眼鏡をかけてやっていたそうだ。

結局のところ、畝木真治は素晴らしい技術を持ち、またジャズを深く理解しながら、ジャズという音楽に生涯馴染めずに終わった感がある。九〇年、畝木真治は多摩川の河川敷に倒れているところを発見されるという、いささか不可解な死に方をした。死因ははっきりせず、他殺も疑われたらしいが、死に方ばかりは、リー・モーガンやアルバート・アイラーといった先達に続く形となったのは皮肉だった。

ところで、冒頭に述べた《ビブリ》での出来事であるが、あのとき畝木真治は「決闘」の場には現れなかったけれど、別の機会に畝木真治が為坂正之に対して、「ジャズが終わった証拠」を見せつけたのではないかと、いまにして私は考えたりする。というのも、今回の原稿を書くにあたり、編集部に集めてもらった資料中に面白い記事を見つけたからである。それは菊池英久著『**モダンジャズあれやこれや**』（鶏後書房）という、七九年に出た本なのだが、そのなかに畝木真治に関する興味深い記事があったのだ。

著者の菊池英久はやはりジャズ界の周辺にいた人で、私は直接話をしたことは一度もなかったが、イベントなどで何度か顔をあわせた記憶がある。本によると、菊池英久は渡辺柾一とは古い知り合いらしく、コンサートの制作を引き受けていた縁で、渡辺柾一グループにいた畝木真治とも付き合いが生じたらしい。少し長くなるが、菊池英久の「思い出のジャズ喫茶」と題されたエッセーから以下引用する。

新宿近辺では「ビブリ」なんて店もあった。歌舞伎町のずっと奥の大久保よりにあったが、開店したのは昭和四三年頃で、評論家のバロン為坂（為坂正之の当時のペンネーム——引用者註）が一時期は支配人をやっていた。（中略）

ある真冬の夜、深夜の零時を過ぎていたと思うが、オレが「ビブリ」に一人で入っていくと、ピアノの畝木真治がいた。（中略）

ライブはとっくに終わって、客もいないのに、畝木はピアノの前に座って熱心にレコードを聴いている。為坂と何かゲームをやっているらしく、ははあ、ブラインドテストをやってるんだなと、最初オレは考えた。あの当時はよく、レコードをかけてプレイヤーが誰かをあてるなんて阿呆なゲームをやったりする連中がいた（いまもいる？）のだ。かかっていたのはモンクのソロで、これは易しすぎると見ていたら、曲が終わっても畝木は答えない。と思ったら、畝木がピアノを弾き出した。のはいいが、畝木がいままで鳴っていたモンクの演奏（曲は April in Paris かなにかだった）をそっくりそのまま弾いてみせたのには仰天した。なにしろフレージングから何からまるでそっくりなのである。一曲弾き終わると、畝木は真っ青な顔で帰っていった。

ありゃ何だ？　と為坂に聞くと、為坂はなんだか妙な顔をしている。ああ驚いた、とため息をつくので、どうした？　とまたきけば、モンクだけでなく、ビル・エヴァンスでもアート・テイタムでも、かけたレコードの演奏を畝木はそのままそっくり再現してみせたというから、こっちも驚いた。途中で為坂も意地になり、畝木が絶対に知らないはずの、マイナーなレコードを選んでかけてみたが、それも平気で畝木は弾いてみせたという。話を聞いたオレは半信半疑だったが、為坂は本当に驚いた顔をしていた。こりゃもう笑うしかないと為坂はいい、しかし顔は全然笑っておらず、この辺に夜中にやっている床屋はないかときくので、どうするんだときいたら、丸坊主になると答えた。なんだか知らんが、畝木との賭《か》けに負けたらしい。キザな長髪がトレードマークの為坂の坊主頭は見物だと思い、それから一週間くらいして行ってみると、為坂の髪は長いままで、別に坊主にはなっていなかった。

これがどこまで本当の話なのか、私には分からないし、登場人物がみな揃って鬼籍に入ってしまった現在、真偽をたしかめる術もない。どちらかといえば、作り話臭いと私は思うが、しかし畝木真治の技術が一流だったことだけは、とにかく間違いない。死んだとき、畝木真治は四〇歳だった。

虫樹譚

自分はこれで大学にいってたんで、そのとき習った先生、というか教授風の人が、バイトは絶対にするなといったのに、けっこう自分は驚いた。大学生はバイトをするもの、というより、バイトをするのが大学生。だと思っていたし、子供から社会人への脱皮？そんなのを成し遂げるには、言葉遣いだとか、接客だとか、同僚上司との付き合い方だとか、バイト先で色々鍛えられる必要があるんじゃないのかと思っていた矢先、いきなりの「するな」にはちょっと衝撃を受けた。わりと受けた。

で、その人がいうには、まず第一に、大学卒業して社会人となれば、いやでも働かされるわけで、なにもいまからわざわざ働くことはないだろうということがあった。第二に、賃金が安くて馘首《くび》の簡単な学生アルバイトは、派遣労働と同じで、企業にとって都合のよすぎる労働力であり、学生が働くぶん社会人から労働機会《チャンス》を奪うことになるわけで、永遠にあける見込みのない就職氷河期の氷はいよいよぶあつくなる一方となって、つまり学生はバイトに精を出すことにより自分らの首を絞めているのである——というのは、なるほどね、いえてるかも。

それで自分はバイトをやめようと思ったんだが、それとは全然別にもう一つ、同じ人から聞いた話で印象に残ったのがあって、たしか「人間論1」とかいう題の講義だったと思うのだけれど、白板《ホワイトボード》に赤い水性インクで殴り書かれた言葉、というか、ただ一個の単語に、自分の気持ちは完全に持っていかれた。完璧にやられた。

Indifference ——

流れは抜けている。ていうか、最初から聞いていなかったわけで、たぶん人間存在《ヒューマンビーイング》の淋しくて滑稽な進化といった、わりによく耳にする話だったように思うんだけれど、この言葉が自分のなかに飛び込んできたとたん、あ、キタな、と息を殺す感じに自分はなった。キタ感に全身を捕捉された。獲物の気配を察した猟師の感覚。って、よく知らないけど。ある種新しいステージに出た体感が生じると同時に、あ、これ、オレが自分用のロゴを作る場合絶対に採用すべきじゃんと直感されて、それ、いただきましたと、手刀《てがたな》切って謝意を示した自分は教室を出た。手刀ってのは大相撲の。

あとから考えると、いまどき白板に手書きっていうアナログな感じがよかったんだろうね。液晶じゃない乱れ糞文字が、河原の石の上でびちびち跳ねる肥えた鮒《ふな》みたいに新鮮に映った。映りまくった。

Indifference ——**無関心。冷淡。無差別。**

とこう日本語にするとどこか違う。自分は無関心な人間でも冷淡な人間でもないと自分では思うから。あくまでIndifference。ただIndifference。こいつには、硬い皮革《レザー》製なのに脚にぴったりくる長靴《ブーツ》みたいな、ベストマッチ感が出会いのときからあったし、使い込めば使い込むほどイイ具合になっていく予感にも我が魂《マイソウル》はわくわくと沸騰した。身体中の細胞がふるふるっと震え出す感覚、とでもいったらいいか。「希望」の雰囲気がクールに漂う感じ。あくまで雰囲気だけだけど。高校時分は、音楽理論の本に出て来た〈共時性《シンクロニシティー》〉が自分的にはキテいたが、それからは Indifference 一辺倒となって、今日に至る。

その頃、もなにも、バイトといったら自分は生まれてこのかたそれしかしたことがないんだけれど、自分がしていたのは洗車系のバイトだ。木更津の埠頭《ふとう》近くに、大昔のヤクザ映画に出てくるみたいな、麻薬取引が行われている最中に銃撃戦になるみたいな、レトロ感あふれるトタン屋根のどでかい倉庫があって、常時五〇台くらい置いてある中古車にワックスかけて洗うのが自分の仕事。行くと車のボンネットに1から12くらいまでの番号が水性ペンで書いてあって、その順番で一台一台洗っていく。倉庫隣の産廃置き場の蛇口から無茶長いホースで水を引いてくるんだけど、このビニールホースってのが曲者《くせもの》で、やたらねじ絡まる意固地な性質は許すにしても、劣化のせいで方々穴があいて、蜂に刺された芋虫みたいにのたうちつつ水を噴き散らすのが頭にくる。仕事の前にまずテープで穴を塞がなくちゃならない。ばかりか、水を出したり止めたりするたび蛇口までぽちぽち歩くのがマジでかったるい。そんなの出しっ放しにすればいいじゃんというかもしらんが、排水が悪いからあたりが水浸しになるし、産廃の人からクレームがくるから無理。

ギャラは歩合制で、一台洗うと一九〇〇円貰える。というとおいしいバイトと思うかもしれないけど、一台洗うのに平均二時間はかかるから、時給換算で九五〇円は、まあそんなに悪くない。交通費はでないから実収はいまいちにしても。柏に家がある自分はアクセスがいいとはいえないにしても。

倉庫にはいつも二、三人は人がいて、その人たちは車の修理や傷直しをしている。なかには純日本人もいるけど、なんとなくきっかけがなくて話したことはない。自分の仕事は工程の最終部分、つまり仕上げなわけで、運び込まれた時点では廃車だろうと思えるようなのが、普通の中古並みにはなる。洗車といっても、ただ水をかければすむ、そんなレベルじゃない、悪いけど。倉庫の奥に鍵のかかる棚があって、仕舞ってある毒黄色のゲル状ワックス、中国製「ＰＸ霊酸膏α」を万遍なく擦り込みピカピカになるまで磨き上げる。バイトだけど、全体的には職人仕事風。手を抜くと雇い主の王《ワン》・Ｄさんからダメが出る。

眼が一本線になっていて、額の横皺と区別つかぬがゆえ、ゾウリ虫みたいに見えるデ・ニーロ顔の王・Ｄさんは、ＰＸの管理にはとりわけ神経質になっていた。ＰＸは加熱して気化させて吸うとイイと噂が流れて、あちこちでやたら盗まれたからだ。自分はそういうのはやらぬやらせぬ主義の者だが、やった人間の話だと、イイというよりむしろアブナイ方向らしい。実際劇薬は劇薬だし。そのことは日本でもアメリカでも販売自体が禁止されている事実からも分かる。もっとも商品名を変えて売られてはいるけどね。実際に使ってみれば、作業用のビニール手袋や長靴が一月くらいでぐずぐずに溶けて穴があいてしまうので、ヤバさは即リアル体感できる。臭いも超絶強烈。塗装業務用の特殊マスクをかけても鼻孔にびんびんくる。バイトの日は飯に臭いがついてほぼ全面的に喰えない。鉄錆の浮いた水溜まりに沈んだ鼠《ねずみ》の死骸を喰う、そんな感じ。いまはだいぶ慣れたけど。「ちゃんとマスクしないと、ノックアウトされるよ」王・Dさんは毎度注意してくれる。親切はありがたいが、しかし、ノックアウトって。ネットの噂じゃ、常用すると骨が滅茶苦茶に融かされるらしい。PXの吸い過ぎで背骨がところてんとなって水母《くらげ》化した中毒患者が、インドや東南アジア方面には大勢いるという話だ。

というわけで、バイトのときは、船橋の王・Dさんのスロットの事務所まで棚の鍵を受け取りに行かなくちゃならない。それも手間。同じビルに組の事務所があって恐いし。総武快速の乗り換え駅だからいいけど。バイトの日は、五時台に起きて、ないし完徹して、朝九時には倉庫に着いて、夜は七時頃まで。平均して五台くらいは洗うかな。「軽」が続いたりするともう嬉しい、嬉しい。なんたって大型車の半分の時間であがるから。

逆にボルボとか四駆のでかいのが続くと沈む。バイトは週三くらい。週一二台が最低ノルマだから、どうしても三日は行かなくちゃならない。一日は大学の授業のあとか前に行って短時間だから、つまり二日半。できたら二日だけにしたい。でも、よほどの幸運に恵まれない限り、六台洗えることはないからね。中期目標は八台。長期的には夢の二《ふた》桁《けた》。って、ちょっとでかすぎる夢かも。

ノルマはきついけど、ときには週一〇で許してもらうこともある。この仕事、見た目簡単なようで素人にはできないから、自分はこれでいっぱしの「技術者」というわけで、少しは我がままもいえるという次第。バイトの身分じゃ実際はあまりいえないけど。自分としては、本当は別のバイトがしたかった。居酒屋とかスーパーカラオケとか。けど面接で落ちた。理由は簡単、顔が悪いから。読みの範囲だったからショックは別になかったけど。整形すればいいのは分かってる。でも自分はそういうアレは好まない性質の人だから。脱毛や化粧《メイク》くらいはするけど、どっちかっていうと「素」系の人だから。整形はカネもかかるし、失敗もあるっていうし。大学入ってすぐの頃、小中で一緒だった鵜島セミオに松戸駅の立ち食い蕎麦《そば》で会ったら、ちょっと顔が違ってたんで、ああ整形したんだなと分かった。きくと二〇年ローンで、顔だけじゃなく背丈も五センチ伸ばしたっていうんだけど、所詮《しょせん》セミオはセミオにすぎないのが残念！　ってのもあったかもしれない。

「素」で真っ向勝負！　とはいえ、来年、就活になったら、やっぱ考えなくちゃならないかもしれない。「素」でいくとなると間口が極端に狭まるし。最近じゃ営業や接客じゃなくても顔が重要視されるってことで、日本は全体なんかおかしくなってねえ、と愚痴をいったら、昔からだと応じた親父は、整形よりむしろＰＩＢ法を自分に勧めた。

ＰＩＢ法ってのは、最近話題になっているから、知っている人も多いと思うけど、脳のなかに遺伝子改変した原虫を挿入するっていうとこだけ聞くと、やっぱ気持ちはよくないよね。パラサイト療法とまとめて呼ばれるこの手のやつは昔から色々あるみたいだけれど、ＰＩＢ原虫ってのは超絶《スーパー》な奴で、大脳皮質内の細胞老廃物を食べてくれる。で、どうなるかっていうと、ＰＩＢ法を受けた人はほとんど寝なくてすむようになるって話。個人差はあるみたいだけれど。日本では先天性の難病治療以外ではパラサイト療法は認可されていないが、カネさえ出せばインドやシンガポールあたりで誰でも簡単に「虫を飼え」るようになる。中国では成人の八人に一人が「飼って」いるそうだし、日本人でももう五万人くらいはいるっていうから、ちょっと愕然だ。

副作用もバリ恐いけど、頭ん中に虫がうじゃうじゃってのがそもそもイメージ的にどうなんだろう。原虫を育てるのに、蚊や蠅《はえ》を使うってのも明らかにマイナスだ。副作用は体質によっては出るみたいで、その場合はキニーネを服用して虫を殺せば問題ない。薬代は施術した病院で出しているパックに保証がついている。ついてないのは割安だが、その代わりヤバさは覚悟する必要がある。って、なんで自分がこんなにＰＩＢ法に詳しいのかというと、身近な人間が受けたから。誰かって、親父。実の父親。こういったら驚いてくれる人は、もしかしてまだいるのかな？

親父はその昔、自衛官をやっていて、自分の生誕の地は親父が赴任していた九州だ。福岡市のそばの田舎、春日市《かすが》というところ。妹が生まれて、自分が小学校へ入ってまもなく、親父は自衛隊を辞め、一家は東京へ。というか千葉へ。親父は中華デリバリーの店をはじめたがうまくいかず、前職を目一杯活かして、オーストラリアの軍事会社に就職する。母親と離婚したのはこのとき。ダーウィンに本社のある軍事会社は、Black Metal Angel（黒い金属天使）という、ベタなところを狙いにいって結局外したへビメタバンドみたいな会社名で、親父は主として東アフリカと旧アフガニスタンで任務についていたらしい。ＰＩＢ法を受けたのもこの Black Metal Angel 時代。

親父曰《いわ》く、全人類のなかで「虫を飼い」はじめた最初の千人に自分は入っているわけだが、当時はまだ不確定要素が多く、実験台の意味合いが強くて、そのぶん格安だったから、いまにして思えば超ラッキーであった、と。

Black Metal Angel はＰＩＢ法を昇進の条件にするなど、社員への普及を強力におし進めた。ＰＩＢが各種麻薬類と同様戦場で有効なのは間違いなくて、アメリカ海軍

SEALsをはじめ、各国特殊部隊で「標準装備」になっているとは、仲間内に各一名はいる軍事オタクのウザ系人物から教えられなくとも、いまじゃ誰でも知ってる常識だよね。しかし、親父はよく受けたなと、いま思う。最初にナマコを食べたやつは偉い、じゃないけれど、最初ってのはなんでも恐いでしょ。思うに、親父はかなりの人生棄てた感に浸っていたんだろうね。でなきゃ、ありえない。いっておくが、この場合の人生棄てた感は、ごくフツー一般の人生棄てた感とは違うよ。いまどきの若者なら人生棄てた感は生きるうえでの基本だけど、親父の人生棄てた感は、もっと苦みばしった本格のやつだ。

「人生を二倍生きられます！」って、ネットCMには繰り返し出てくるけど、そうか、人生の時間が二倍になるのか、そりゃいいかも、嬉しいかも、って素直に感動して「虫飼い」になる人はあまりいないよね、現実には。つまり現実には、仕事がクソ忙しくて寝る暇のない人が、ええいっ、この際だから寝なくていいやと、なかば自棄《やけ》、なかば朦《もう》朧《ろう》状態で専門病院の門を潜るってのが普通だ。というか普通だった。ついこの間までは。少なくとも日本やアメリカでは。「虫」を飼っている人といったら、年収のバカ高いウォール街の株式トレーダーだとか、新ヒルズに住むコンサルのシステムエンジニアだとかいった定型イメージがあったわけだけれど、近頃では大衆化が進む進む。自動車工場で職工に「虫を飼」わせて二〇時間働かせたインドの日系企業が問題になったのは知ってると思うけど、飼わされたのが千匹一ドルくらいのひでえ粗悪な「虫」だっていうんだから、人権侵害もはなはだしいよね。実際、大勢が炎症起こして脳が三倍に腫れあがったっていうからヤバすぎる。

でも、最近では日本もあまり変わらない。日本では「虫」系は基本禁止だし、公式には誰も「飼って」ないことになっていて、かりに「飼って」いても、刺青《タトゥー》入れたり、勃起促進剤のんだり、性器にピアスするのと同じ、各自の趣味道楽にすぎないことになっているわけだ。表向きは。あくまで表向きは。でも裏じゃ、ＰＩＢをした学生を企業が優先して採用しているのは周知の事実。採用の条件にするのは禁止されているけれど、当然ながらなしくずし。就活にルールなし。採用に仁義なし。ってのは昔からの常識だしね。

人生を二倍生きられます、ってのは結局、二倍働けますってことで、寝ない目的はあくまで競争にうち勝つこと。って身もふたもない話に帰着する。楽しいだけの人生が倍になるなら嬉しいが、そもそも人生がクソ詰まらない場合、クソ詰まらなさもまた二倍。侘《わび》しい計算だけど、フツー一般人はだいたいそうだろう。要は、一〇時間働いていたのが、一八時間になるだけの話。って、まさに身もふたもなし。それでギャラが一・八倍になるならまだいいけど、なるわけないから辛い。上がってせいぜい一・二倍程度。企業は自分とこの社員にはＰＩＢをしていて欲しいと密かに願っているんだろうが、案外する人が増えないのは、費用のこともあるけど、クソ人生がそのまま二倍になったらたまんないと考える人が多いからじゃないかな。こういう考え方って俯き《ダウン》がちすぎ？


　ところで、いまさらな感じもするんだけれど、眠らないことの弊害はないのでしょうか？　と問うてみる。全然なし。あるわけないでしょ、なにいってくれちゃってんの。それに万一何かあったとしても、「虫」を殺せば全然オーケーだし。というのが「虫」を育てた学者、技術者の人たちの見解で、世界保健機構《WHO》も概《おおむ》ね認めている。と、このあたりの事情については自分も結構マジで調べてみたわけだ。他人事《ひとごと》じゃない以上はね。

　ここでちょっとだけいわせてもらうと、遺伝子改変された原虫が脳細胞の老廃物を喰う、というのはあくまでバカ向きの解説。実際はそんな単純な話じゃない。世の中には眠らなくても平気な不眠体質の人というのが昔からいて、ミャンマー奥地では村人ぜんぶが眠らない不眠村が発見されたりもしたらしいが、それら特異体質の人たちを一堂に集めて、かどうかは知らないけど、とにかく調べたところ、共通する脳内物質の存在が明らかになった。だけでなく、全被験者にマラリアの罹患《りかん》歴があると判明して、この意外な突破口から研究は一気呵成《いっきかせい》に進んで、人をして眠らなくする方法は、派手派手しい効果音が鳴り響くなか、ついに完成したのでした。

　その一方、肝心の睡眠のメカニズムの本当のところはまだよく分かっていないというなんで寝なければならぬのか。そもそも人は、というか動物は、なんで寝なければならぬのか。なんでなんだろう？　でも、こんだけ色々研究して分からないんだから、もうどうでもいいじゃん、むしろこれからは眠らなくてもいいじゃん、平気な人も現にいるわけだし、と軽めのグルーヴで突っ走ったのが、ＰＩＢ法を開発したミネソタ情報工科大学「生物工学研究所」、およびデンバーに本社のあるＨ＆Ａメディカルファクトリーという会社。「人類は眠りという暗黒世界を征服した。これは深海の征服に比すべき偉業である」というのが、「生物工学研究所」の所長、ベトナム人、グエン・ビン・ラウ氏の勝利宣言であった。

一方、弊害ありと警告する学者もいる。ことに夢を見なくなることが重大な精神疾患に繋がる危険があると、精神医学関係の人達はいっているらしい。「虫」のせいで頭が変になった。そういって病院やＨ＆Ａを訴えた裁判は事実起こっていて、アメリカやオーストラリアでは、しかし概ね原告側が負けている。が、スウェーデンやデンマークでは原告が勝ったりもしていて、一般に、南北アメリカ、アジア圏に較《くら》べて、ヨーロッパ圏は「虫」に対して厳しい傾向がある。ＥＵでは企業が「虫飼い」を選別して雇用するのは禁止だし、逆に、「虫飼い」のトルコ人技術者を解雇したドイツの企業が「逆差別」だと訴えられて訴訟になっていたりする。なんて自分、とくとくとして語っちゃってるけど、以上はすべて『ＰＩＢ法は世界経済の特効薬か？』という本を書いた人のＨＰからの要約コピペですから、そのあたりはよろしく。

以上で世のメインの流れは分かったとして、さて、自分はどうするか。自分の問題として考えてどうなのか。カネは親父が出してくれるっていうし。やるか。やんないか。なんて悩むふりはしてみたけれど、結局は受けることになるんだろうなと、やや諦めたふうに自分は考えていた。というのも、つまり流れがそうなっているから。ＰＩＢはいまは海外でしか受けられないが、数年以内には日本でも認可される見通しだ。これも流れ。ＰＩＢを認めていかないと、競争力をなくして日本経済はいよいよ萎《しぼ》んでいっちゃう、ダメダメになっちゃうと、経済界の人たち、って誰だかよく知らないけど、そっち方面の人たちが政府に圧力をかけつつあるらしい。「虫」の育成も、海賊版を含め、方々ではじまっているから、費用はどんどん安くなっていく。もはや逆らえない流れ。

自分が思うには、一人一人を個別に呼んで、「虫を飼いたいですか？　とアンケートしたら、90％がＮＯと答えるだろう。なんたって頭の中に虫がうじゃうじゃだもんね。それも蚊とか蠅にいたやつ。フツーはやだよね。そもそも寝るのが好きな人も多いし。でも、周りがみんなするなら、自分もするしかない、ってのが、くどいけど、流れということ。自分も親父がやってくれたおかげで大学まで行けたわけだから、ＰＩＢを悪くいう気はないしね。

オリるのはあり。オリる方向でひたすらおちていく流れに身を任せるのはあり。だけど、それには将来の志望は野宿者《ホームレス》です、くらいの覚悟がいる。よほど性根が据わっているか、逆にめちゃいい加減な人柄じゃないと無理だ。もちろん最初から流れの底に淀んでいる人たちもいる。新下層民とか都市底辺民とか呼ばれている人たちだ。しかし、それならそれで覚悟もなにも、そうでしかないんだから逆にいいともいえる。かと思えば、中国あたりじゃ、受験競争を勝ち抜かせるために、子供の頭に「虫」を飼わすのが当たり前になっているというから世の中いろいろだ。日本でも河江塾が旅行社と組んで企画した、ハワイや上海への「お子様ＰＩＢツアー」がけっこうな人気を集めているらしいが、子供ならば親の命令下で選択の余地はないから、これもある意味いいっちゃいい。要は真ん中へんにいる自分くらいの人間が一番迷うわけで、あと一〇年遅く生まれていたら、「虫」を飼うのが人として当たり前になっていて、予防注射感覚でやっていただろうと思うと、あーメンドクセーと、つい溜息が出る。親がカネ出してくれるならラッキーじゃんと、まわりはいうんだけれど、なんか気が進まないのは、要するにちょっと恐いってことなんだろうね。やっちゃえばどうということはないんだろうけど。

で、バイト。夏休み直前の水曜は、木更津の駅に着いたのが一〇時半過ぎだった。ちょっと、というかだいぶ遅めになったが、鍵を受け取りにいったスロットの事務所に王・Dさんが留守だったので、文句をいわれずにすんだのは、まあラッキー。ノルマ制なんだから、何時からはじめようが勝手だと思うんだけれど、陽のあるうちに仕事をさせて、なるべく電気を使わせないようにって節約作戦らしい。セコっ、とは思うが、習志野のスロット・カジノが摘発されたりして、王・Dさんも苦しいみたいだから、仕方がないとは思う。経費節約は社会の合い言葉。いまはコンビニでも電灯を暗くしている店が多いからね。

駅前ロータリーに面した〈天竺《てんじく》ドラッグ〉に入って、一八〇円のミックスフライ弁当と二一〇円のホイコーロ弁当の二択で悩んだのち、前者を買ってリュックに入れてから、〈リンリン眼鏡コンタクト〉前の歩道橋階段の脇に立つ。この時間帯だと三〇分に一本、海浜地区の工業団地への巡回マイクロバスが来る。

にしても、今日も雨。朝からムシムシ、臭いお湯みたいな雨ふり。梅雨だから仕方がないけど、肌にべっとり吸い付く濡れTシャツが最悪。汗の匂いが気になるところだが、自分は消臭スプレーは使うけど、コロンは使わない派。あたりに漂う甘いシトラスの匂いは、歩道橋階段下にたむろするホームレスの人たちだ。いまどきのホームレスが市民の皆様から嫌われぬよう身だしなみに気を遣うのは常識だけど、とくにこの場所の人たちは、見た目普通のサラリーマンと変わらないので、見るたび妙な感じがする。バス待ちの列の人たちよりいい生活をしてそうで、この人たちがバスが向かう先の工場の経営陣だといわれたら、ああそうなんだと、納得してしまいそうだ。六、七人はいるホームレスたちは、岸壁に棲む海鳥みたいな様子で、ビニールシートの上で首を真っ直ぐ伸ばした姿勢で座っている。最近のホームレスはみな行儀がいい。寝転がっていたりすると、ムカついた市民の皆様からひどい眼にあわされる危険があるからだ。ひとりの人などは、青トランクスに黄色いタンクトップのブラジルカラーでかため、道行く人に向かって、おはようございます！　とクソ爽《さわ》やかに挨拶《あいさつ》しながら、スクワットでいい汗流している。あんな元気があるなら、市会議員にでも立候補したらいいと思うが、まあ余計なお世話か。

ケータイを見ると、バスが来るまであと数分だ。遅くなったのは、あれだ、学期末のレポートだ。なんとか期限の午前零時ジャストにメールし終えて、即寝ればよかったんだけれど、つい本なんか読んだのが失敗だった。いちおういっとくと、自分はわりに紙本は読むほうだ。

必修の「文章表現法1」の課題はブックレポートで、五冊の課題本から一冊選んで何か書けばいいという楽勝もの。自分が選んだのはフランツ・カフカ『変身』というやつ。これだけが小説で、わりと短そうだというのが選択理由。とはいえ、時間切れ寸前だったから、ネットで粗筋や他人の感想をちらちら見て作文した。昔はまんまコピペする手が利いたらしいが、いまはコピペ摘発ソフトが色々と出ているからそうもいかない。第

一、それじゃレポートじゃないだろう。で、やっているうちに、人間が虫になるって話に興味が湧いた。なんにも理由がないまま変身するっていうのに、ほほうって感じになった。レポートを書いてのち読むのは無意味だけれど、自分はそういう無駄なのは実は嫌いじゃない。それに読まないより読んだほうがいいといえるんじゃないか。で、読み出して、どうせならそのまま完徹すればよかったんだけれど、ベッドで読んでいるうちに意識を失《ブラックアウト》った。

一〇時四五分に少し遅れて、気持ちの悪い肌色のマイクロバスが国道から左折して現れ、よたよたよろめくように走って、〈リンリン眼鏡コンタクト〉前の水溜まりに停まった。タイヤが水没するほど水溜まりが深いのに驚きつつ、乗車票を提示して、五人くらいの主張のなさそうな人たちと一緒に乗り込んで約一〇分、発電所の裏門前で降りて、そこからは歩き。

工業団地では、雨模様の空に突き出た、四本並んだ紅白縞の大煙突が、航空障害灯のちかつきもあって、今日もやたらと目立っている。いまは煙は少し出ているものの、焰はない。ときに煙突から黒煙を貫いてオレンジ色の火焰が噴出していることがあって、そうなると派手さ爆発、すげえ、地獄太陽のフレアーだぜ、と声が出たりする。が、今日は煙もしょぼく、空から落ちる雨におされ気味。

煙突を左手に眺めながら、発電所の金網沿いをぼくぼく歩く。ぼくぼく音がするのは、バイトのときにいつも履いてくる登山靴のせい。船橋の〈OPショップ〉で四二〇〇円で買ったイタリア製。親父はわりとお洒落《しやれ》なおっさんで、息子の服装センスについては概して否定的だが、この靴だけは褒めた。

発電所の右手は機械工場。地震がきたらたちまち倒壊しそうな染みだらけのコンクリ塀の鼠色が延々、延々と続く。塀の上に赤錆びた鉄条網が張り巡らされているのは、資材泥棒の侵入を防ぐのが目的なんだろうが、逆になかの人間を外へ逃がさぬための仕掛けと見えるのは、建ち並ぶプレハブが刑務所を連想させるからだろう。実際この工場には、カード破産した連中を集めて強制労働させ、脱走しようとした者の脳に電極埋めてロボットにしているという、都市伝説風味の噂がある。あくまで噂だけど。

塀が終わると海が見えてくる。霧状になった雨に煙る鉛色の水上には、黒っぽい船の影がいくつも浮かんで、コンニャクゼリーみたいな空気を刺し貫いてぴかぴか閃光がきらめくのは、対岸、川崎辺りの工場だろう。

東京湾は昔から魚介の宝庫だと社会科で習った。モースの大森貝塚とか。江戸前鮨とか。二〇世紀には工場排水、生活排水で汚れまくったが、いまは江戸時代の水準まで戻して、沿岸漁業がとても盛んだという。蝦蛄《しやこ》とか、穴子とか、シロギスとか、マコガレイとか、いろいろ獲れて、いい商売になるというが、こういうクソ天気の日だと、とてもそんなふうには見えない。暗鬱な鉛色の水に生き物の棲む気配は全然なくて、猛毒の薬品か放射性物質が溶かし込まされていそうだ。と感じてしまうのは、自分が立つ埠頭の風景のせいもある。

〈産開跡〉と呼ばれるこのあたりは、一口にいって、「廃墟《はいきょ》」ふう。サッカーグラウンド一〇面くらいの地面がガラとゴミの原っぱになっている。「廃墟」というのはこの場合、喩えじゃなくて、工場や倉庫が並んでいたのを取り壊してこうなった。しかも、壊したままざっと片付けただけで放置してあるから、土台がまんま残っている箇所は多いし、鉄管や塩ビパイプが獣の腸みたいに地面から突き出しているし、山積みになった産廃ゴミの隙間を鼠がうろちょろするのが、世界の果て的荒涼感を一段とパワーアップしている。

聞いた話では、この辺は〈産業開発整備公団〉とかいう組織が作った工業団地だったそうだ。昔はそれなりに活気があったみたいだけれど、その後工場は潰れた。倉庫は産廃置き場になり、廃工場は放っておかれたが、建物のなかでレイプ殺人があったり、爆弾サークルがアジトにしたりしたのが問題になり、取り壊すことになった。のはいいが、その頃には〈産業開発整備公団〉は影も形もなく、どこが取り壊し費用を持つかでずいぶんモメたらしい。結局誰がカネを出したのか、自分は知らないが、とりあえずヤバい連中が隠れられない程度まで壊してこうなった。

自分がすごいと思うのは、まず植物。〈産開跡〉がこんなふうになってまだそんなに月日は経たないはずなのに、瓦礫の隙間から草が鬱蒼《うっそう》と生え、パイプには蔓が頑固に絡んで、春先にはタンポポみたいな黄色い花がたくさん咲いたし、いまだと、茎の硬い、曼珠沙華《まんじゅしゃげ》みたいな形の紫の花がつんつんと廃材の隙間から勢いよく伸びている。秋にはススキが生えてオッだったりとか。

それからすごいのは虫関係。トンボや蝶はいないけれど、地面のコンクリの塊をどけたりすると、オケラみたいなのや、ダンゴムシみたいなのがうじゃうじゃ出てくる。秋にはコオロギが喧《やかま》しいくらいに鳴くし、バッタも跳ねる。なかでも一番目立つのは、巨大ムカデだ。墨みたいに真っ黒だったり、赤みがかっていたり、なかには白いのもいるんだけど、軽く二〇センチを超えそうなのが錆びた鉄骨の下なんかに群れていて、かなりビビる。

ムカデは気持ち悪いだけじゃなく、実害もあるからヤバい。自分は刺されたことはないけど、刺されるとめちゃ痛く、アナフィラキシーショックで死ぬこともあるというからヤバすぎる。困るのは例の「PX霊酸膏α」をムカデが好む事実だ。放っておくとワックスを塗った車に向かってぞろぞろと行進してくる。「黒い絨毯《じゅうたん》」ていう昔の映画のDVDを「メディア学」の授業で観たけど、まさにあれ。あの感じ。ちょっとした悪夢だよね。だから仕事場のボロ倉庫の周りには殺虫粉をむちゃくちゃに撒《ま》いて、さらに自分が作業する場所の周囲にもミンチョーの「ムカデシャットアウト！」を大量噴霧してから仕事にかかる。自分も霧を吸ってちょっと気分が悪くなるけれど、ムカデにたかられるよりはマシ。

妙なのは、ムカデはＰＸを舐めると死んでしまうことだ。猛烈熱心に舐めにきて、舐めるとあっさり死ぬ。貼り付いた車からぽろぽろ落ちる。バカだとは思うけど、なんか分かる感じもある。なんていうか、自殺するムカデは Indifference なやつら？ そんな感じがないでもない。ＰＸをただ舐めたい。ひたすら舐めたい。その欲望だけに支配されて、残りの世界の事象一切に Indifference となりきる。そういうあり方もアリなんじゃないかな。というより、人間も基本はこうなんじゃないか、なんて哲学ふうに考えさせられるものがあったりして。実際猛烈に臭いＰＸの毒黄色は痺《しび》れるほどの甘味がありそうで、ときどき自分も舐めてみたくなるのは本当だ。

ムカデが一番集中的に棲息《せいそく》しているのは、〈産開跡〉西端の古タイヤ置き場だ。そこには昔、廃ゴムを加工して燃料にする工場があったそうな。工場が採算がとれなくて潰れたあと、原料の古タイヤだけが大量に残された。ばかりか、いまだに古タイヤが運び込まれては投棄される。だからもう本当にすごい量で、ちょっとした山になっている。Indifference ムカデがいるのがそこ。タイヤ山全体が一種の巣になって、ムカデはゴムを喰っている、というか、ゴムを分解する微生物を餌にする小虫を餌にしている、と解説してくれたのは、漢方薬局も経営する王・Dさんだ。

〈産開跡〉のムカデを集めて漢方強壮剤にする商売を計画していると話してくれた王・Dさんは、「アイデアを盗まれるといけないから、絶対内緒だよ」といっていたが、たぶん本気じゃないだろう。でも、たしかにここらのムカデは、機械油をさしたクランクみたいに油光りして、無数の脚を波打たせて歩くときなど、非常に素早いテンポで、ひゅるひゅるひゅるんとサインカーブを描きつつなめらかリズムで動くあたり、案外と効くかも。バイアグラ系の薬は昔からいろいろあるけれど、勃《た》てばよいとする時代はとっくに去って、いまや「勃ちごこち」が大切だそうで、漢方は根強い人気がある。と、これも王・Dさんから聞いた話。

で、自分の仕事場、オンボロ倉庫は、発電所裏門から歩いて二〇分ほどの、〈産開跡〉の西より海沿いにある。北側が大手産廃業者の所有地。西側にはタイヤ山が迫って、だから夕方はすぐに陽が翳《かげ》る。ことに冬は。って、いまはまだ夏。夏直前。もう二、三日で梅雨明けだとネット・ニュースでいっていたけど、梅雨が明けようが明けまいがクソ暑いのは同じ。どっちでもいい。ビニール合羽《カッパ》はリュックに入っているが、汗で濡れても雨で濡れても濡れるのに変わりはないから、しのつく雨のなか、歩きにくいでこぼこガラ地面を濡れて歩く。〈産開跡〉は、写真本で見た、爆撃で破壊された街、ベルリンだったと思うが、それにちょっと似ている。と、いつも思う。そんな雰囲気がするだけだけど。

東京湾はさっきより一段と煙る感じになって、海と空の区別のつかないのっぺりした灰色の薄闇に沈んでいる。船の黒い影が、輪郭がぼやっと曖昧なせいで、巨大化した虫に見える。ムカデとか芋虫とか。じっと眺めていると、自分の頭のなかの暗がりで、何かがぞろり蠢くせいのようにも思えてくるから気色悪い。ＰＩＢはまだやってないのに、別の虫が、それこそムカデが頭蓋骨中に棲みついていて、そいつがひょろり視神経を刺激しているんじゃないのか。そんなはずないけどね。って本当にないよね？

それでやっぱりバイトはやめたほうがいいのか。このところ考えている、ってほどじゃないけど、やや気にしている問題を、このときも自分は逍遥《しょうよう》哲学者ふうに考えた。雨ん中。濡れながら。逍遥哲学者って、知らないかな？　古代ギリシャかなんかの。ソクラテスとか。自分もよくは知らないけど。要するに歩きながら考えた人たち。何を考えたかは知らないけど、ああ、セックスしてえ、じゃないだろう、たぶん。自分もセックスのことは考えないで、バイトについて主に考えた。海辺の潮っぽい〈産開跡〉を歩きながら。雨ん中。濡れながら。

カネってことをいうなら、自分の場合、さほど稼ぐ必要はないっちゃない。柏の自宅は安アパートを羊羹《ようかん》みたいに切り分けた、ちっさな建て売りだけど、家賃はいらないし、学費と生活費は親父が月々振り込んでくれる。これは離婚した母親が妹を連れて出ていってからずっとそう。当時小学生の自分は、親父のおふくろ、つまり祖母に面倒を見てもらってた。二年前、祖母がボケて介護施設に入所してからは一人暮らし。というか、親父と一緒に住んでいることになってはいるんだが、Black Metal Angel を辞めてから、Soldado de Falcano（隼《はやぶさ》戦士）という、ブラジルの会社の日本支社長になった親父は、自衛隊員の訓練を請け負う仕事で富士に出張していることが多いし、オフは横浜のマンションで恋人と過ごすから、柏にはめったに帰ってこない。ちなみに親父の恋人は、ヴィクトールという金髪のコロンビア人。

　聖佳学会の信者だっていうヴィクトールは親父の仕事仲間で、自分は二回会ったが、金髪とはいっても、頭頂部ツル禿《は》げの、小太りのおっさんだ。本当に恋人なのかって、三人でドイツ料理屋で飯を食ったとき、ヴィクトール本人が、「ワタシ、おとうさんの、恋人です」と、それだけ日本語で、いかにも外国人らしいクソ発音でいったから間違いない。親父をチラ見すると、いつものしかめっ面を崩さず、豚のスペアリブに強化セラミックの義歯で齧りついているので、ああ、そうなんだと納得した。ヴィクトールはころころとよく動く、かいがいしい感じのする人だ。かいがいしいってのもなんだけど。無精な親父とは対照的。なのが相性的にいいんだろう。戦場で生死を共にした者たちの結びつきには余人の想像の及ばないものがあるのです、ってのは、自分の勝手な想像にすぎないけど。

一度だけ、柏の家で酒を飲んだ親父がヴィクトールについて、「あいつはあれでテクニックがすごい」と評論したことがあって、あのときは自分、正直、動揺した。親父は別に下卑た感じじゃなかったし、照れくさそうに笑ってたんだけど。ちょっと解脱した人ふうの笑いで。でも、こっちはまだ童貞だったしね。親父が任務地でどんなふうにしているのか、ときどき会う姿からは全然想像できないでいたんだけれど、親父は人を殺したなと、はじめてリアルに実感したのがあのときだった。サッカーを観ながらラムロックを飲む親父の短髪はすっかり胡麻塩《ごましお》になって、日焼けした首筋に二本、鑿《のみ》で抉《えぐ》ったみたいな深い皺ができていた。

基本のカネは親父がくれる。再婚してソウルに住んでいる母親も会えば小遣いをくれる。めったに会わないけど。つまり自分は自分で稼がなくとも遊ぶカネくらいはあるわけで、世にいういいご身分の者。といっても、自分はあんまり遊ばない方だと思う。車もバイクも持ってないし、自転車はママチャリ。酒もそんな飲まない。唯一の使いどころが音楽方面。自分のカヴァー領域は、二〇世紀六〇年代、七〇年代の黒人音楽、主としてジャズ、および二一世紀零年代のJ－POP。EXILEとか宇多田ヒカルとか。音源は基本フリーで手に入るからカネいらず。ライブもめったに行かないし。楽器だけは高校からやっていて、バンド関係の付き合いでカネがかかる程度。自分がやってるのはテナーサックス。ソプラノもときどき吹く。高校一年のとき上野のスクールで習い出した。楽器は親父に買ってもらったヤマハの。

　ちょっと自慢すると、母親の祖父の弟がプロのジャズプレイヤーで、やっぱりテナーを吹いていた。っていったら、へえって思ってくれる？　名前は渡辺柾一というんだけど、知るわけないよね。ネットで検索してもほとんどヒットしないし。それでも日本ジャズ史みたいな本には名前が出てくる。『Once I Loved』という題の、山瀬圭太というギタリストの、わりにヒットしたアルバムで吹いているほか、リーダーアルバムも二、三枚はあるらしい。自分はレコードの再生装置——光で読み取る式のやつだけど——を持っているので、中古屋をあたってみたが、もちろんどれも現在は入手不能。

　実をいうと、自分が渡辺柾一を知ったのはつい最近で、母親がちらっとそんなことをいったので、激しく喰いついたら、母親も会ったことはなくて、親戚から話を聞いただけだというので、自力で調べてみたところ、本当にテナー吹きだった。自分がサックスをはじめたのは、だから偶然じゃなくて、血は争えない面があるのかも。って大いにもりあがりつつ調べたんだけど、渡辺柾一はさほどのミュージシャンじゃなかったみたいなのだ。残念ながら。淋しいながら。一口にいって小物。仲間からはイモナベと呼ばれていたらしくて、しかし、これはミュージシャンの渾名としてはありえない。だってイモだよ、イモ。自分はイモの血筋の者です、って考えると、笑えるけど、やっぱり脱力する。しかもイモナベは神経がおかしくなり、錯乱のあげく狂死したというから、ここまでくるとあまり笑えない。

このあたりの情報は、ジャズファンサイトの掲示板に、どなたか渡辺柾一というミュージシャンを知りませんか？　って書き込んで獲得《ゲット》した。レスをくれた「オーネット冷凍人間」さんは、余程のマニアか研究家なんだろう、渡辺柾一の音源も持っているそうで、コピーを送ってくれるよう頼んだ。すぐには届かなかったけれど、カネを支払ったわけでもなく、向こうにはわざわざ送る義務はないから文句はいえない。それに、いっときの熱は冷めていた。血筋にジャズ・ミュージシャンがいる！　って、はじめは大昂奮したんだけど。

同時に、音楽そのものへの熱もやや冷め加減の感じとなったのは、やっぱ才能がなかったから、とかはいいたくない。イモの子孫だと思うと、不安になるけれど、イモでもプロはプロだし。自分ではまあそこそこだとは思っている。プロでやれるレベルじゃないにしても。カネはとれないにしても。けど、よくいわれるように、熱を持続できることと自体が才能だとするならば、熱が冷めつつある自分はやっぱ才能がないのかも。ってのは、かなり沈む。

ついこの間までは新しいサックスが欲しかった。アメセルＳＢＡ。いにしえ、ジョン・コルトレーンが使っていたモデルの再発もの。楽器屋のガラスケースに燦然《さんぜん》と輝く、太古の貝の化石みたいに優雅で、ちょっと鈍重なその姿。ど素人じゃないから、展示品を買ったりはしないけどね。スクールのコネを使って格安で手に入る。バイトをはじめた直接の目標はそれ。だけど、いまはどうでもいい感じになりつつある。目標は溶け気味。アメセルは中古でも三〇万円はする。三〇万円はちょっともったいなくはないか。なんて考えるようじゃ駄目だろう。これは買わない流れかも。熱が冷めおちたのは、バンドで一緒にやってきたドラムがやる気をなくし、ピアノがデキ婚でタイのチェンマイへ越したせいもある。ジャズは基本個人技だから、バンド中心で話が進むわけじゃないんだけどね。

ジャズ以外では古楽器製作ってのに少し興味が出てる。知り合いがちょっとやってて、見学して自分向きかと思った。チェンバロとかビオラダガンバとか。足踏みオルガンとか。一から作る場合も壊れたのを再生する場合もあるらしい。ちょっと面白いんじゃゃね、と思ったが、いまのところハマるまではいきそうもない感じ。敷居もかなり高そうだし。

となると、カネは当面はいらないから、バイトはしなくてもいいとなる。ならば「人間論1」の教授っぽい人がいったように、永遠にあけぬ就職氷河期のことを考えたら、むしろ即刻やめるべきだろう。必要もないのに働くことはないしね。食える者、働くべからず。ってのは、自分がいまアドリブで考えた箴言《しんげん》。しかし。しかしだ。ここで一つの問いが。

バイトやめてどうする？

そう、どうするんだ。やめて何をする？　「人間論１」の教授っぽい人は、ここの大学の学生に勉強しろとはいわないが、せっかく時間を親のカネで買ったんだから、何か己を磨くことでもしてみたらどうかな？　と中年脱力系のたたずまいで助言してた。

オノレを磨く。なるほど！　って、でも、どう磨くの？　「人間論１」の教授っぽい人自身は、学生時代、プラトンおよび手塚治虫を読む傍ら、ネットゲームを毎日一〇時間平均やって己を磨いたんだそうだ。かなりのバカだ。が、磨いたことはたしかに磨いたんだろう。でも、自分はゲームはそんなにはやらないし、プラトンって急にいわれても、ちょっとね。手塚治虫は中学のとき課題図書で読まされたけど、いまいちピンとこず。ていうか、要は、何か全身全霊のめり込めるものを見つけろってことなわけだけど、自分の場合、このところそれは音楽関連で、そこんとこの部分で熱がなくなってきているんだから、行き詰まり感を持つのも当然か。けっこう深刻な可能性あり。

どっちにしても、バイトをやめたら、することがなくなりそうな予感があるのはたしか。思うに、バイトはカネになる、っていう点で活動の意味がはっきりしている。くっきりクリアな意味の手触りを持つ。これに対して、勉強にしても趣味にしても、意味がはっきりしないのが困りもの。資格でもとれるなら別だけど。自分はいまのところ資格は目指していない。自分にとれるくらいの資格じゃ、どっちみちつぶしはきかないしね。

自分は大学に入って哲学をやろうと思っていて、だけど哲学の専門コースってのはあまりなくて、総合情報学部ってところに推薦で入った。哲学っぽい講座がありそうだったから。実際はあるようなないような。別にどっちでもいいけど。哲学をやろうと思ったのは、考えるのが好きだから。でも、一人で考えるってのは、自分にとってはそれなりの意味はあるけど、要するに趣味なわけで、たいした意味があるわけじゃない。それで食えるわけでもないし。他人を動かすこともないしね。そもそも大学自体、意味があるとは思えない。ことに文系は。専門知識や技術を身につけたいなら、専門学校へ行けばいいわけだし。友達づくりに大学の意味はあるという人も多いけど、なんだかな、と思う。「人間論1」の教授っぽい人も、日本の大学くらい無意味なところはないと、けっこう真顔でいっていた。

となると、自分が現在なせる活動中で意味があるのは唯一バイトだけ、って話になりはしないか。バイトをやめたら、自分は全くの無意味人間になってしまうんじゃないか。いてもいなくてもいい人間になってしまうんじゃないか。この論理は変か？　自分でも変な感じはあるし、クローン技術と遺伝子医療の進歩でもって、不老不死が夢でなくなりつつある現在、人間が生きていることの意味を求める時代は終わったって、誰か作家みたいな人がいってたと思うけれど、でも人間、やっぱ意味なしじゃやっていけないっしょ、マジな話。でもないのか。

バスを降りて一五分くらい歩いたところで、小高い丘をなすタイヤ山が前方に見えてくる。タイヤ山の向こうには樹の黒っぽい緑が見える。タイヤ山の左手前、高さ三メートルはあるクリーム色の鉄材の塀で囲まれたところが〈すめろぎ殖産〉という産廃業者の所有地。鉄塀の上にショベルカーの一部が覗けている。〈産開跡〉自体が産廃置き場みたいなものなんだから、囲っても意味ないと思うが、囲わないとしまりがつかない感じがあるのかも。近頃じゃ街なかでも鉄板の囲いをやたらと見かける。大抵は古ビルの解体工事だが、解体したあともそのままになっている所が多い。建て直してもテナントが入るあてがないから、建てられないんだろう。だったら壊さなきゃいいようなもんだが、七〇年代八〇年代のビルは手抜き工事が多くてそのままじゃ危ないらしい。東京でも千葉でも、地域によっては軒並み鉄塀、みたいな風景もいまは珍しくない。「鉄板街」なんて言葉もできてるみたいだし。

〈産開跡〉の風景はもしかして、ニッポンの未来を先取りしているのかも。なんて、自分はちょっと考えたりする。石材や漆喰《しっくい》の残骸。赤錆びた鉄骨。ねじ切れたパイプ。鉄棒入りのコンクリ片。水を吸ってふにゃふにゃになった建材屑。山積みになった古タイヤと廃棄された電化製品。空き缶空き瓶ペットボトル。それらの隙間から頑固に伸び出る雑草と、土に半ば埋もれたガラやゴミの下をうぞうぞと蠢き回る虫たち。尻尾《しっぽ》の長い鼠に、夜中海から上がってくる真っ赤な蟹の群れ。雨のあとには決まって羽虫が大量発生して蚊柱が陽を翳らせ、月の光のなかを真っ黒な蛾が狂ったように飛び回る——ってのは、どうしようもない、最低の風景だ。風景なんて言葉を使うのはもったいない、最悪なクソ溜めだ。けれども、自分はどこかで、この最低の風景に心惹かれる、というと、やや違うけど、どこかしら懐かしさ？　そんなのを感じるのは本当だ。なんでだか知らないけど。

朝もまああだけど、携行ライトなしじゃ歩けないほど真っ暗になる夜はとくにいい。かなりイイ感じになる。ことに月が出てたりすると。涼しい風が吹いたりすると。〈産開跡〉で自分は生まれてはじめて天の川を見た。生まれてはじめて月見をした。風に揺れるススキの横でピザまん食べただけだけどね。コーラ飲みながら。それでもワビサビな風流っていうの？　そんなのは体感できた。自分がバイトをやめられない最大の理由は、もしかしてこのクソ風景だったりして。って案外あるかも。

で、自分のバイト先、王・Dさんのボロ倉庫は、タイヤ山から二〇メートルくらい手前、〈すめろぎ殖産〉の鉄塀に隣接した窪地《くぼち》にある。海沿いの道路へ出ずに、発電所から直線で歩いていくと、最後は板金工場の土台跡を越える形になるので、ボロ倉庫は谷底にある感じになる。上から見下ろすトタン屋根のプレハブは、ほとんどそれ自体が産業廃棄物の風情をビンビンに漂わす。

崖状になった土台を降りかけて、自分は倉庫の様子がいつもと違うのに気がついた。まず、この時間なら全開になっているはずの正面大扉がぴったり閉まっているのが変だ。加えて、鉄杭《てっくい》に張り渡した黄色いテープで倉庫が囲まれているのが怪しい。殺人事件かっ、と瞬間考えたのは、ドラマなんかで警察がよくそんなのを事件現場に巡らせているのを思い出したからだ。けれどもあたりに警官の姿、どころか、人の姿はまるで見えず、海沿いの道路にも警察車が停まっていたりする様子はない。

警戒モードに切り替え、土台跡を降りて倉庫へ近づくと、殺虫粉の酸っぱい匂いが鼻をうってくるのはいいとして、人のいる気配がないのがやはりおかしい。トタンを打つ雨音を除いて静まり返る倉庫は、いかにも廃墟ふう。水曜日のこの時間だと、修理の人が二、三人はいるはずなのに。もはや異変は疑えず。KEEP OUT の文字が印刷された黄色いテープは胸の高さに一本張ってあるだけなので、潜るのは簡単だけれど、禁を破る感じになるのが不快。

ボロ倉庫の左手へ回って、通用口を見ると、閂《かんぬき》がかかって掛け金に南京錠《ナンキンじょう》がぶら下がっている。のは、普段どおりだけれど、南京錠がいつものやつと違う。ぴかぴか光るステンレスは見たことのない新品だ。王・Dさんの事務所で受け取った鍵束にはここの鍵もついている。いちおう試してみるが、鍵は合わず。錠が違うんだから当たり前だけど。念のためもう一回正面に戻って、トタン張りの大扉の把手《とって》を引いてみるが、こっちが開かないのも予想の通り。

やっぱり何かあったわけだ。軒下で雨だれを眺めつつ、しばし呆然となったあと、リュックから出したスポーツタオルで顔と頭を拭《ふ》いて、それから王・Dさんの事務所に電話をかけた。呼び出し音三回で留守録案内に即切り替わる。録音中、もしもし、誰かいませんか、と呼びかけてみたけど応答なし。王・Dさんのケータイの番号は前は知っていたけど、いまは知らないし。

とりあえず船橋の事務所に戻るしかない。そう思案して引き返そうとしたとき、大扉の向こう側から、いきなり的に声がしたからビビった。かなりビビった。声の中身は、ナカジン？　ナカジンなの？　とかなんとか。誰かと間違えて呼びかけてくる。若い男でたぶん日本人。

――違いますけど。

と答えると、向こうは、ナカジン？　ナカジンでしょ？　ナカナカカナカジンなんでしょ？　とまたしつこく訊いてくる。だから、ナカジンてのは誰だ？　または何だ？　しかも、ナカナカカジンって。妙に弾んだリズムのノリはどういうことだ？

――違います。

と、もう一度いうと、チッチッチ、メッチャ、バラケテンノカヨ、マイリーとかなんとか、意味不明の文句フレーズが吐かれたのに接して、タッ、タッ、タッ、タッと、小刻みに駆ける足音が遠ざかって急速にフェードアウトする。反響音だけ聴くと、倉庫の空間がずいぶんと広いように感じられる。

関係者じゃないな。自分は直感した。急がずに倉庫の右側へ出ると、短パンに黄色っぽいアロハシャツを着た人が、倉庫から離れてタイヤ山方向へひょろひょろ走っていくのが見えた。誰だあやつは？　と声を出しつつ倉庫裏手へ回ると、普段は締め切りの戸が開いている。錆びきった南京錠が地面に落ちているところからして、さっきのアロハ野郎が侵入したのは間違いなさそうだ。

警戒モード全開で、倉庫内へ入る。天井近くに明かりとりはあるけれど、この天気じゃ薄暗いのは必然。蒸し暑い空気のこもる暗がりに車が雑然と並んでいるのは、いつもと変わらぬ景色である。誰かいますか？　と警戒モードを解除せぬまま声を出してみる。雨はこやみになったのか、トタン屋根のパラパラ音も消え、倉庫はこれ以上ないというくらいに静まり返って、どうやら人はいない模様だ。

用具棚の方へ近づくと、いきなり的に猛烈な匂いが鼻を襲ってくる。ガツンてくる感じは、おなじみ「PX霊酸膏α」だが、いくらなじみでもこの匂いだけは慣れない。絶えず新鮮てのは、ある意味すごいかも。タオルで口と鼻をおさえつつ棚近くへきたとき、バッキャロウ！　と罵声《ばせい》が飛び出たのは、棚の扉の鍵がこじ開けられていたからだ。人がいないのをいいことに、さっきのアロハ野郎がやったんだろう。

見ると、棚の前のコンクリ床にPXの缶が一つ、蓋があいたまま転がっている。と、うわわっ、とパニック声が喉からいきなり的に迸《ほとばし》り出たのは、ムカデだ。床に無数のムカデがうぞうぞうぞうぞ、PXの缶に頭を突っ込もうと、櫛《くし》みたいな脚をひらひらさせつつ群れ集っているではないか。黒い絨毯ってほどじゃないが、ゲゲゲッ、ゲゲゲゲッと、ゲー声が連続するくらいには多い。殺虫剤を撒かないでPXの蓋を開けるからこういうことになるんだ！　自分は猛然たる怒りにかられた。マジ憤怒に燃えあがった。怒りの根元にあるのは蹂躙《じゅうりん》された感。土足で踏み込まれた感。日頃自分が細心の注意を払って扱っているものを、こうもぞんざいテキトーにされては、もはや許すことあたわじ。って、自分はなに時代の人だ。

ザケンナよ、ブッ殺す、ザケンナよ、ブッ殺す、と、こういう場合の伝統フレーズを唱えて怒りをぶちまけるが、逆上は去らぬまま、別のロッカーから塗装業務用マスクとビニール手袋を出して装着し、「ムカデシャットアウト！」を噴霧して、まずムカデを追い払う。が、なにしろ数が多いので、一回は逃げてもまたしゅるしゅるんと集まってきてしまう。「ムカデシャットアウト！」じゃ駄目だと判断した自分は、殺虫粉の五キロ袋を出してきて、死ね！　死ね！　死ね！　と心で叫びつつ群れめがけぶちまける。これは効いた。ギュケケケッと、悲鳴をあげるような雰囲気でムカデは節のある身体をよじり、コロリ、コロリ、コロリと裏返る。広範囲にわたって殺虫粉を撒き、さらにその上から

「ムカデシャットアウト!」を視界が悪くなるくらいまで噴射した。

それからようやっとPXの缶に蓋をして、棚へ戻す。PXの数を数えると、プラ包装されたままの缶が七つ。使いかけが、いま拾った一つで、計八。日曜に鍵をかけたときいくつあったか、はっきりは覚えていないが、最低一〇個はあったはずで、二、三個は盗まれた勘定だ。と思えば、ザケンナよ、ブッ殺す、とまたキレ声が出まくる。

盗難は自分の落ち度ではないし、PXがいくら盗まれたってバイトの自分に損害があるわけじゃない。なのに、どうしてここまでキレなきゃならないのか。よく分からない。分からないが、ふつふつと沸騰する鍋のカレーみたいな怒りは消えない。どころかますます激しくなる一方だ。自分はマスクと手袋を脱いで廃棄物用の缶に投げ捨てると、裏口から外へ出た。

雨は完全にあがって、海の方は雲が切れて陽が差し、そこだけもう夏! って雰囲気になっている。自分は水溜まり、ぬかるみを避けつつ、ほぼ一直線にタイヤ山へ向かった。ブッ殺す、ブッ殺してやる、といぜん呟き続けてはいるが、もちろん本気で何かする気はない。あるわけがない。〈産開跡〉なんかをうろついている、ああいう風体のやつが、ロクなもんじゃないのは当然で、相当キテいるとみるのが常識だ。ああいうのは何するか分からない。真昼間っから他人の倉庫に忍び込んでPXを吸うようなやつだ。まともに相手にすべき人間じゃない。街中や電車で遭遇しても、絶対に眼を合わせちゃならない人種だろう。仲間がいる可能性だってある。その場合は命を失う《デッドアウト》ってとこまで想定する必要がある。

　だったら行かなきゃいいわけだが、このときの自分は何だか気持ちが収まらなくて、タイヤ山へ向かうのをやめられなかった。なんでこんなにヒートアップするのか、自分でも分からなかった。あると知らなかった地雷を踏んだのか。地雷がバンときて、脳が爆発したのか。ブッ殺す、ブッ殺してやる、とまた声に出すと、マジギレ感に躯が痺れ、指先に電気が走ってぴりぴりと震えるのがヤバい。

　雨に濡れたせいで黒く艶めいて見えるタイヤ山の麓まできて、自分は山の裏手へ回り込むべく右へ動いた。ガチでアロハを捕まえるつもりらしい。マジかよ、そんなことしても何の意味もないじゃんよと、たしなめる自分もいることはいるのだが、足は全然止まらない。前へ、ひたすら前へ。もう水溜まりもよけない。ぬかるみもずぶずぶ。沸騰する殺意の毒液に全身が浸された感じ。後から思うと、自分、かなり自棄《やけ》になっていたのかも。自棄になる理由は見当たらないんだけど。しかし逆からいえば、自棄にならない理由もないっちゃない。

　ゴルフクラブくらいの鉄パイプを自分は拾った。自分の筋力に見合った、これで人を殴ってくださいといわんばかりの、おあつらえ向きの長さと重量だ。駅なんかのセキュリティーチェックが面倒だから、自分はナイフとかは普段持ち歩かないから、これがいま使える唯一の武器ということになる。と、完キレ状態で鉄パイプをむちゃくちゃふるう自分の像《イメージ》が見えてきた。ガボスッと、鉄パイプが頭蓋骨を砕く手応えと飛び散る脳漿《のうしょう》に血液。スプラッターな場面《シーン》に心臓がドクンドクン跳ね回り、アドレナリンが血管中に溢れかえる。イタリア製登山靴がずぶりぬかるみにはまって、カーゴパンツの膝《ひざ》まで泥水に埋没したが、そんなことは全然気にならない。ていうか、気にしている場合じゃない。そうなのだ。これは戦争であり、ここが戦場である以上、生活に関わる配慮は一切無視すべきなのだ！

世襲が基本のニッポン国。親父の子供である自分は、親父の跡を継ぎ、いずれ戦場に立つ運命だったのではあるまいか。生まれてはじめて思う命題に、そのとき自分は出し抜け的に一挙捕捉せられた。完璧に持っていかれた。荒れ野の戦場に寝起きし、襲ってくる敵兵を撃退する自分は、通信ヘルメットとボディー・アーマーに身を固め、戦闘服のポケットに弾薬と手榴弾を詰め込んで、砂漠に掘られた塹壕《ざんごう》から敵の潜むあたりへ向けてサブマシンガンをむちゃくちゃに掃射する。テナーサックスでフリーっぽいフレーズを吹きまくるみたいに。

中学の頃、親父の旅行鞄をこっそりあけて手にした、米国海兵隊の特殊作戦用ナイフの、光の角度が変わるたび刃の表面で波濤《はとう》のように閃く暗い銀色の縞模様は圧倒的だった。あのごついチタンの柄を握って敵の喉笛を背後から掻き切る自分は、噴き出す血をよけるために、ボクサーみたいに頭を小さく振ってスウェーするだろう。一瞬でもためらったらこっちが殺《や》られる以上、反射的に作動する殺人機械になりきるしか生きる道はない。自分はきっとなれるだろう。自動殺人機械になりきれるだろう。死を顧みずＰＸ缶に突進するムカデみたいに。

この戦場は、自分がこれから長く闘うはずの、数えきれないくらいの戦争の、その最初のものになる。であれば勝つしかない！　生きるために。次に繋げるために。なんのために生きるのか？　なんて考えたらその時点でもう負け。ここは「人間論1」の講義の教室じゃないんだから。戦場こそ、人間が本当の意味で生きることを許される、ただ一つの場所だ。って、これ、なんか真理な感じがしない？　それもけっこう深遠な。「人間論1」の教授っぽい人もこれにはうなずいてくれるんじゃないかな。もしかして。

タイヤ山の向こう側に自分は行ったことがなかったから、今回が初体験。意外だったのは、タイヤ山が一つじゃなかった点。いつも眺めている手前の山の奥に、やや標高の低い山が三つ並んで、これらタイヤ山脈に囲まれた盆地の中央に、横へ枝を張ったわりとでかい樹が一本そそり立ち、これがいつも見えていた緑の正体。樹だとは分かっていたけれど、てっきり林になっていると思っていたから、一本だけってのはかなり意外。自分は植物関係は知らない人だが、冬でも緑だから、常緑樹？　たぶんそんなやつだろう。奥のタイヤ連山の向こうは夏空が広がる。埠頭の端に近いから、山を越えると海なんだろうが、〈産開跡〉の荒れ果てた景色が地平線の彼方《かなた》まで続いているように幻想される。

いくらキレ加減とはいえ、いきなり敵陣へ飛び込むほど自分はウカツな人間じゃない。軽率でもない。まずはタイヤ山盆地を見通せる位置から偵察する。物陰に身を屈《かが》めつつ。いかにも戦争している人ふうに。と、まずは、三つ並んだ奥山、その真ん中の山の、地面から二メートルほどのところに、例の黄色いアロハシャツがいるのが見えた。

なにしてんだか、うつ伏せの格好で手足を伸ばし、イモリとかそんなのを想わせる感じでタイヤ山にへばりついている。長く伸びた髪は赤茶黒が入り混じった斑《まだら》になって、見るからに不潔。かつ、ぞんざい。ペイントとかをテキトーにぶっかけたんじゃないかと思うくらい。アタマ悪そう感まるだし。焦げ茶の短パンに虹色ビーサン。アロハの背中は、ヤシの木陰でウクレレを弾く黒人ビキニ女の絵柄、って狙いなんだろうけど、外す外さない以前のレベル。

他に人らしいものは見えないが、油断はできない。タイヤ山の陰に別働隊？　そんなのが潜んでいないとも限らない。雨は完璧に去って、青空が雲をどんどん押しのけ、夏の日差しに水溜まりがぎらぎら光っている。紫外線が肌をちりちり焼きはじめるのがヤバいので、スポーツタオルを首に巻いた。

眼に見える範囲に動きは生じない。静か。アロハもイモリの格好のまま動かない。まるで棄てられたフィギュアみたいだ。死んだのか。ＰＸの吸い過ぎで死んじゃったか。が、よく観察すれば、頭部が小刻みに動いているので、とりあえずは死んでいないと分かる。

自分は鉄パイプを握って立ち上がり、アロハシャツの方へ一直線に近づいた。キレつつも、あの半分死にかけのイモリだったら、マンツーマンで制圧できると計算している。とはいえ、いま山陰からアロハの仲間がばらばら出てきたらどうにもならない。逃げきる自信はないから、鉄パイプを滅茶苦茶振り回して玉砕することになるんだろう。と、そのあたり、自分はけっこう客観的だったわけで、客観的ならとっとと帰れよと思うが、全体に夢の中というか、他人事な感じがあったのはたしか。

自分とアロハの間には例の樹がある。葉陰のひんやりした空気帯を通過して、再度強い日差しにさらされれば、そこはもうアロハシャツの直下だ。

自分はこれまでの観察をいったんリセットして、あらためて男を眺めた。背丈はあまりなく、軀は全体に貧弱。筋肉はなし。痩せているけど皮下脂肪はわりにある隠れ肥満タイプとみた。ジャンクフードばかり食べているとこういう軀になる、って自分もあまり人のことはいえないけど。洋梨みたいな小さい尻。短パンから出た脚がつるんとしているのは、脱毛だけはちゃんとやっているらしいが、斑模様になった頭は天辺《てっぺん》が薄くなって、いわゆるスダレ状態。透けて見える頭皮にぽつぽつ瘡蓋《かさぶた》があるから、若ハゲ体質じゃなく、皮膚病のせいだろう。こういう頭をした若い人間は多い。なんたらバクテリアのせいだと、テレビで解説してた。バクテリアは虱《しらみ》が運んで栄養が悪いと毛根で繁殖するそうだ。早い話、飯をちゃんと食わず、風呂に入っていない証拠が病気ハゲという、シンプルな話。

男の脇のタイヤに埋もれてＰＸの赤い缶があるのが見えて、自分は安堵した、ってのも変だが、これで話が分かりやすくなったのはたしか。相手が泥棒である動かぬ証拠があった以上、正義は百パーこっちにある。つまりこれは聖戦《ジハード》、って、ちょっと意味が違うけど。とりあえず殲滅《せんめつ》してもこの際は大丈夫そう。筋合い的にこっちが有利。とはいえ、いきなりタイヤ山に駆け上ってやっちゃうのもなんなので、鉄パイプで足下のコンクリ片をコンコン叩いて注意を促した。アロハのハゲ男はこっちに気付く様子がない。タイヤ山にへばりついたまま、あいかわらず頭部だけを小刻みにこくこく動かしている。何かにひたすら熱中しているようだが、やはりどうもイキ気味というか、なんだか変な感じ。

もうちょっと観察してみるつもりで、自分は左へ動いた。とたんにゲゲゲッとギョエ声が出たのは、ムカデだ。アロハのハゲ男がいるあたりに無数のムカデがへばりついている。考えれば、もともとタイヤ山はムカデの巣だし、そこへＰＸ持ち込みだから黒い絨毯的に集合して当然だ。驚くのは、アロハハゲ男が、ムカデにたかられて平然としている点、つっても、別にムカデはアロハめがけてたかっているんじゃない。むしろハゲ男がムカデと一緒になってタイヤ山にたかっている感じ。それはそれで変だけれど、ムカデ絨毯に横たわって平気でいられるハゲ男の神経はマジ驚異だ。と思った次の瞬間、さらにぶっ飛ぶべき光景を自分は見た。

アロハハゲ男はタイヤを喰っていた！　タイヤというか、タイヤのゴムだ。顎を上下にくちゃくちゃさせているのが、頭が小刻みに動いていた原因で、チューインガムでも嚙んでいるんだろうと思っていたら、違ってた。ゴムだ。黒ゴムを喰っている。それがはっきり分かったのは、男が短パンのポケットからカッターを出し、眼の前のタイヤを削って口へ入れたからだ。それからまたくちゃくちゃくちゃくちゃやり出したから仰天した。

——なにしてるんだ？

自分はアロハハゲ男に向かって声をかけた。これは相手を咎《とが》めるというより、驚愕のあまりつい声が出たというのが真相。ゴム喰いハゲ男からは反応なし。

——そんなところで、なにしてるんだっての？　と今度ははっきり訊問《じんもん》モードに切り替えて自分はいった。と、ようやく男は、うつ伏せの格好のまま顔だけこちらへ向け加減になる。とりあえずシカトは免れた、少しは面子《メンツ》は立ったと、やや安堵しつつ、

——なにしてるんだ？　と問いを重ねる。男はなんだかはっきりしないトカゲ目でこちらの方を眺めつつ、さかんに口をくちゃくちゃしている。見りゃ分かるだろう、だからゴムを喰ってんだよと、無言で返答する様子だ。

こいつはかなりヤバい。イッちゃってるにもほどがある。だいたいゴムなんか喰ってるのはあまりにもヤバすぎるという、ある意味最初から分かりきっていた観測の針がフルまで振れるのを覚えた。バカやってないで早いとこ家に帰ろう。と思ったとき、アロハハゲ男が喋り出した。変なトカゲ目でこっちを見ながら。ゴムをくちゃくちゃやったままで。

——ここのゴムさ、バリうめーよ。すげえうめえ。前にさ、朝霞《あさか》のセンショーの倉庫？　あっこのもイケてたけど、こっちのがかなり上。って、もしかしてゴム界の特上？　ミシュランの五つ星？　そんなの。雨が降るじゃん。空から。高い空から。雨が降っと、いい具合に濡れる、っていうか、ゴムのしっとり感？　そんなのがグンと出てくる感じ。うまみっていうか、うまみ成分？　そういうのって、あるっしょ。ない？　ないの？　結局はなし。でも、うめえ。すげえうめえ。あ、いちおういっとくと、ここのゴムはフリーだから。いまんとこ。現状では。好きに喰っていいって話。知ってた？　知らねえよ。そんなこと知るかよ。と声に出さずにいった自分は、いよいよゲゲゲッとなりながら、ハゲ男があんまりうまそうに喰うので、本当にゴムはうまいんじゃないかなんて、つい思ってしまうからいやだ。

話す気まんまんとなったハゲ男が喋りながら軀を起こし、こっちを向いてタイヤに座る形になった。正面から見た顔は目も鼻も口もちんまりして、歯が出た感じが鼠ふう。病気ハゲ鼠。首筋に貼りついたムカデがシャツの襟から胸へ這い込んでいくが、全然気にする様子がない。完全にムカデになじんだ状態だ。やや気圧《けお》され気味に自分はいった。

――ゴムなんて、本当に喰えんの？

――喰える、喰える。とアロハハゲ男は即答する。

――新品だと喰えねえけど、置いとくと喰えるようになる。外に積んどくと、雨風にあたって腐食？　そんなんが起こって、なんかアメーバとかがいろいろやって、熟成？　そんな感じのことが起こって喰えるようになる。って、これ全部、ヤマジ先輩がいってたこと。まんま受け売りかよ！　って、知ってる、ヤマジ先輩？　オレとセンショーのハケンで一緒だった人。カレーまんばっか喰ってる人。あの人、オレの中学の先輩。二年までバスケ部。うそって思うっしょ。ふつうは思うよね。思わね？　でもこれマジの話。新座《にいざ》七中。センショー裏の、カメダ工機のとこの駐車場にタイヤがあっしょ。最初食べたのはあっこ。ヤマジ先輩が、うめえぜっていうから。最初はゲーって思ったんだけど、喰ってみたらマジうまかった。ヤマジ先輩が、な、うめえだろ？　っていうから、オレ、マジうまいすって答えた。嘘じゃなく。偽りじゃなく。真心から。そんでもって、レッズ、どうなった？　昨日の試合？　負け？　オレ的には負けだけど。やっぱ負け？あと、ナカジンは？　ナカナカナカジン。どうしたって？ウナギ、捕れたって？　って、やっぱあれなの、レッズは結局負けなわけ？

こいつは駄目だ。完璧壊れてる。ソッコー去ろうとしたとき、アロハハゲ男がPX缶に手を伸ばした。まさか素手のままで、と焦って見ていたら、蓋をあけて指を入れたからまたもぶっ飛んだ。ハゲ男はPXのゲルを眼の前の古タイヤになすりつける。となれば、ムカデが脚をひらひら激しく群がり寄ってくるのは当然だ。ハゲ男は虫の外套《がいとう》でも着た状態となる。

——何してんだよ？　と自分は思わず声をあげた。そんなことしたら指が溶けるだろ。と、これは声に出さずにハゲ男の手を見ると、ゴボウみたいに黒ずんではいるけれど、指はある。とりあえず骨が露出もしていない。ハゲ男が喋る。

——これさ、塗るじゃん。そうすっとタイヤが溶けるじゃね。てかゴムが。グズグズな感じ？　それがいい具合なんだよね。ちょっとチーズっぽいっていうか、一種、調味料？　カラマヨとかショーユとか。って違うか。ツウはプレーンで行くんだけど、オレ、ゴム歴、まだあんま長くないっしょ。だからできれば味は欲しい人。液系だと、ピレパンなんかがいまはキテるみたいだけど、ワックス系ならやっぱPXっしょ。断然。圧倒的に。臭いが駄目って人もいるけど、オレはオッケー。むしろ慣れると病みつき？　くさや、つったっけ？　新島《にいじま》の。臭い魚のやつ。そんなの系。

ＰＸがタイヤにつくと、ゴムが溶け出し、磯の海藻みたいにぬるぬるになるのは本当だ。だから洗車作業のときには、タイヤに古本から破いた紙を何重にも被せる。しかし、あれを喰うとは想像の外、というかもはや人間の仕業じゃない。と思ううちにも、ムカデまみれのハゲ男はタイヤからゴム片を切り取り口へ運ぶ。それから顎を盛大に上下させてくちゃくちゃ、くちゃくちゃ。ＰＸに惹かれるムカデはいまやどんどん寄り集まって、ゴム喰いハゲ男はほとんどムカデに埋もれた状態。怪奇ムカデ男、っていうか、ここまでムカデに馴染めるのは、単純にすごすぎる。人間ばなれ、というより人外への思いきった脱出。そんなおもむき。全身に隈なく刺青を入れるより過激な印象を生む。ラジカルなビジュアルもさることながら、動き回る虫のたてるカチカチいう乾いた音と、虫に埋もれてなおゴム喰いをやめないハゲ男の口のくちゃくちゃ湿った音が混じり合うサウンドが寒気を呼んでやまない。

とにかくこいつは終わってる。終わりきっている。そう思いながら、自分もちょっとくさや味のゴムを喰ってみたい感じがするのがややヤバい。いまやさかんとなった夏の陽が真上から照りつけ、頭が電熱プレートみたいにじりじり焼け出した。自分は迅速に樹の陰に避難した。陽にさらされたタイヤ山から蒸気がゆらゆら立ちのぼるなか、ハゲ男はもとの腹這い脱力姿勢に戻って、くちゅくちゅくちゅくちゅ、ゴムを喰い続ける。紫外線を直に浴びても平気らしい。ていうか、PXをまんま舐めるくらいだから、皮膚癌くらいどうってことないんだろう。一方、異常細胞の発生は避けたい自分は、リュックサックからUVカットのチューブを取り出した。

ミントの香りのする乳液を顔から首筋から腕から万遍なく塗り込んでいると、樹の幹に眼がとまった。灰色の樹皮一面に薄黒い文様がついているのは、誰かが刃物で疵をつけたらしい。見れば樹の根元から背の届かない枝のあたりまで、びっしり隈なく疵の文様で埋めつくされている。

スゲー、と自分は声を出した。文様の隙間を埋めるように別の文様が刻まれ、そのまた隙間に細かく疵がつけられてでき上がった細密な図柄は、職人仕事というか、もはや一個の「作品」といってよかった。漢字やアルファベットがある一方で、アラビア語らしいのや地図記号に似たのがあり、バーコード風があるかと思えば、見たことのない文字や記号もたくさんある。まさにゲージュツだ。とまた声を出しつつ、ざらざらする木肌を撫で、文様に眼を寄せて観察した自分は、これを刻んだのが単一の誰かではなく、大勢の者が長い年月をかけて手を加えてきたことを了解した。

読みたい。ここに書いてあることを是非とも読んでみたい。突然の欲望に駆られた自分が樹皮の文字を慈しむように掌で撫でていると、出し抜けに後ろで声がした。

——それさ、宇宙語だって、知ってた？

見れば、寝そべっていたはずのアロハハゲ男が、ひなたと日陰の境目あたりに立っている。気配がなかったから、やや驚いた。ムカデは払い落としたようだが、顎は依然くちゃくちゃだらしなく動いている。顔の色が異常に青い。ていうか青黒い。別にこっちに危害を加える様子はなさそうだ、と観察したとたん、男が短パンのポケットからカッターナイフを出したから、鉄パイプを持って固まった。

——そっちの人も、なんか書く？　っていうか、木に彫るんだけど。あ、別になんでもいいみたいよ。思ったこととか。あれ、ほら、なんつったっけ？　学校なんかでみんなで書くやつ。努力とかなんとか。寄せ書き？　寄せ書きったっけ。それであってる？　なんかそんなんと同じ。

寄せ書きはしないと断った自分は、なお緊張したまま、これは誰が彫ったのかと質問した。アロハハゲ男はカッターをしまいながら答えを寄越す。

——誰ってことはねえんじゃね。ていうか、ここにいる連中が順番に彫ったって聞いた。てか、この木はさ、なんか、宇宙樹とかいうやつでさ。そこに彫った字、っていうか言葉が、宇宙語になるんだっていう話。知ってた？

知らねえよ、と内心で毒づきながら、しかし自分は宇宙樹の言葉に激しい興味をかきたてられていた。というか、興味くらいじゃ全然足りない。はじめて耳にした言葉なのに、ウチュージュと聴いた瞬間、音は「宇宙樹」の文字と一気に結びつき、その文字を中心に世界がぐるぐる渦を巻いて、昔のレコード盤みたいに回転し出した感覚さえ生じた。

——宇宙樹は、別名チュージュ。しかし、チュージュって、なんか笑えねえ？　オレ的には笑う、笑う。でも、チュージュはないよね、ネーミングとして。って、実はありなの？　逆にあんがいありなわけ？

チュージュは宙樹だろうか？　しかし宇宙から宇の字を取り去ることにどんな意味があるのだろうかと思案した自分が、なぜ宇を取るのかとストレートに訊くと、アロハハゲ男は汚い歯を見せて笑った。

——そう思っちゃうよね。チュージュって聞いたら。普通。でもそれはブー。不正解。チュージュのチューは、虫のチュー。だから虫の樹。それで虫樹。笑うっしょ。そうでもねえ？

虫の樹。そう聞いて自分は、ありえない偶然に遭遇した人のように、軀のなかのたくさんの音叉《おんさ》が、そんなのがあるとして、いっせいに鳴り響くのを覚えた。

——なんで宇宙樹が虫の樹なんだろう？　といったときには、発熱したときみたいに声が震えている。

——知らねえけど、なんか、虫って、宇宙から来たらしいよ。ナントカって学者がいってんだって。ロシアかどっかの。えー本当かよ？　って思うよね。でも、ナカジンがここの長老みたいな人から聞いたって。長老って誰よ？　って話はおくとして、地球の支配者は人間じゃなくて、宇宙から来た虫なんだって、マジな話。人間は虫の奴隷？なんかそんなのらしいよ。つまりオレも奴隷ってこと。えーいつのまに？　って思うけど、ここでゴム喰ってると、ああそうかって、納得、っていうか、色々分かってくるんだよね。

アロハハゲ男はあい変わらずひなたと日陰の境界に立って、クスリか何かで酔っぱらった人っぽく、貧弱な腰をよどみの水藻みたいにふらふらさせながらいう。ゴムを噛みながらだから、ひどく聴きにくくてイラッとさせられるけれど我慢して、色々何が分かるのかと質問した。

――だから虫の気持ち、っていうか、虫のしていること？　地球にいる虫はさ、メッセージっていうの？　そういうのを宇宙に向かって発信してるんだよね。虫全体で。虫類総体で。それが虫のおもな仕事、っていうか使命。ミッション。宇宙樹は、一種のアンテナ？　そんなもん。だから虫樹、ってやや安易かも。って以上はわりにマジ。ここらあたりは虫にとっての、聖地っての？　聖地であってる？　なんかそんなもんだって。虫樹はアフリカにもあるらしいよ。ってか、アフリカのが一番のメジャー。メジャー虫樹。ナカジン曰く。あくまでナカナカナカジン曰くだけど。

——なんで人間が字を彫るんだろう？

——奴隷ゆえに。虫の奴隷ゆえに。虫は宇宙語でメッセージを出すんだけど、それを字にしたのが、これ。

馬鹿馬鹿しい。阿呆らしすぎる。そうは思いながら、興味の水が溢れて質問せずにはいられない。

——ていうか、好き勝手に彫ったのが、なんで虫のメッセージになるわけ？

——まさにそこだよね。オレもそこんとこは疑問。けど、ナカジン曰く、ていうか長老の人がいったんだけど、長老って誰？　って話はおくとして、ここにしばらくいっと、オレら虫に近づく、っていうか、虫の考えに染め上げられる？　そんな風になるってこと。それが奴隷の意味。奴隷ったって、あれだぜ、鞭《むち》でピシーとかじゃないぜ。って、思わねえか？　女王様じゃねえっての。だから奴隷っていうより、虫の一部門？　そういうのになるってイメージかも。

アロハハゲ男のムカデ軍団との馴染みぶりをみれば、「虫に近づく」というのはそういうことなんだろうなと納得する一方で、自分は男の言葉にけっこうな衝撃を受けていた。その衝撃がどこから来たものか、なにゆえであるか、分からないまま、軀の内部に活断層があって、そこの部分で激震が起こったみたいな感覚に頭がぐらぐらして、あたりの景色がでたらめにズームする。ぎゅんと近くなったり遠くなったり。と、揺らめく映像のなかに、自分は驚くべき光景を見た。タイヤ山には大勢の人がいるのだった！　それまでは気づかなかったのだけれど、タイヤ山のそこかしこで、タイヤに埋もれるようにして、たくさんの人間が寝そべったりうずくまったりしている。人間のほとんどは裸で、古タイヤと同じ色をしていて、だから気づきにくかった。いや、よく見れば、眼の前のハゲ男と同様、服を着た者もあり。が、それもタイヤの間に挟まって、ゴミとしか見えなかったのだ。

騙《だま》し絵の図柄が反転した具合に、一度見えはじめれば、タイヤ山には、四、五〇ではきかぬ数の人間が埋もれているのだった。というか、そのときの自分の印象を正確に述べるなら、人間がタイヤに埋もれているのではなくて、人間とタイヤは対等、というのも変だが、つまり人間とタイヤは全く同じ資格でそこに存在している、人間のあいだにタイヤが埋もれているという言い方も可能だと、そんなふうに自分は感じた。そこにいる人間たちが日々ゴムを喰っているのは疑えなかった。彼らがゴムを喰うのは、彼らが古タイヤと等しい存在だからなのだ、と自分は哲学ふうに考える。脈絡ははっきりしないながら。意味はよく分からないながら。

——そっちの人も、虫樹になんか彫ったら。べつに無理にとはいわねえけど。強制じゃねえけど。でも、いずれは彫ることになるんじゃね。どっちみち。やがていずれは。

アロハハゲ男がカッターナイフをまた取り出していった。自分がタイヤ山の人間たちから眼を逸《そ》らすことができぬまま、なお突っ立っているところへ言葉が加えられる。

——ちなみに、オレ自身はなんて彫ったと思う？　て、分かるわけないよね。オレが彫ったのは、レッズ万歳！　って、ちょっとベタすぎ？　でもない？　あんがいあり？やっぱ駄目？　オレ、枠はずしてる？


その後も王・Dさんとは連絡がつかないまま。船橋の事務所は知らない不動産会社の事務所になり、習志野のスロット・カジノにも行ってみたけれど、経営者が代わっていた。バイト代の未払分だけでも貰いたいと思ったけれど、よくあることだと諦めた。バイト代より自分は王・Dさんに会って事情を聞いてみたかった。聞いてどうなるってわけでもないけれど。ちょっと会って、今後もお互い頑張りましょうくらいはいいたい気がした。

という次第で、バイトをやめるもなにも、やめたのと同じ状態に自動的になったわけで、といっても、自分からやめるのと状況に押されてやめるのでは、主体のありようにおいて根本からして違うのは当然だ。拍子抜けというか、芯が抜けたというか。ほかにも魂だとか気力だとか、夏休みはいろいろと抜けたまんま過ぎ行く。クソ暑いさなか、新しいバイトを探す気にもなれず、誘いのあったサークルの飲み会や合宿にも行かず。絶対参加せよ、来ないと野垂れ死んでも知らないよと、脅迫的な案内のあった学校の就職セミナーにも出ず。飲み物食い物を買いに出る以外は家から離れず、昼間寝て、夜中に起きてネットやゲームの夜行性引きこもり生活。本も少し。カフカにややはまって、『変身』の他に短編をいくつか読破。音楽は全然。もちろんサックスには触らず。古いレコードを聴いたりもせず。すっかり火の消えた印象となり果てる。全体に日当たりの悪い湿地みたいな生活。って、よく意味が分からないけれど、自分はぶくぶくメタンの泡が立つ沼のほとりに生えた青白いキノコといったあたりか。それも毒のない。

親父は七月の終わりに一回来て、二回目が八月のお盆前。先祖の墓参りに会津若松まで一緒に行かないかと誘われたが、めんどうだからと断った。一週間後、親父からメールがきて、九月の第二週にサイパンの病院に予約をとったから、ＰＩＢを受けろと書いてある。カネはこっちで払うし、飛行機の予約はしてある、月々の額より余計にカネを振り込んでおくから、サイパンで少し遊んできたらいいともある。結びの一文は次のようなもの。

「私は君にいままで何も命令したことがないが、今回だけは親として命令する。かならず行くように」

親ってのはありがたいものだ。というか、世の中ひでえ親もいるから、ありがたいのは親一般ではなく、自分の、あの親父がありがたいってことなわけだが。しかし、親が子を思うほどには子が親に恩義を感じないのは世の常。自分の場合もどちらかといえば鬱陶《うっとう》しさが先に立った。メールが来た翌日に航空予約券が届く。同封されていたSaipan St. George Hospital の日本語パンフには、手術は事後検査を含め二泊三日で済むと書いてある。なるほど簡単だ。とはいえ、炎暑のさなか、駅まで歩いて、成田へ行って、飛行機に乗って、サイパンまで行って、と考えると億劫《おっくう》になる。いくら海がきれいでも。珊瑚礁《さんごしょう》に熱帯魚がうようよでも。まあ結論は九月になってから出せばいいやと、自分は決断を先送りにして、沼地キノコ生活を継続したが、結局はサイパンへ行くことになるんだろうな、と漠然と考えていたのは、つまりは行かない理由がないから。というか、およそ自分の身辺に理由とつくものは一切なくなってしまった感じ。こうなると、親から命令された、だから行く。ってのはかなり力強い。非常に明快だ。どのみち流れに逆らう術はないわけだし。沼地キノコの身ではね。

と、呑気《のんき》にしていられたのは八月まで。九月に入ったとたん、流れが変わった。急変した。いまとなっては、バイトをやめるかどうかとか、ＰＩＢを受けるか受けないかとか、悩む、とまではいかないけれど、自分なりにあれこれ考えていたのが遠い夢のよう。流れが変わった原因は、親父が死んだから。

会社から家電話に連絡があったのが九月の二日、自分がそろそろ寝る準備に入っていた早朝の時刻。親父が死んだのは、ブラジルのリオデジャネイロで、Soldado de Falcano本社に出張中、倒れたんだという。詳しい状況は分からないが、運び込まれた病院の死亡診断書が送られてくると思うので、それで詳細は分かるだろうし、遺骨は別便で送られてくる手筈《てはず》になっているとも、電話口の、外国訛りのある若い男は伝えた。

そうなんだ。死んだんだ。電話が切れてしばらくは、感情と名のつくものは一切湧いてこず、起き抜けの無感覚状態に似た感じとなり、自分はシャワーを浴びた。やや意外だったのは、戦闘とかじゃなく、病気で死んだ点。もしかしてＰＩＢのせい？　虫が頭んなかでなんかやったんじゃないのか？　というのが脳の奥からにじみ出てきた最初の感想。根拠はべつにないけど。それでもシャワーのお湯を頭に浴びた瞬間には、親父の脳みそを喰い破った赤黒いムカデが、耳や鼻の穴からぞろぞろ這い出てくる像《イメージ》が浮かんだのは事実。

で、風呂場で頭をごしごし洗っているうちに、悲しいとか淋しいとか、そういうメジャーな感情はあいかわらず出てこない一方、自分において何かが、決定的に、根本的《ベーシック》なところから変わってしまったな、という不安感と解放感がいっしょくたになったような、冷静なパニック、というのも変だけど、そんな気持ちに見舞われ出した。変わったのは何なのか？　と自分に問うて、容易に答えは見つかりそうもなかったのではあるけれど。たとえばＰＩＢ法を受けて永遠に眠らない人間になったときのチェンジ感はこんなものかもと、ちょっと想像したり。

眼に見える変化はいくつかあった。次の日、銀行に行ったら、いつも月末に入るカネが入ってなかった。これはいままでないことで、親父が死んだことに関係があると考えられた。って当たり前だけど。親父の貯金とか保険とか、そういうのを確認した方がいいのではと思いつき、親父の携帯アドレスにメールしようとして、親父がいない事実につきあたってちょっと驚いた。驚きながら、でも、いちおうメールはした。それから会社に電話すると、誰も出ない。何回かけても「メッセージをどうぞ」になるので、ヴィクトールに訊けば何か分かるかと思ったけれど、こちらも捕まらず。こうなると、親父が本当に死んだのか、分からなくなった。とりあえず母親には連絡しておいた方がいいだろうと思いつき、こちらはパソコンでメールした。

それからまたもとの引きこもりキノコ生活。カネはバイトの蓄えがあるので、しばらくは大丈夫。しばらくの、その先は不明。サイパンへは結局行かずじまい。病院への支払いがちゃんとなされているか分からないこともあったが、なにより行けと命令する主体が消えてしまったのだから、行く理由がなくなった。と、これはきわめて論理的な帰結である。大学がはじまるのは九月半ば過ぎ。学費は四月に年間分払ってあるから、来学期は大丈夫。来年度以降どうなるかは不明。不安かといわれれば、不安なんだろうが、やめることになるなら、それはそれでいいのかも、流れなのかもと、投げやりとも開き直りともまた違う、ある種、悟ったふうの気分が支配的となった。

ここのところ太陽黒点が活動せず、地球は氷河期を迎えつつあるのではないかとさかんにいわれているが、今夏に限っては残暑きびしく、とても外へ出る気にならない。いちいちUVカット乳液を塗るのも面倒だし。自分は冷房の効きまくったダイニングのソファーに寝そべりながら、一匹の虫に変身した自分を想像した。気がかりな夢から覚めて、虫になっていることを知ったザムザは、ベッドから降りる、たったそれだけのことに大変苦労する。自分もためしに手を使わずにソファーからずるずるごとんと床へ滑り降りてみた。それから、ベッドの下に潜り込んで安心したザムザ同様、ソファーの下へ潜り込んでみた。ところが、服を着たままでは虫としての現実感《リアリティー》をいまいち欠くことに気がついた。と、そういえば変身したザムザの服はどうなったのか。『変身』には服についての言及がない。ザムザは裸で寝る男とも思えない。おかしいじゃないかと思ったけれど、まあ小説の話だしとスルーして、服を脱ぎ、全裸になってソファーの下へ入った。ひんやりしたフローリングに堆積《たいせき》したホコリが汗ばむ皮膚にまとわりつく感触が最悪だ。が、虫だ、虫なんだと念じれば、服を着たままのときよりはだいぶ落ち着く。まずまず納得できる感じとなった。

虫になったザムザは、段々と弱って、最後はホコリまみれになって死に、ゴミと一緒に棄てられる。そうなる自分を想像すると、背骨に微弱な電気が走って股間がぴりりんとなったのは、元来マゾっ気のある自分としてはまず妥当なところか、と考えつつ、〈産開跡〉に遺棄される自分をなおも想像してみる。〈産開跡〉の塵埃《じんあい》のなかで虫は蘇生《そせい》し、錆びた鉄骨や割れたコンクリートの下を、たくさんの脚をひらひらさせて這い回る。ススキが潮をはらんだ風に揺れ、黄色い月がゴミの山にかかるならば、虫たちは音にならぬ声をあげながら、**宇宙樹**、あるいは**虫樹**と呼ばれる、あのタイヤ山脈中央の、幹が文字で埋め尽くされた樹木へ向かって触角をふりふり進んでいくのだ。幾度もの氷河期を越え生き延びて来た地球の真の支配者として、夜空の遠い果てへ向かって声をあげるべく。言葉《メッセージ》を放つべく。しかし、その言葉《メッセージ》とはどんなものなのだろう？　それが自分は知りたい。知りたくてたまらない！

家電話が鳴り、留守番機能に切り替わると、いないの？　いないの？　と母親に似た声がするので、出ると、母親で、パソコンにメールもしたし、ケータイにもかけたのに、全然返事がないのはどういうわけかと、いつもの早口で文句をいい、それから、で、元気なの？　と訊くから、まずまずと答えた。後期授業がはじまっても学校へは行く気にならず、バイトもせず、引き続きひきこもっていたから、フツー一般にはまずまずとはいいにくいのかもしれなかったが、ちょっと前から通常の浮き沈み《アップダウン》とは無縁な場所に出ている感じがあって、結果、そういう返事になった。母親がメールを見たかと訊くので、見ていないというと、すぐに見ろ、あとでまた電話ないしメールをするからと母親はいって電話を切った。

立ったついでに玄関へ行くと、郵便受けから押し込まれた手紙やチラシが散らばっている。同じ宅配便の不在通知がいくつもあるので、欄を見れば差出人は「ホタル運輸」とある。聞いたことのない社名だが、親父の遺骨が送られてくるはずだったのを思い出し、たぶんそれだろうと見当をつけた。骨と蛍には、なんとはない繋がりがある気がした。そういえば死亡診断書もまだ来ていない。と思う。と、自信がいまいちなのは、このところ呼び鈴が鳴ってもいちいち出ず、郵便もよく確かめないで棄てていたから。もっともゴミ袋はキッチンに山積みになっているので、最悪、ゴミを漁れば探し出せる。

封書はだいたいが広告DM。なかに一つだけ雰囲気の違う茶封筒が混じって、見ると差出人は千葉地方裁判所となっていて、「差し押さえ予告書」と書いてある。差し押さえの文字に、ほほう、とのけぞる感じになりつつ封を破いて中身を眺めたところ、十二月末日までに家をあけろとある。なるほど差し押さえか。話に聞く差し押さえなるものが自分の身にふりかかってきたこと自体には軽い驚き、ないし不意打ち感があったものの、流れ的にはあまり意外じゃない。やっぱりね、という感じ。カネの蓄えも十二月いっぱいで底をつきそうだったから、ちょうどいいなと、そんなふうに思ったくらい。

で、パソコンメール開くと、しばらく見なかったせいで、ジャンクを含めやたら溜っている。母親からのを探して開くと、色々長々書いてある。母親も親父の貯金や保険について問い合わせたらしい。それで調べた結果、親父に借金のあることが判明した。親父はSoldado de Falcanoの日本支社を買い取り、自分で経営をはじめていたが、うまくいっていなかったとのこと。Soldado de Falcanoの本社が営業を妨害したのが一因で、本社と交渉すべく赴いたリオデジャネイロで脳出血を起こした。親父が倒れたのは、リオの貧民街ファベーラにあるカトリック教会で、Soldado de Falcanoとのあいだでトラブルを抱えていた親父は本当に病気で倒れたのか、疑わしい点があると書いた母親は、しかしブラジルの警察を動かしてどうこうするのは、いまとなっては難しいだろうとも書き添えていた。

結論は、借金以外に親父が残した財産はなし。死亡保険金は一定額おりるが、こちらも当然差し押さえ。お金がないんじゃ困るだろうから、このメールを読んだら連絡を寄越せ、お葬式のこともあるし、出来る範囲で相談に乗るからと母親は結んでいた。

カネもなくて住む家がなくなるんじゃたしかに困る。とは理屈では分かるのだけれど、なにかいまいちピンとこない。他人事感が拭《ぬぐ》えない。なぜだか知らないけど。それより自分は、親父が破産の瀬戸際にあって、かどうかは分からないけれど、かなりヤバい状態のなかで息子がPIB法を受けられるよう手配していた事実に、あらためて思い至った。子供に遺してやれるのはそれくらいだ、虫を頭に植え付けてやることくらいだと親父は考えたんだろう。親父らしいというべきか。やっぱりサイパンへ行けばよかったか。虫を飼うべきだったか。そのときだけは後悔の痛みが幽かに心に走ったけれど、しかし、それもすでに自分とは遠い世界での話の印象しかない。親父が倒れた場所が教会だったというのには、意表をつかれた感はあった。親父とキリスト教会のとりあわせは全然考えられなくて、なのになぜだか、教会のかたい木の椅子にぽつねんと座る胡麻塩頭の図が、印象深く頭に刻みこまれた。

メールは他に、大学事務室やサークルのメンバーからなど、見といた方がよさそうなのがいくつかあったが、なんだかわざわざ開いて読むリアリティーがない。ああ、とうとう自分は切れちゃったんだな、と感動なく液晶画面を眺めていたら、一つだけ眼についた文字列があった。

〈渡辺柾一の音源〉——差出人が**〈オーネット冷凍人間〉**。

予想外の出来事に遭遇した、虚をつかれる感覚のなかで、マウスをクリックする。

「渡辺柾一の音源ですが、忙しさにまぎれて、作業がまだできていません。ＬＰレコードは手元にあるのですが。もう少しお待ち下さい。

それではないのですが、渡辺柾一の演奏ビデオを見つけたので送ります。これは、国分寺「２・５《ツーファイブ》」のマスターのジャズ関連コレクションを譲り受けたなかにあったものです。元々はホームビデオだと思いますが、「２・５《ツーファイブ》」のマスターがＤＶＤにおとしてくれていました。マメな人だ。

場所、日時は、データがなくてはっきりしませんが、一九七〇年代後半頃の映像ではないかと思われます。場所は中央線沿線あたりのジャズスポットか。
渡辺柾一のリーダーアルバムは、『孵化』『幼虫』『Metamorphosis』の三枚ですが、最後のは生物学でいう変態の意味だそうで、ライブも同じようなタイトルでやっていたらしいです。渡辺柾一は昆虫採集が趣味で、昆虫に詳しかったと、どこかで読んだ記憶があります。虫フェチなんですかね。やや不思議な感じですが、映像もかなり変です。音源のほうはそのうちに。」

映像は全部で四分二〇秒ほど。撮影地は地下倉庫みたいな薄暗い場所。固定カメラの画面手前に木の椅子と円卓が映り込んでいるので、ライブハウスだと、いちおうは分かる。画面左にドラムセット。顔半分が隠れるくらいの馬鹿でかいグラサンをかけた男が、かなりでたらめな感じでドシャバシャ、ドシャバシャ音を出している。その横、画面中央に革のソファーがあり、電車の窓から外を見る子供みたいな格好で、後ろ向きでソファーに正座してテナーサックスを吹いているのが、渡辺柾一なんだろう。オーネット冷凍人間さんが「かなり変」というのはなるほどで、そもそもソファーで後ろ向き正座というのが変。この時代のジャズライブではフロントプレイヤーは客に尻を向けて演奏したのです、なんてわけはない。客がいるのかどうかは不明。

しかし何が変といって、一番変なのは、渡辺柾一が裸だってこと。股間だけはふんどしみたいなのを穿いているようにも見えるが、煤煙《ばいえん》が朦々《もうもう》たちこめているかのごとき不鮮明な画像のなかではっきりせず。つまり全裸の可能性もあるってこと。暑いのかもしれないけど、裸でサックス、ってのは普通じゃない。それも人前で。頭はスキンヘッドから少し髪が伸びたくらい。軀に贅肉《ぜいにく》はなく、こりこりした背中は格闘技系の人の背中ふう。タイ式ボクシングとかカポエイラとか。首に楽器を支えるストラップがかかっているのが、犬の首輪に見えて、奴隷っぽい感じをかもしだす。裸正座が奴隷イメージを呼ぶんだろうけど。楽器に息を吹き込むたびに、延髄から尾てい骨までの骨が蛇笛《へびぶえ》みたいにくねつき、それに連動して尖った肩甲骨がむくむくむくと蠢くのが、まるで軀のなかに生き物がいて、そいつが皮膚を突き破って外界へ飛び出ようとしているかのように見える。とりあえず気色はよくない。汗ともまた違う液でぬめり濡れていそうな肌が、甲虫の幼虫みたいに生白いのが気色悪さを一段と増進する。

で、肝心の音《サウンド》はどうかといえば、録音状態が悪いせいもあって、テナーサックスはあまり聞こえない。背中の筋肉の蠢きから、音を出しているのは分かるのだけれど、他の音に掻き消されてしまっている。もちろんPAはなし。画面には映っていないけれど、横手にピアノがあるらしく、終始一貫、キンキンキンキン、似たようなコードを高音で叩き続けているのがうるさい。はっきりいって邪魔。ドラムスも当然やかましいが、こっちはやる気があるんだかないんだか、変にダラダラしていて、なんかいらつく。ときどき思い出したようにトップシンバルがパシャンと叩かれるのが耳障り。ピアノ、ドラムスの隙間に聴かれるテナーは、ロングトーンをただひたすら続けている様子。それも低音で。サックスという楽器の性能から考えて、いくら周りがうるさいにしろ、こんだけ聴こえないのはよほど小さな音しか出していないからだろう。もしこのパフォーマンスが観客を不愉快な気分に陥れることをおもな狙いにしているのなら、大成功。これでカネをとっていたとしたら、それはそれで凄いかも。

　ビデオ映像は演奏の途中から急にはじまり、唐突にまた切れてしまう。だから全体は分からないけど、と留保したうえで結論的にいえば、渡辺柾一グループの演奏は全然面白くない。評価ポイント零。少なくとも自分的には。自分の批評眼では。にもかかわらず、自分はパソコン画面から眼を離すことができなくて、ムーヴィーを連続的に再生した。そうやって二度目が終わり、三度目の再生がはじまった時点ではすでに、オーネット冷凍人間さんのメールにあった虫フェチの文字を触媒にして、脳内に化学反応が起こっていた。神経の小爆発とともに確信が飛び出し、それがあっという間に動かぬ存在感を持つに至った。芽が出ていきなり根を張り葉を茂らせた樹木みたいに。卵から孵《かえ》ってたちまち力強く泳ぎ出した魚みたいに。

変身だ！　これはフランツ・カフカの変身の一場面だ！　確信とはこれである。直感の稲妻がぴかり一閃《いっせん》して、自分は一気呵成、真理へと駆け上った。真理への到達感に全身を撃たれた。

虫になったザムザは、自分の部屋に閉じこもり、窓から外を見て過ごす。革張りのソファーによりかかって。小説にははっきりそう書いてある。ザムザは眼がよく見えなくなり、部屋の窓から外の通りを眺めても、灰色の空と大地が溶けあった寂しい荒れ野しかもはや見えない。それでも毎日、ザムザはソファーによりかかって窓の外を眺めるのをやめない。と、この辺は自分が『変身』で一番気に入った部分。

暗がりのなかの裸のテナー吹き。彼もまた革のソファーから窓の外を眺めている。といっても窓は本物の窓じゃない。舞台の奥に演劇で使うような書割りが置かれて、その真ん中に飾り窓があるのだ。ビデオに映ったパフォーマンスが「かなり変」なのは、演奏が芝居のセットのなかで行われていることにも一因がある。裸テナー男が顔を向けているのはセットの窓。ドアや暖炉や食器棚は絵で描かれているだけなのに、窓だけは切り抜かれて向こうが見える。むろん見えるのはコンクリート壁のみ。だが、その暗い灰色の壁こそ、ザムザが見た風景、寂しい荒れ野の風景なのだ。と、もはや自分はためらいなく断言する。

こうなると、なぜわざわざ「部屋」のセット内でライブはなされているのかも、裸の男がこっちに尻を向けているのかも、すべて理解できる。それはつまり、渡辺柾一がグレゴール・ザムザだからだ。渡辺柾一ライブは、ソファーのある「部屋」、プラハのシャルロッテン通りにある、ザムザの「部屋」で行われているのだ！　虫に変身したザムザはもうよく見えなくなった眼で灰色の世界を眺め、そうしながら声を放つ。虫としての思念の声を。人間の言葉ではない声を。人間でなくなった者だけが出せる言葉を。自分でもそれと気づかないうちに。

その言葉でない言葉が、昆虫の翅が繊細にふるえるような、このテナーの響きなのだ！

きっちり届いたよ。あなたのパフォーマンスは、血のつながった子孫の者に理解されたよ。遺伝子を分ち持つ者によって理解されたよ。この世界の不思議な共時性《シンクロニシティー》のおかげでね。と、そのように画面の裸の男に呼びかけながら、発見の歓びと誇らしい満足感に浸された自分は、パソコンから伸ばしたヘッドフォンを耳にかけたまま、ソファーの下にそろり潜り込んだ。裸で。裸のままで。変身した渡辺柾一の、テナーサックスの響きにより集中するために。ザムザの伝えようとする言葉を、より鮮明に聴き取るために。

いまの時刻は、パソコンの右肩の表示によれば、23:58。もうすぐ日付が変わる。日付表示の設定にしていないから、どんな日付かは分からないけれど。

外は雨。静かだ。それでも、耳をすますまでもなく、遠くの、また近くの、無数のざわめきが、一つのもやっとしたノイズの塊になってカーテン越しに届いてくる。そういえば、この文章を書き出したのも、雨の夜の、まもなく日付が変わる時刻だった。何日前かははっきりしないけれど。とりあえずいくつかの昼と夜を過ぎ越したのはたしか。何を書きはじめた当初は、自分が何を書こうとしているのか、何を書きつつあるのか、見当がつかなかったんだけれど、いちおうの書き終えた感のなかで見直してみると、ブックレポートの続きっていうのが一番近い気がする。だから『変身』のブックレポート。渡辺柾一のパフォーマンスがカフカだ！　っていう発見の昂奮が自分にこれを書かせたわけだしね。

レポートってことで、少しだけいうと、グレゴール・ザムザは自分が虫になった理由を全然考えないわけだけど、これはつまり、ザムザは自分が虫になったことを当然のこととして受け止めたからじゃないか、というのが自分の解釈。ザムザは、どういったらいいか、自分や自分をとりまく世界？　そんなのに対して最初から根本的に関心がないやつなのだ。つまりは Indifference。家族や妹のことを色々心配したりはするけれど、実は本当はどうでもいい。流れのなかで、一種の癖で、単なる習慣で考えているだけ。たいていの大学生が就活のことを考えてしまうみたいに。整形やＰＩＢを受けたほうがいいと思ってしまうみたいに。哲学だって同じ。存在とか幸福とか死とか、いろいろ考えているみたいだけれど、それも流れでやっているだけの話。本当に考えるべきことは別にある。流れから離れたところにある。ただし、Indifference のレベルじゃなければそれは考えられない。人間には考えられない。だからザムザは虫になった。ってのは、勝手すぎる読み？　でも、他人がどういおうと、いまの自分には深い確信がある。眼が見えなくなり、言葉も喋れなくなったザムザは、しかし音だけは聴き取れる。言葉も音楽も。妹の弾くヴァイオリンに感動しているし。虫になって、むしろ耳は鋭敏になった。っていうのはミュージシャンの一種の理想状態かも。窓辺に佇むザムザは、人間だったときには聴こえなかった音を聴く。聴くだけじゃない。自分も音を発する。人間の耳には聴こえない、植物の茎に生えた繊毛が波立つような Indifference の響きを、遠い宇宙へ向かって放つ。ザムザは音楽を奏でるために虫となったのだ。って、カフカはそんなこと一言も書いてないけれど。

　しかし、『変身』という小説はもうすでに、ソファーに後ろ向きに座った裸男が奏でる、あの、羽虫が唸るみたいなテナーの響きと重ね合わされてしまった。カフカ『変身』は、下手糞なドラムスとピアノの隙間に聴こえてくる、あの「音」と一つになってしまった。**隠された〈共時性《シンクロニシティー》〉の回路**を通じて。自分のなかでは。自分の世界では。だからもう自分にはそういうふうにしか読めない。いまとなっては。いまの段階では。

　あと、もう一つだけ。教会の椅子に座る親父のことだけど、親父も最後、やっぱり虫になったんじゃないかと、やや妄想的に自分は考える。頭に虫を飼って長いからってわけじゃ必ずしもないけれど。死ぬ直前、親父は教会堂の窓から、ザムザと同様、なにかしらメッセージを響かせていたんじゃないだろうか。教会の椅子に座った親父はきっと祈っていたのだ。内容は知らないけど。宗教とかとはべつに、祈る人の軀からは、本人の意思とは関係なく、密かに響き出るものがあるんじゃないだろうか？　その響きが凝結したとき、人は変身する。ザムザは祈りの果てに虫になり、窓辺で祈り続けた。親父はおそらく変身する直前に死んだんだろう。けれど、その変身しかけの声を、祈りの響きを、自分はたしかに聴き取った気がするのだ。

といったところで、言葉はつきた。全部吐き出しきった。自分的には。自分の体感的には。今後自分が言葉を書くことも、語ることもないだろう。たぶんね。

このブックレポートは、誰かに読んでもらおうと思って書きだしたわけじゃないけど、でも、やっぱり誰かに読まれようとして書いた感じはどこかにある。書くってのは、もともとそういう性質を持っているんだろうね。『変身』の文庫本の解説によると、カフカは死ぬ直前、友達に自分の作品の原稿は全部焼いてくれと頼んだそうだ。自分もカフカにならって、誰かに送って消去を頼もうと思う。その後でパソコン内の文書は消し去る。

オーネット冷凍人間さん、頼まれてくれますよね？　ご面倒ですが、消去のほう、よろしくおねがいします！　これから自分は、朝を待ち、始発電車に乗って、海辺の〈産開跡〉へ向かいます。ソフトケースに仕舞ったテナーサックスを抱えて。〈産開跡〉へ行ったら、タイヤ山の中央にそそり立つ、〈宇宙樹〉、ないし〈虫樹〉と呼ばれる、あの樹の根元に立ってテナーを吹いてみるつもり。海に近い空の、遠い果てに向かって。自分なりの「音」を響かせてみるつもり。いままで思ってもみなかった聴衆《リスナー》に聴かせるべく。

でも、その前に自分は樹の幹に文字を刻む。石みたいに硬い灰色の木肌の、あいた場所を見つけて。または古い疵の上から。持参したカッターでもって、こつこつと音をたてて刻む。人としての自分の最後の言葉を。もはや存在しないものの痕跡《こんせき》である文字を。自分が刻む言葉はもちろん決まっている。Indifference――これしかない。それじゃ。

Metamorphosis

1

数年前に自分は「川辺のザムザ」と題した短編小説を書いた。渡辺柾一というテナー吹きをモデルにした一篇で、自分が二度聴く機会のあった生演奏《ライブ》の体験から小説は生まれた。二度というのは、川口と下北沢で、演奏はそれぞれに強い印象を残し、だからこそ自分に小説を書かせる動因となったわけだけれど、執筆当時、自分は渡辺柾一について詳しくは知らず、何枚かある彼のレコードも聴いていなかった。

ライブが自分に印象を残したのは、演奏の中身ではなく、ことに二度目の、下北沢にあった小劇場の地下工房《アトリエ》――七〇年代という時代の空気を凝縮したような空間で繰り広げられた、奇妙に不機嫌で、人を寄せ付けない、それでいながら暗い熱を孕んだパフォーマンスゆえであり、その模様はほぼ小説に書いたとおりである。最初の川口のジャズ喫茶が、高校生だった自分が生まれてはじめて職業《プロ》テナー吹きの演奏に接する機会であり、渡辺柾一に何かしらの奇縁を感じていた、そのことも書いた。しかし、自分はそれ以上関心を持つことはなく、だから小説のモデルとはいっても、たまたま遭遇した人物の印象、それも記憶の水底で無数の像や夢の堆積と混じり合い変造された印象の絹糸から、一篇の虚構を編んだにすぎない。つまり、自分にとって渡辺柾一なる音楽家は、街角でふと立ち止まり耳を傾けた路上音楽家《ストリートミュージシャン》、それと変わらぬ存在だったといってよいだろう。

ところがここ数年、六〇年代七〇年代の日本ジャズ史に自分は関心を持ち、散漫ながらいろいろと資料を漁るうちに、渡辺柾一の名前を見かける機会があった。ことに大阪上本町《うえほんまち》の古本屋で見つけた菊池英久『モダンジャズあれやこれや』(鶏後書房　1979)には、「渡辺柾一論——虫愛づるテナーマン」なる一文が収録されていて、渡辺柾一の履歴を自分ははじめて知った。

渡辺柾一についてまとまって書かれた唯一のものに違いないこの随筆をめぐっても自分はすでに書いたから(「菊池英久「渡辺柾一論——虫愛づるテナーマン」について」)、やや繰り返しになってしまうけれど、かつて草芸社から出ていた論争誌『Passion』の編集長であった菊池英久は、渡辺柾一とは同郷の幼馴染みであり、米国留学から帰った渡辺の「凱旋コンサート」を企画するなど、一貫して後援してきた人物である。菊池英久によれば、渡辺柾一は一九六〇年前後に池袋のジャズ倶楽部で吹きはじめ、小野満とスイングビーバーズ、明石健六重奏団《セクステット》などを経て、六四年暮れの「年忘れオールスター・ジャズ・オリンピック'64」なる会《イベント》に松本英彦の代役で出演して注目された。直後に渡米し、五年後の七〇年に帰国、特に話題にならなかった凱旋コンサートを経て、七一年からギターの山瀬圭太グループに参加し、地味ながら一定の人気を得て、七三年暮れの『Jazz Journal』人気投票では、テナーサックス部門の六位に顔を出した。

同じ年に自身のリーダーグループで活動をはじめ、山瀬圭太グループがボサノヴァ中心だったのに対して、こちらは完全なフリーコンセプトで、何度かリハーサルを重ねた後、年末の十二月二十九日に浅草橋の秋草会館で演奏会《コンサート》を行った。『孵化』――と題された演奏会《コンサート》では、舞台で全裸になるなど、奇矯な振る舞いが目立ち、この頃から渡辺柾一は精神に変調をきたし、その後も活動はしたものの、しだいに病篤くなり、七四年にはジャズシーンから姿を消した。

――と、このように菊池英久は書いているのだけれど、「ジャズシーンから姿を消した」後も、渡辺柾一が演奏活動を継続していたのは間違いない。なぜなら、自分が下北沢で生演奏《ライブ》を聴いたのが一九七六年頃だったからだ。日付ははっきりしない。けれども自分が大学生だったのは確かだから、七六年以降であるのは疑えない。劇団「暗黒星雲」稽古場で行われた演奏会《ライブ》に、なぜ自分がわざわざ足を運んだのか、瞭然とは思い出せないが、ふと見かけた渡辺柾一の名前に何かしら動かされるものがあったのだろう。このときの渡辺柾一は、全裸ではないものの、下穿き一枚の白塗り姿で――それこそ

「暗黒星雲」に相応《ふさわ》しい格好でテナーを吹いた。「精神の変調」はともかく、奇矯であるのは間違いなく、しかしあの頃、もっと不可解で怪しげなパフォーマンスが、水洗便所の排水音が響く地下室であるとか、運河沿いの廃工場とか、古ビルの駐車場といった場所で行われていたから、ジャズの生演奏《ライブ》としては破格ながら特別異常な感じを自分は受けなかった。

菊池英久の本の奥付には昭和五十四年八月の日付がある。つまり一九七九年の出版であり、この時点で著者は渡辺柾一を過去の人間とみなしている。だが、菊池英久の叙述ぶりとは違って、渡辺柾一はその後も演奏活動を継続していたと考えられる。というのは、一九九〇年に、自分は渡辺柾一の演奏会《コンサート》のチラシを見かけているからだ。

渡辺柾一がまだ演奏をしている！　実のところ、そのときの驚きの火が自分のなかにずっと燻《くすぶ》って、一篇の小説を書かせたといってよいだろう。

「川辺のザムザ」では、渡辺柾一は「渡辺猪一郎」と名前を変えて登場するが、一九九〇年、「私」は西荻窪〈アケタの店〉の近くでチラシを発見する。そこには『変態』という単独演奏会《ソロコンサート》の標題《タイトル》と、日時、「多摩川河原、南武線の鉄橋の下」の文字がある。驚きつつ「私」はチラシのセロハンテープを剝がし、すると古いチラシが下から現れて、『幼虫』vol. 36 の文字を見た「私」はなおいっそうの驚愕に捉えられる。つまり、「私」が下北沢で聴いた演奏《ライブ》の標題《タイトル》が『幼虫』vol. 5 であり、vol. 36 の数字こそは、「渡辺猪一郎」が七〇年代から八〇年代を貫いて活動を続けてきたことの証拠であるからだ。「私」は多摩川河川敷へと向かう。――とこのように小説は展開するわけだけれど、このあたりは当然ながらかなりの部分が虚構である。

たとえばチラシの下から古いチラシを発見する件《くだり》は完全な創作だ。『幼虫』の標題《タイトル》は下北沢の生演奏《ライブ》のときの標題であるが、小説で『幼虫』にvol. 5と付したのは、vol. 5とvol. 36の数字でもって途切れぬ持続の印象を生み出そうとしたわけである。もちろん続く多摩川河川敷の場面も虚構である。自分は多摩川へは行かなかった。

チラシを見かけたのは本当だ。それが一九九〇年だったのも間違いない。ただし見た場所が西荻窪だったかどうかは、いまあらためて考えてみると、やや不確かなところがある。渡辺柾一が西荻在住だとの情報がそのような思い込みを生んだ可能性はある。あるいは当時よく利用していた国分寺駅の近くだったか、非常勤で教えていた八王子の大学でだったか、それとも小説を書きはじめていた自分がときおり訪れた出版社のある神《じん》保町《ぼうちょう》周辺でだったか。明瞭には思い出せない。ただ見たことはたしかなので、渡辺柾一の名前の記された、手書きの文字を複写《コピー》したらしいA4判ほどの紙片の像《イメージ》は、いまも眼前にするかのように鮮明である。『変態』の標題《タイトル》。「多摩川河原、南武線の鉄橋の下」の案内。それら毛筆で書いたと思しき、樹の枝に絡みつく蔓草を想わせる癖のある文字を自分は見た。見た――と思う。とやや調子が低くなるのは、鮮明に記憶された像《イメージ》が必ずしも「現実」の出来事とは限らないからである。

自分にはこんな経験がある。八王子の美術大学で語学の非常勤講師をしていたとき、仕事の口を紹介してくれた先輩から、都心にある別の大学でも教えないかと電話があった。自分は引き受け、四月の新学期に教室へ行った。初回なので、三、四十人ほどいる学生から自己紹介をしてもらい、ガイダンスのような話をしてその日の授業を終えた。ところが、梅雨が明けて夏休みが近づいた頃、自分は不意に気がついたのである。最初に行ったきり一度も授業をしていない！

ありえない話である。ありえない話であるが、要は失念してしまったわけで、これ以上の無責任はなく、自分は非常に恐怖した。とはいえ大学から何も連絡がなかったのはおかしい。あるいは事務室にも手違いがあって、非常勤講師の存在は忘れられ、かたや語学の授業など苦痛でしかない学生は学生で毎回の休講に大喜びしているのではないか。そのように自分は考え、なお一層の不安と焦燥に駆られたのだけれど、冷静になって反省するなら、そんな馬鹿な話があろうはずはなく、結局のところ、すべては夢であったと結論した。結論はしたが、不安は去らず、というのも、一度だけ「足を運んだ」大学の記憶があまりにも鮮明だったからだ。

都心の地下鉄駅の、薄汚れたタイル張り通路から地上へ出て、学校へ続く舗道を歩く。黒々とした樹間に朱色の鳥居が覗ける神社森を右に見ながら坂道を上る。空色の制服を着た守衛の立つ門を入れば、蒼い窓硝子が陽光に輝く真新しいビルディングが正面に聳《そび》える。その陰に沈んだ古めかしい赤煉瓦《あかれんが》の建物の暗鬱な佇まい。旧式の消火器の設置された油臭い廊下。上辺が曲線《カーブ》になった長窓から葉桜の見える二階の教室。どれも明瞭に覚えていて、幾人かの学生の顔も、いまもしどこかで行《い》き会うなら、その人だと、認めることができるほどにはっきり記憶されているのだ。もしあれが夢なのだとしたら、自分が記憶している過去のほとんどが夢と区別がつかなくなってしまう。

　しかし、哲学者の大森荘蔵《おおもりしょうぞう》も論じているように、これは別段の不思議ではない。想起された過去の記憶像と夢とを、それ自体で区別することは元来できないのだ。現在と矛盾なく接続しうる想起だけが過去として位置づけられ、辻褄《つじつま》の合わぬものが夢とされる。つまり大学からその後連絡がなかった事実が、あれらの記憶を夢へと押しやったといってよいので、逆に、あの年あなたは一度授業に来たきりあとはずっと休んでいましたね、と証言する関係者の誰かがいまになって自分の前に現れたりすれば、出来事は一遍に我が過去に位置づけられることになるだろう。

　意識の古沼に浮かび上がるチラシの記憶像《イメージ》。それだけでは真正な過去である証拠にはならない。むしろ、想起されるチラシの文字を仔細に眺めやるとき、あれはやはり夢であったかとの思いが強くなるのを否定できない。一つは「多摩川河原、南武線の鉄橋の下」である。

多摩川河川敷の南武線鉄橋下は、自分にとって未知の場所ではない。見知った場所である。中央線武蔵境駅から出る西武多摩川線の終点、是政駅から歩いて数分のその場所は、府中市の公営宿泊施設へ至る道筋にあり、学生時代に自分は何度かゼミ合宿でそこへ行ったことがあるのだ。

通りすがりに何気なく眺めただけなのに、なぜか記憶から剝がれ落ちようとしない風景があるものだ。あの、丈高い外来種の雑草が繁茂した、川の水音に都会の遠い喧噪《けんそう》の粒子が混じり込んでしんしんと鳴る場所、鉄路を列車が通過するたびに、ひどく淋しい、でもどこか懐かしくもある古錆びた響きがあたりを満たす、居場所を失った人間の孤独な体臭が匂うような場所――学生時代以来一度も訪れていないにもかかわらず、いまなお記憶の映写幕に映し出すことができるのは、風景が自分の軀に突き刺さっているからなのだろう。その場所の名がチラシにある――。これを偶然で片付けてよいものだろうか。場所の像《イメージ》が先にあって、逆に夢に素材を提供したと考えるのが合理的ではあるまいか。そもそも生演奏の会場として河原の鉄橋の下というのは奇妙ではないか?

標題《タイトル》の『変態』も出来過ぎの感がある。七三年の浅草橋の演奏会が『孵化』、下北沢が『幼虫』、そしてついに『変態』を迎えたというわけだ。もっとも菊池英久の著作その他から、渡辺柾一が昆虫マニアないし昆虫フェチであった事実をいま自分は知っているけれど、九〇年にチラシを見かけた時点では、そこまでの情報を自分は持っていなかったと思われ、だとすれば、連想を働かせる根拠はなかったはずだ、いや、逆に、それと意識されてはいない何事かを心の大海から掬《すく》い上げてくるのが夢の働きなのだろうか？

どちらにしても、渡辺柾一の多摩川河原でのライブ案内のチラシの像は自分のなかできわめて鮮明である。しかし、その鮮明さが出来事の事実性を証明するものではないとも自分は理解している。外的な証拠を摑まぬ限り記憶の真正性は得られない。この場合、外的な証拠とは、渡辺柾一が九〇年前後になお演奏活動を続けていたことを示す情報だろう。

自分は目標を定めて資料を求めはじめた。なぜそのようなことをしなければならぬのか？　渡辺柾一の後ろ姿を追うことにどんな意味があるのか？　判然とはしない。ただ次のようにはいえるだろう。

己の過去という「物語」は、齟齬《そご》なく整っているようで、実際は落丁や誤植だらけの書物に書き込まれている。「私」という存在は、一見は滑らかに見える「物語」のそここに隠された亀裂、その奥にこそある。亀裂が意識に気づかれることはめったにない。「渡辺柾一」と名前のついた、自分が偶然に遭遇した亀裂——ごく小さな亀裂であるにせよ——を覗き込むことは、自分が自分の「私」の影を視野に捉えうる希有な機会なのかもしれなかった。

いや、理屈はいいだろう。自分は、自分の過去の物語の頁に僅かな字数で登場する渡辺柾一なるジャズ演奏家が、錯乱の果てに消えたとされる日付を越えてなお活動をしたかどうか、知りたくて仕方がなかったのだ。その欲望の底には疑いもなく、一九四〇年生まれの渡辺柾一がいまなお演奏を続けているという、ありえざる驚異への浪漫的な期待とともに、自分が十代から二十代前半を過ごした七〇年代なる時代の空気、あの熱を孕みつつもどこか貧寒として寂しい空気の匂いを、もう一度嗅いでみたいとの願いがあったのである。

2

一九九四年に出た別冊『音楽世界』（月光《ムーンライト》出版）の「ニッポンのジャズマン二〇〇人」の特集など、日本人ジャズ音楽家の総覧《カタログ》は幾つかあるけれど、自分の知る限り、渡辺柾一について一番詳しい記載のあるのは、『Jazz Journal』'77年五月号「ジャパニーズ・ミュージシャンズ１９７７」なる特集である。ここで渡辺柾一は百人ほどのジャズマンと一緒に頁の四半分を使って紹介されている。長くない文章に菊池英久が書いた以上の情報はないけれど、渡辺柾一の参加アルバム一覧があるのが資料としては貴重である。

リーダーアルバムが次の二枚。

『孵化』（Mocky Island Records Inc.　BT-4402　1974）
『幼虫』（Mocky Island Records Inc.　BT-4422　1976）

サイドメンとして参加したアルバムが三枚。

『Once I Loved』（全響出版　MNK-128　1972）
『The Velvet Snow』（全響出版　MNK-144　1973）
『Bossa Nova Night In Hakata』（Blue Donkey　SC-07　1973）

自分はこれらレコードを探すところからはじめた。後ろの三枚はいずれもギタリストの山瀬圭太のアルバムで、『Once I Loved』と『The Velvet Snow』の二枚は比較的容易に入手することができた。
『Once I Loved』は、当時小ヒットしたレコードで、アントニオ・カルロス・ジョビンの曲をはじめボサノヴァの定番曲が並ぶなかに、山瀬圭太のオリジナルが一曲だけ入って、渡辺柾一はすべての曲でテナーサックスを吹いている。メンバーは以下の通りである。

山瀬圭太（Guitar）、渡辺柾一（Tenor Sax）、甲元康晴（Drums）、伊藤聡（Piano）、村瀬耕造（Bass）

『The Velvet Snow』は、『Once I Loved』のヒットを受けて製作されたものらしい。メンバーは前作と変わらず、九曲中一曲が山瀬圭太のオリジナル、残りが、ビートルズ「Michelle」とかバート・バカラック「サンホセへの道」といったポップス曲をボサノヴァにアレンジしたもので、「売れ線」を狙いにいったのがみえみえのアルバムである。狙い通り売れたかどうか。たぶん売れなかっただろうとは、盤に針を落としてみての自分の感想であるが、『Once I Loved』に較べると、コンセプトの詰めが甘い印象があり、編曲も雑である。

『Bossa Nova Night In Hakata』は、標題《タイトル》からして生《ライブ》録音らしく、Blue Donkey のレーベルの線から調べてみたところ、かつて博多にあったジャズ喫茶〈ブレイク〉での、山瀬圭太グループの演奏を収録したものだと判明した。これはいまのところ現物は発見できていない。

渡辺柾一が山瀬圭太グループに参加したのが一九七一年。ジャズの場合、固定メンバーによるバンドの形態は稀《まれ》で、リーダーがその都度人を集めるのが普通だから、渡辺柾一がいつまで山瀬圭太と一緒に演《や》っていたかは特定できないけれど、おそらくは自己のグループで活動を開始した七三年頃までだっただろう。ちなみに自分が川口の〈キャノンボール〉で山瀬圭太グループの生演奏《ライブ》を聴いたのは七三年の夏である。このときのドラムスは高校の先輩である加藤孝治氏（「川辺のザムザ」では春藤孝則となっている）で、ピアノは入っていなかったと記憶している。ライブや録音ごとにメンバーが少しずつ違うのは、ジャズの世界ではよくあることである。

『Once I Loved』と『The Velvet Snow』のライナーノーツには、渡辺柾一についての情報はほとんどない。唯一、『The Velvet Snow』に、「テナーサックスは、今回も〝イモナベ〟渡辺柾一。あい変わらずスタン・ゲッツ顔負けのゴキゲンなプレイをきかせてくれる」の文句があるだけである。

演奏は悪くない、と思う。ことに『Once I Loved』は、それこそスタン・ゲッツのボサノヴァのアルバムに較べても遜色《そんしょく》ない。B面最初の「One Note Samba」などは、いくぶん遅めのテンポで揺蕩《たゆた》うようなリズムが心地よく、アンサンブルでは本家を凌《しの》いでいるかもしれない。

渡辺柾一はわりと少ない音数でもって、ゆったり自然に音楽にのり、フレーズの切れ味の鋭さではスタン・ゲッツには及ばぬものの、一つ一つの音の艶やかな際立ち方は、ジョン・コルトレーンをはじめ、モダンジャズの舞台に次々出現したテナーの巨人たちのなかでも音色のよさでは群を抜くスタン・ゲッツに劣らない。この印象は自分が下北沢で聴いた生演奏の記憶と合致した。

リーダーアルバム二枚の入手は困難だった。中古レコード販売のウェブサイトでは発見できず、都内近県および関西圏の中古レコード店に何軒か直接問い合わせてみたものの、渡辺柾一で釣れるのは『Once I Loved』ばかりで、『孵化』『幼虫』には魚信《あたり》がなかった。

ほとんど諦めかけていたところ、意外に近いところからひょっこりと出てきた、というのは加藤孝治氏である。山瀬圭太グループで一時期渡辺柾一と演《や》っていた加藤氏の話を聞いてみようと思い、連絡をとったところ、『孵化』なら家のどこかにあるはずだと彼がいったのである。

家業の印刷屋を所沢で継いだ加藤氏は、職業《プロ》では演っていないものの、演奏活動は断続的に続けていて、例の川口のジャズ喫茶以来三十年余の時間に、自分は三度ほど彼の演奏を聴く機会があり、また高校の吹奏楽部のOB会の集まりでも顔をあわせていたから、電話はしやすく、加藤氏の方も、ちょっと話を聞きたいのだとの依頼に気軽に応じてくれた。

待ち合わせた新所沢パルコの喫茶室に『孵化』を持参して現れた加藤氏は、渡辺柾一と共演したのは川口を含め二回だけで、とくに紹介できるような面白い話はないとしながらも、浅草橋の秋草会館での『孵化コンサート』――渡辺柾一が全裸になり悪評さくさくだった演奏会について喋ってくれた。これは昔一度聞いた話で、小説にも少し書いたけれど、意外だったのは、加藤氏が実際にはこの演奏会を聴いていないことで、誰かから伝え聞いた話を当時の自分にしていた事実が、三十余年の時間を経て明らかになった。

九〇年頃に渡辺柾一が演奏活動をしていたという話を聞いたことはないかとの問いには、加藤氏はないと簡明に答え、「おとつい電話を貰うまで、この三十年間、渡辺柾一の名前を頭に浮かべたことは一瞬たりともないな」と付け加えた。

レコードはしばらく借りたいというと、「それ、やるよ」と加藤氏は先輩の貫禄を見せ、しかしなぜ渡辺柾一のレコードなど持っていたのかと質《ただ》せば、ドラマーで参加している坂出康二と知り合いだったからだと、昔と同様、機械油でも差したみたいに脂じみた剛毛の密生する髪をかきあげ加藤氏は答え、早稲田のジャズ研で一年先輩だった坂出康二との奇縁について話してくれた。

二十年ほど前のことである。加藤氏は単身アフリカへ旅した。いろいろ回ってから、「幻の滝」と呼ばれる五色に輝く滝を見に行こうと思い立ち、タンザニアの奥地を歩いている途中、マラリアに罹《かか》り動けなくなってしまった。もはやこれまでかと思ったら、通りかかった近くの村人が親切に介抱してくれ、魔術医を呼んでくれた。牛小屋でがたがた悪寒に震えていると、木の実や獣の骨のネックレスをじゃらじゃら巻いた魔術医がやってきて、変な太鼓をぽこぽこ叩きながら歌を歌う。どこかで聴いたような曲だと思ったら、間違いない、「津軽海峡冬景色」である。驚いてよく見れば、魔術医は坂出康二その人であり、先輩後輩で偶会を祝したというのだった。

「こういう面白い話がありゃいいんだけど、渡辺柾一にはないんだよな。あれだろ、小説かなんかに書くんだろ？　面白いのがあればよかったんだけどな」と加藤氏はしきりと悔しがり、一杯やりたいが仕事が残っているのでと、こちらについても残念の意を表明しつつ、頭の剛毛を夕陽に輝かせ去った。

3

渡辺柾一の最初のリーダーアルバムである『孵化』の録音データは「1973 12/15 16 Yoyogi Maag Studio」となっている。浅草橋の『孵化コンサート』が七三年の十二月二十九日だから、録音はその直前に行われたことになる。

参加メンバーは、渡辺柾一（Reeds）、畝木真治（Piano, Percussions）、金子彰文（Bass）、坂出康二（Drums）。

いま手元にある『モダンジャズ評論』'74年春季号のコンサート評によると、『孵化コンサート』のメンバーは、渡辺柾一、金子彰文、坂出康二の三人と書かれているから、録音ではピアノが加わった形になっている。どうして実演でピアノが抜けたのか、そのあたりは不明である。

ライナーノーツは菊池英久。渡辺柾一に関わる情報は彼の「渡辺柾一論」とほぼ重複して、目新しい内容はない。サイドメンについても、「イキのいい若手を集めた」としているだけで、とくに紹介していない。

曲は、A面が「Winter Sunrise」「孵化Ⅰ」「The Memories of Zolov」。B面が「孵化Ⅱ」。

演奏は最初から最後までフリーコンセプトで貫かれているのだけれど、全体に静謐《せいひつ》で、とげとげしいところがひとつもなく、菊池英久は「誰も知らぬ深山の、湖のほとりに立つ樹のような、充足とやすらぎに満ちた魂の音楽」だと評し、渡辺柾一が「五年の長期にわたるアメリカ武者修行」で摑んだ「晩年のコルトレーンの境地にも通じる永久平和への祈り」がここにあるとしている。

実際に聴いた印象は悪くない。淡彩のゆったりとした音の流水に緊張の糸が一本ぴんと張りつめられ、退屈は退屈であるけれど、退屈さそれ自体に不思議な重力があって、ひんやり滑らかな石肌を想わせる響きに耳が自然と引き寄せられる。

どの地域の、と名指しできない民族音楽のような、石と植物の匂いのする独自の雰囲気を作り出しているのは、やはり渡辺柾一のテナーだ。俗に「馬のいななき」といわれるような、サックスに独特の金切り声やダーティー・トーンは一切使わず、ビブラートをかけない棒状の音を、一つ一つ煉瓦を積むように丁寧に並べていくやりかたは独自で、ことにB面まるまる一曲の「孵化Ⅱ」では、四つほどの音程のロングトーンだけが延々と繰り返される。音色は澄んで美しい。

音楽は、長く伸びるテナーの響きに、他の楽器が絡んでいく形で進行していく。テナーが樹木の幹だとすれば、ピアノや打楽器やベースは根であり枝葉であり、樹に絡む蔓草であり、あるいはまた枝に飛来する鳥や虫である。B面「孵化Ⅱ」の中盤、それまでほとんど使われなかった低音の弦をピアノが叩き、それと重なるようにシンバルが鳴った瞬間には、原色の巨大な鳥が天空から飛来したかの印象に、おっと思わず声が出た。

自分が樹木の比喩を思ったのは、菊池英久の「湖のほとりに立つ樹」の解説に暗示されたからでもあるが、レコードジャケットの印象も大きい。というのは、そこには一本の雨の樹《レインツリー》が描かれていたからである。弓形《アーチ》の虹を背景に、黒い葉を茂らせた大樹は、傘を広げるように枝を伸ばし、雲塊に似た葉叢《はむら》には極彩色の鳥や、尾の長い猿や、光る玉虫が見え隠れする。大地に根を張る巨木の像《イメージ》は、悠揚迫らぬ音楽の動きにふさわしいが、土俗的な響きの奥にはどこかモダンなセンスが閃きもして、やはりこれは都会生まれの音楽、つまりジャズなのだと感じさせる。

都会的な感覚を印象づけるのは、具体的には畝木真治のピアノである。実のところ、音楽を単調さから救って彩りを与えているのはピアノだといってよい。音楽の動力は渡辺柾一のテナーであるけれど、動きに形を与え、方向を定め主導しているのは畝木真治で、かつてマイルス・デイビスのグループでビル・エヴァンスやハービー・ハンコックが担った役割を想わせるものがある。畝木真治という人をCMやドラマ音楽の作曲家としてしか自分は認識していなかったから、この発見はちょっとした驚きだった。『孵化コンサート』の実演でピアノが抜けたのだとしたら、だいぶ詰まらぬものになってしまっただろうとは、畝木真治に感心した自分の感想である。

七六年に下北沢で聴いたライブでも、渡辺柾一は地虫が鳴くようなロングトーンをひたすら続ける、『孵化』と似たような演奏をしていた気がするのだが、あのときはドラムスとのデュオで、肝心のドラムスがまるで素人だった。もしデュオの相手が畝木真治だったら、と自分は想像した。もちろん演奏は全然違ったものになっていただろう。

総じてアルバムの内容は予想より遥《はる》かによかった。『孵化』が出たのが一九七四年、自分は十八歳であり、その頃の自分が同じものを聴いて同じく評価できたかといえば疑問で、おそらく自分はひどく退屈してしまっただろう。四十年近い時間を経て耳が少しは成熟したということなのだろうが、自分は逆に、音楽そのものが黒い盤のなかで静かに熟成していたのではあるまいかと、不思議な感想を抱いたのだった。

4

渡辺柾一のもう一枚のリーダーアルバム、『幼虫』はなかなか見つからなかった。

自分は『孵化』に参加したメンバーに会って話を聞いてみることを考えた。知り合いのミュージシャンのつてを手繰って連絡をとろうとしたところ、畝木真治はすでに故人となり、ドラムスの坂出康二はアルゼンチン在住だと判明した。ベースの金子彰文だけが日本で活動を続けていて、正月明けの金曜日の夜、横浜へ自分が出かけたのは、〈本《ほん》牧《もく》Cute Club〉に岡寛治（Trumpet）のグループで金子彰文が出演していたからである。

金子彰文は現在六十五歳、もうすっかりベテランの域であるが、速い4ビートで指を弦に叩き付けるように走らせるプレイや、低音から高音へ一気に駆け上がりまた駆け下りるソロは断然若々しい。髪が薄くなり、湾曲した短脚に樽形《たるがた》の胴が載った磯の蟹を想わせる姿形はともかく、向こう気の強そうな荒削りの演奏ぶりは老成とは無縁である。

最後のステージが終わったあと、常連客と残って雑談するベーシストに話を聞けた。秋田出身の言葉には訛りが残っていて、それが懐かしく好ましいのは自分も東北の生まれだからだろう。ちょっと見は農夫ふうだけれど、巨大な鷲鼻《わしばな》がでんと中央に構える風貌をよくよく眺めれば、古雅な気品漂う殿様顔である。

『孵化』に参加した経緯を最初に訊くと、畝木真治のトリオで演《や》っていたところ、畝木の誘いでそのまま渡辺柾一のグループに移行したのだと金子彰文は話した。リハーサルや録音はどんな風だったのかと自分は次に質問してみた。

「フリーは畝木のトリオでもやってたから、まあこんなもんかなって感じかな」と応じた金子彰文が、渡辺柾一グループの音楽を主導していたのは畝木真治で、リハーサルでも渡辺柾一はあまり喋らず、畝木が指示を出していたと証言したのは、『孵化』を聴いた自分の印象に沿った。

「だったら、浅草橋のコンサートで、畝木真治が抜けたのに困りませんでしたか?」

浅草橋のコンサートの話を切り出したとたん、麦酒で赤くなったベーシストの、他の造作と均衡を欠いて大きな鼻の聳《そび》える顔に驚いた猫みたいな表情が浮かんで、あああと頓狂《とんきょう》な声が喉から細長く漏れ出た。

「あったなあ、そういうの。あった、あった」昔を懐かしむ人の、照れたようなあかるい笑顔から言葉が出た。それを見て自分は、眼前の男が、いまのいままで当のコンサートについて思い出す機会のなかったことを察した。

「だけど、あんとき畝木はいたよ」

「そうなんですか」と意外な思いで自分は応じた。「資料によると、ピアノレスのトリオとなってるんですが」

「それはないな」と金子彰文は強い調子で断言した。「畝木がいないわけがない」

相手の記憶違いの可能性もあるけれど、自分が参照した資料が逆に間違っていることもありうる。自分は質問を変えた。

「渡辺柾一はステージで裸になったらしいですね」

「そう、なってたな」と応じた金子彰文は、とくに感情を揺さぶられた様子もなく、皿から掌にとった大量の塩豆を口へ一遍に抛《ほう》り込んだ。ぼりりと豆を奥歯で嚙み砕く音が響けば、眼の前の男は歯が丈夫らしいと観察されて、歯の質の悪い私はうらやましくなった。豆を嚙み終えたあとは言葉がない。自分はまた質問した。

「裸ってのは、変じゃなかったですか?」

ううんと不審気に小さく唸ったベーシストは、奥に引っ込んだ目玉をくるり動かしてから、べつに変だとは思わなかったと応じた。

「リハのスタジオでも渡辺さんはよく裸になってたしな」

「そうなんですか?」

「なってた。吹くときはだいたい裸だったな」

「全裸で?」

「そう、全裸。というかパンツ一丁のときもあったな」

「冬でも?」

「冬でも」

スタジオは暖房があるだろうから季節はあまり関係ない。しかしなぜ渡辺柾一は裸になったのだろうかと訊いたのへは、青色のジーンズにごたごたうるさく文様の入ったネルシャツを着たベーシストは答えた。

「なんか、そういう感じだったんじゃないの」

そういう感じとはどういう感じだろうと追及すれば、「だからさ、なんていうか、そういう感じだな」と答え、しかし、それだけでは足らぬと思ったのか、すぐに言葉が足された。

「裸が好きだったんじゃねえの」

自分は笑い、目尻に皺を刻んで笑いに同調したベーシストがまたいった。

「裸よりか、渡辺さんが変な木を持ってくるほうが、おかしな感じがしたな」

「木、ですか?」

「そう。鉢植えの木。喫茶店なんかによくあるじゃね、ああいうやつ。ゴムの木みてえなやつ」

渡辺柾一はリハーサルのたびに鉢植えの木を持ってきて、木に向かってサックスを吹き、浅草橋のホールの舞台でも同じようにしたという。がぜん興味をひかれた自分は問いを重ねた。

「どんな木なんです？」

「だから熱帯系の木？　そんなやつ。これがけっこうデカイんだよな。背丈よりデカイくらいで。そんで、木の幹になんか彫ってある」

「彫ってある？」

「ナイフかなんかで字が彫ってあるんだな」と記憶を呼び戻すように遠い場所へ視線を飛ばしてベーシストはいった。

「どういう意味ですかね？」

「知らね。べつに訊いてもみなかったし。でも、渡辺さんはなんか真剣で、木に向かって必死で吹いてんだよな」

文字の彫られた木に向かって全裸でサックスを吹く男。その像《イメージ》を呼び起こした自分は訊いた。

「変じゃなかったですか？」

「べつに変とは思わなかったな」と即座に返答がある。「こっちも真剣にやってたし。まあ、そういう感じかな、と」

そういう感じとは、つまりどういう感じかとは今度は訊かずにいると、すっすっすっと歯の間から漏れる笑いとともに言葉が発せられた。

「いま考えると、やっぱ変だな」

ベーシストは破顔し、偉大な鼻の際立つ顔の奥で黒豆みたいな目をきらり光らせた。自分は可笑しくなってしまい、二人でしばらく声を出して笑った。

渡辺柾一の二枚目のリーダーアルバム、『幼虫』に関しては、金子彰文は詳しいことを知らなかった。参加したのは『孵化』だけで、浅草橋のコンサートの後は、何度かまたリハーサルはあったものの、ライブハウスに出演することもないままいつしか連絡がこなくなった。畝木真治とはその後も一緒に演奏する機会があり、イモナベが新しいアルバムを作るという話を聞いた気もするが、そのうち畝木とも疎遠になってしまったという。九〇年前後に渡辺柾一が演奏していた可能性はあるだろうかとの問いには、どこかで演《や》っていれば、狭いジャズ業界のこと、耳に入らないはずはないから、演っていた可能性は少ないだろうと返事があった。

「なんか病気だって聞いたな」

素っ気なくいった歯の丈夫な殿様顔のベーシストは、最後に一つ有力情報をくれて、というのは、畝木真治トリオでよく出ていた大久保の〈ビブリ〉の主人《マスター》が狂のつくフリージャズ好きで、その系統のレコードはほとんどすべて集めていたから、探している音源もきっとあるだろうというのだった。ただ〈ビブリ〉のマスターはすでに引退して、〈ビブリ〉もしばらく前に閉まったが、息子が国分寺で別の店をやっているとも教えてくれた。

国分寺なら自宅から遠くない。翌々日の夕刻、早速国分寺へ足を向けた。結果を先に述べれば、そこで自分は『幼虫』を見つけることはできなかった。だが、それより遥かに重要と思える、別のものに出会ったのである。

5

〈2・5《ツーファイブ》〉という名の、カウンターの他に卓席が二つあるだけの小さな店へ入っていくと、時間が早いせいか客はなく、アスパラガスみたいにひょろりと背の高い学生風の男がカウンターの向こうに突っ立っているのは、アルバイトとのことで、マスターは立川に去年開店したワインバーの方にいると教えた。

無駄足だったかと思ったけれど、まずは高椅子に腰をつけてギネス・ビールを注文した。いちおうジャズを聴かせる店らしく、目立たぬ大きさのスピーカが天井近い一角に据えられて、壁棚には酒瓶と一緒に結構な数のCDが詰め込まれている。レコードプレイヤーも置かれて、ただレコードそのものは見えるところにはない。渡辺柾一というテナーサックス奏者の音源を探していると話すと、ちょっと待って下さいと断って、バイト氏はカウンター端の電話を手にとった。

二言三言話したなと思ったら、電話に出るよう促された。《何か探しているんだって？》挨拶もなくいきなり声が飛び出してくる。面喰らいつつも、渡辺柾一の『幼虫』というアルバムを探しているのだが、と用件を述べれば、《オーケー了解、探しとくよ。来週そっち行くから、店に置いておく。再来週くらいに来てよ》と気安く伝えて電話は切れた。

礼をいいつつバイト氏に問えば、いまのは引退した先代のマスターで、現在は大量のレコード類と一緒に故郷の長野に引っ込んでいるのだと説明があった。

十日ほど経って電話をかけると、「もの」が届いていると返事があったので、仕事の打ち合わせの帰りに国分寺に寄った。バイト氏は大型の紙袋を出してきて、レコードの持ち出しは困るが他は貸してもいいという、先代マスターの伝言を伝えた。袋の中身はレコードと、白いＤＶＤの盤《ディスク》が一枚。「渡辺柾一＃１」と黒ペンで手書きで記されただけの盤は、ビデオテープからダビングしたものだという。先代マスターにはあとで御礼をするとして、とりあえず眼の前のバイト氏に礼をいった。

レコードの方は全部で四枚ある。『Once I Loved』『The Velvet Snow』『孵化』の三枚と、それからもう一枚。手元にある渡辺柾一関連のアルバムを全部出してきてくれたらしい。もちろん問題はそのもう一枚である。しかし、これは『幼虫』ではなかった。

黒いＬＰ盤の入った、粗悪な厚紙を二枚合わせてホチキスでとめただけのジャケット。黒一色に塗られた紙の表面には、なんのデザインもなく、METAMORPHOSIS の銀色の文字だけが印刷されている。裏面も全体に黒く、ただ右下の四角い囲みに録音データがある。

Seiichi "Imonabe" Watanabe

H. Y. S

Sailor

と三つ並んでいるのがパーソネルだろう。イモナベ渡辺柾一はいいけれど、H. Y. S と Sailor とはなんだか妙である。他には「千駄ヶ谷栗田録音スタジオ１４４１」の文字、および渦巻き形のロゴマーク。あとはライナーノーツも何もなく一面が真っ黒だ。解説の別紙も入っていない。ＬＰ盤の中央に貼られた円形の紙はさらに素っ気なく、ジャケットにあるのと同じ渦巻きマークと、Metamorphosis SIDE A、SIDE B の文字しかない。

自主製作の言葉が、正確な意味は分からぬまま頭に浮かんだのは、正規の販売ルートに乗ったものではない印象があったからだ。『Jazz Journal』'77年の特集にこのレコードについての記載がないのは、七七年以降に録音されたからなのだろうが、正規販売ではなかったからだとも考えられた。録音日時のデータがないか、ジャケットと盤を再度精査してみたが、やはりどこにもない。だが、少なくとも一九七六年以降の録音であるとは、かなり高い確度で推測された。というのは、標題の Metamorphosis である。これはむろん「変態」と訳しうる。『Jazz Journal』の特集によれば、渡辺柾一の『孵化』が七四年、『幼虫』が七六年。孵化―幼虫―変態の並びを考えれば、『変態』は七六年より後でなければおかしいだろう。

この時点で自分は、渡辺柾一演奏会《ライブ》のチラシを九〇年に見た、あの記憶が真正であったことの証拠を一つ得たと思った。チラシの演奏会《ライブ》の標題が『変態』。その渡辺柾一が『Metamorphosis』と題するレコードを出していたとするなら、『変態』ライブは実在した可能性が高いのではあるまいか。

他に客は二人いたが、かけてみますかとバイト氏がいってくれたので、自分は『Metamorphosis』を聴かせて欲しいと頼んだ。バイト氏は手慣れた仕草で静電気防止のスプレーを盤に吹き付け回転卓に置く。

ＣＤ以後の時代では聴かれなくなったチリチリという雑音がしばらく続いたあと、伴奏のない低音のロングトーンがはじまった。古木が声を発したような響きは、しかしサックスの音ではない。バスクラリネットだ。なるほどと自分は膝をうった。何がなるほどなのか、考えると妙だが、つまり『変態』なる標題の音楽にはバスクラリネットがふさわしいと、なぜだか思えたのである。サックス奏者がバスクラリネットに持ち替えるのはもちろん珍しくない。

人間の息というのはこんなに続くものなのかと驚くほど長く音は伸ばされて、あるいは循環呼吸の技術が使われているのかもしれないが、ビブラートをかけない棒状の音は、ときおり思い出したように音程が変化するだけで、これ以上単調にはできないだろうと思うくらい単調であり、いくらなんでも退屈すぎやしないかと思った頃合い、打楽器が入ってきた。

たくさんの木の珠をじゃらじゃら擦《こす》るような音や、竹筒を掌で叩く音、あるいは障子にハタキをかけるような音がバスクラの響きに絡む音楽は、『孵化』と同コンセプトであるらしい。しかし『孵化』と違うのは、打楽器がバスクラに絡むとはいっても、それぞれの奏者が勝手に演《や》っていて、複数の楽器がたまたま一緒に鳴らされているだけの印象がある点で、つまり対話的な即興音楽としての完成度は低いといわざるをえなかった。『孵化』とは異なりピアノとベースが入ってくる様子はなく、しかしそれが決定的な違いとはいえなかった。管楽器と打楽器の組み合わせだってスリリングな対話はありうる。「自閉的」の言葉を自分は思い、下北沢で聴いた演奏にも同じ感想を抱いたのではなかったかと回想した。あのときもテナーサックスとドラムスは無関係なまま鳴らされている印象があった。

A面が終わると、バイト氏が盤を仕舞おうとするので、B面もかけて欲しいと自分は頼んだ。ちょうど二人連れの客が帰ったところで、自分一人になっていたから無理をいえたのである。バイト氏は黙って盤を返した。

B面は、誤ってA面と同じ音源が刻まれたのではないかと疑われるくらい、A面と雰囲気が変わらなかった。磯の浅瀬にのたり寝そべるウミウシみたいなバスクラの響きと、どこか異国の土産物屋で、店先に置かれた物珍しい楽器を観光客がいじっている、そんなふうにさえ思える打楽器の散漫な音。

これ、何なんですか？　グラスを洗いながらバイト氏がいったのは、彼もまたスピーカから出てくる音に何ともいえぬ違和感を覚えたからだろう。平板な響きの連続には何かが起こりそうな予感というものがひとつもなくて、これ以上聴いても仕方がないかもしれないと思いはじめたとき、変化が生じた。

バスクラの音が二つ、重なり出したのである。二つの音程が、少しずつタイミングをずらして伸びて行く様子は、太くて鈍い二匹の蛇が絡まりあうようであり、音楽は僅かに生彩を帯びる。多重録音かとも思ったが、しばらく耳を傾けてみた感じでは、そうではないようで、パーソネルに担当楽器の記載がないから分からぬが、つまりはH. Y. SかSailorのどちらかが吹いているということなのだろう。

しかしこれは全体何なのだろう？　繰り返し自分が問わざるをえなかったのは、『孵化』にははっきり刻印されていたジャズの根が断ち切られている印象があったからだ。それは結局のところ、対話性の欠如というように尽きる。逆に、ジャズという音楽を特徴づけるのは、淵源《えんげん》としてのブルースのエッセンスもさることながら、なにより対話的な即興性にあるのであり、というか、対話性こそはジャズに限らず音楽というものの根源にある何かのはずだ。つまり、あえていうなら、渡辺柾一『Metamorphosis』には、「音楽ならざるもの」の気配が漂っていたのであり、少なくともその演奏は、音楽の、音楽それ自体としての現出を目指したものではないように思えたのである。

それにしてもH. Y. SとSailorというのは何者だろう？　知らないかと訊けば、知りませんとバイト氏は簡単に答え、マスターに訊いてみますか？　といいながらすぐに電話をかける。時刻は午前零時に近く、ちょっと非常識ではないかと慌てると、大丈夫です、マスターは夜行性ですからと返答があった。彼のいうマスターはもちろん長野に引っ込んだ先代マスターのことで、死んでからいくらでも寝られると主張する先代マスターは、明け方に少し眠るだけの生活を現役時代から長年続けてきたのだとの解説が加えられた。

電話口でまずは礼を述べ、それから質問したところが、先代マスターは、『Metamorphosis』は聴いていない、あるいは聴いたかもしれないが忘れてしまった、どちらにしても手元にあったのは畝木真治が店に持ってきたからだろうといい、渡辺柾一とも面識はなく、ただ『孵化』はなかなかいいと思っていたと語った。

畝木真治がレコードを持ってきたのはいつ頃だろうかと質問すると、一九八九年だね、と妙に断言するので、なぜそんなにはっきり分かるのかと問いを重ねれば、日付だって分かるよ、と電話口の男はいい、一月七日のことだと加えた。一九八九年一月七日は昭和最後の日であり、昭和天皇崩御の報道があったその夜、しばらく顔を見せなかった畝木真治がふらりと店に現れ、一月七日には毎年必ず店で出していた「洋風七草がゆ」をすする畝木と、昭和もとうとう終わったなと、感慨を深くしたというか、感慨するふうな話をしたのを覚えているのだというのだった。その日に彼がレコードを持ってきたのは確かだろうかと念を押せば、なんだかこだわるねえ、と冷やかしたマスターは、畝木がレコードを持ってきたことはそれまで一度もなく、このときは何を思ったか、自己のリーダーアルバムを中心に七、八枚持参して、店に置いておいてよ、と唐突にいうので、なんだか遺品を託すみたいだなと冗談をいったら、それからほどなく畝木が死んだのでよく覚えているといったマスターは、しかし畝木は本当に死期を悟っていたのかもしれないなと、ちょっと感慨に浸るふうに付け加えた。

ＤＶＤの中身について問うたのには、分からないと簡明な返事があった。あとから聞いたバイト氏の話をあわせ綜合《そうごう》するに、老マスターはレコードの他にもライブ映像の膨大な蒐集《しゅうしゅう》があり、主に彼が経営していた大久保〈ビブリ〉でのものなのだが、家庭用ビデオカメラが普及する以前の、八ミリフィルムの時代に撮った映像を含め、業者に一括してＤＶＤに落としてもらったのだという。フィルムやビデオは人から譲られたり持ち込まれたものも多くあり、本人も把握しきれていないらしい。ＤＶＤの持ち出しについてあらためて許可を貰い、くれぐれも礼をいうと、なんか書いたら読ませてよとマスターは声をかけて電話を切った。

『Metamorphosis』が畝木真治の手で〈ビブリ〉に届けられたのが一九八九年。であるならば、渡辺柾一が九〇年前後になお演奏をしていたことは間違いないといっていいだろう。もちろん八九年に持ち込まれたからといって同じ時期の録音だとは限らない。けれども自分はすでに、『Metamorphosis』が八〇年代の、それもだいぶ遅い時期の演奏であるとの確信を得ていた。つまりは、その音である。〈2・5《ツーファイブ》〉のスピーカから流れ出た音は、フリージャズという生き物が突然変異種のごとくに出現し多様な形態をとって蠢いた六〇年代七〇年代から遠く離れて、進化の行き止まりに孤立した印象を残したのである。

一九九〇年に自分が見た『変態』のチラシはやはり実在したのだ。

6

翌日、自分は多摩川へ向かった。

午過《ひるす》ぎの時刻、競艇の開催日でない多摩川線の車内は閑散としていた。疎らな降客の後影を追って改札を過ぎれば、多摩川河川敷はまもなくである。風のない曇天の、地面に滞留した冷気が靴の足先を凍えさせる冬の日だった。

駅舎正面の、川岸の段丘へ至る階段路を上ると、左手に大きな白い橋があった。川崎方面へ向かって自動車が頻《しき》りと往来する橋には、しかし記憶がなかった。橋そのものは以前からあったかもしれない。だが、河川敷の貧寒に似つかわしくない、巨大な竪琴《たてごと》を想わせる橋梁《きょうりょう》の優美な姿には見覚えがなく、白い橋はどこか遠い夢幻の地境から飛来したのであり、三十年の時間を経てなお変わらぬくすんだ色に沈む河原の風景を置き去りにしていままた飛び去ろうとしている、そんな不思議な感覚に意識は攪乱されて、形にならぬ感情が微かな痺れとなってダウンジャケットに包まれた腹中で疼《うず》いた。

橋を背にして、土手路を上流方向へ歩き出す。河川敷は広く、路から川の流れは視野に入らない。対岸の段丘には、黒い木々に埋もれるように倉庫らしい建物の屋根が並び、砂利採掘場の動かぬ作業車はもう何年も雨ざらしに放置されていると見える。土手の直下には、前にはなかった自転車道路《サイクリングロード》ができていて、しかし自転車の通行はいまはなく、毛糸の胴衣を着た犬を連れた黒い外套の女がひとり、寒そうに歩いていく。雲の層を通過して僅かに陽の成分が漏れ落ちるふうではあったけれど、頰にあたる空気は冷たかった。

貨物列車が、前方の南武線鉄橋に現れた。異様に遅い速度の、寒中の蛇めいたコンテナ車の長い長い列が続いて、鉄路と鉄輪の生み出す滑らかな通過音が、鉄橋脇に建つ十階建てのマンションに反響し、空の広い河川敷の器を虚ろに満たす。この集合住宅にも見覚えはなかった。ためしに風景からマンションを消去してみる。巨大な灰色の石塊が消えた跡は、しかしなかなか埋まらず、建物の背後はいつまで経っても空白のままだ。空は薄墨色の雲に覆われて、冬枯れた雑草や灌木に覆われた河原の風景は一段と生彩を欠き、寒々と凝固した大気の底に沈んでいる。

　南武線の鉄橋に突き当たったところで土手を下り、自転車道路に立った。そこから川岸までは、ススキと外来種の雑草が混在する枯れ野で、流れに近いところどころに丈の高くない灌木の茂みがあるばかりである。鉄橋の向こうの上流側には、赤い土の剝き出しになった野球グラウンドがあり、さらに奥はサッカー場だ。それら施設も以前はなかったはずである。

　何かが欠落している――。橋梁の陰になったその場所に立ったとき、出し抜けにそう感じたのは、ＤＶＤの映像には存分にあった冬の日差しがないからだと最初考えた。しかし、そうではなかった。水音だ。水音がしないのだ。耳鳴りのように風景を絶えず包み込んでいた水流の響きがここにはない。モニターのスピーカからは流れ出ていたその音が――いや、昨夜見たＤＶＤの映像にそれがあったのはたしかだろうか？　鳥の囀《さえず》りはあった。鉄路を通過する列車の轢音《れきおん》もスピーカから漏れ出ていた。だが、水音はあったか？　昨日のことなのに、もう思い出せない。

昨夜、〈2・5〉《ツーファイブ》から自宅に戻って再生したDVDの映像は二種類あった。一つ目が生演奏の模様を撮った四分ほどの映像。二番目が戸外の映像で、こちらは十分強の尺があった。

最初の映像は、どこかのライブハウスでの演奏を固定カメラで撮ったものらしく、左手に映るドラムセットを黒眼鏡の男が叩く横で、中央のソファーに後ろ向きに正座した男がテナーサックスを吹いている。男は裸だ。下穿きだけは着けているようにも見えるが、画面が暗く解像度が悪いせいではっきりしない。この異形の演奏者が渡辺柾一なのだろう。暗黒舞踏の踊り手めいた姿には見覚えがあった。下北沢で見たライブでも渡辺柾一は同じような格好だったと回想され、あるいはこの映像は下北沢と同時期なのかもしれないと考えれば、画面の黒眼鏡のドラマーもあのときと同じ人物のように思えてきた。

もしこれが七六年頃の映像だとすれば、家庭用ビデオカメラはまだ普及していなかったはずだから、八ミリフィルムの映像なのかもしれず、だとすれば画像の劣悪さは納得できる。それでも音はよく録れていた。もっとも渡辺柾一のサックスは、どしゃばしゃ叩かれる太鼓と、画面には映っていないけれど、キンキンと耳障りに打ち鳴らされるピアノに掻き消されて聴こえない。生白い背中の筋肉が歩行する芋虫めいてむくむくと動き、尖った肩が激しく揺らめく様子から、懸命に演奏していると分かるだけだ。客席に尻を向けて吹く格好は奇妙だけれど、客に正対しない、ないしはできないジャズ演奏者は稀にいる。手前に椅子と丸卓が映り込んでいるから、ライブハウスであるのは疑えないが、客がいるかどうかまでは分からない。録画は演奏の中途からはじまり、ほとんど変化なく続いて唐突に切れる。

二番目の映像は、どこかの草地で撮ったもので、画面はライブ場面とうってかわって明度が高い。周囲の草が立ち枯れているところから見て季節は冬。日差しは明るい。画面が手ぶれでぐらつくこちらは家庭用ビデオカメラの映像だろう。いきなり映し出された冬枯れの草叢が、乾いた草の茎を踏みつける足音とともに画面で大きくゆらめくのは、草っ原の踏み分け路をカメラが進んで行くからである。まもなくカメラは灌木の茂みに入った。左手の藪《やぶ》に紛れて青いビニールシートが見えるのは、野宿者の住まいがあるらしい。

カメラは茂みを抜け、再び開けた場所に出た。ひねこびたように枝をくねらせる黒く汚れた灌木に丸く囲まれた、枯れ草が踏み倒された小広場。中央に一本の木があった。カメラは単立する木を画面中央に捉えて静止する。キロキロキロキロと冬日のなか鳥の鳴き交わす声が聴こえる。

たいして巨木でもない、枝に葉をつけぬ木は、どこにでもある変哲のない樹木である。であるのにカメラがそれを狙った理由はすぐに理解された。灰白色の樹皮一面に文字のようなものが刻まれていたからである。カメラは木の幹を捉え続ける。刃物で疵を刻まれた樹木——老ベーシストが語った、リハーサルスタジオに持ち込まれた「木」の話を思いながら、文字を読みとろうとしてみたものの、画面が小刻みに揺れるせいもあって、まちまちの大きさのアルファベットや地図記号のごとき文様が入り乱れていることが分かるだけで、有意味な言葉は見出せない。にもかかわらず、自分はこれを知っていると、い、い、い、の認識が浮かび上がった。自分がそれを見たのはいつのことだろうか？　どこでだろうか？　意識の古沼に竿《さお》を差し込み沼底の澱《おり》を舞い上げていると、《なんかすごいねえ》という声がふいにして、これは画像の背後の撮影者が発話したのであった。周りには他にも人がいるようで、画面に映っていない別の誰かが何かいい、応じて撮影者が低く笑う。

と、カットが変わって、今度はいきなりテナーサックスの音が聴こえた。画面は変わらず疵のある木で、演奏者は映っていないけれど、すぐ傍《そば》で吹かれているのは間違いない。青天井に音は拡散して、それでも響きの輪郭は明瞭であり、渡辺柾一が吹いているものと推測された。とまた撮影者の声がして誰かと会話をはじめる。その間、サックスの音は途切れていないから、ここには少なくとも三人の人間がいることになるだろう。撮影者と、渡辺柾一と思われるサックス奏者と、もう一人。その「もう一人」はおそらく日本人ではない。なぜなら撮影者と交わされる会話が英語だからだ。もっとも「もう一人」の声は聴き取れない。カメラマイクに近い撮影者の声ははっきり聴こえるが、話しているのはほとんど「もう一人」の方で、撮影者は英語で相づちを打つだけだから会話の中身までは分からない。けれども、撮影者が途中口にした言葉、相手の言葉を鸚鵡《おうむ》返《がえ》しにした言葉が一つ耳に残った。

Bug Tree――。

虫の木。とは、つまりカメラが捉え続ける幹に疵のある木のことなのだろう。撮影者の受け答えの感じから、「もう一人」はしきりと Bug Tree の解説をしているらしく思える。すると突然、その「もう一人」が画面に登場した。

耳の異様に尖った男だ。灰色の髪を短く刈り込み、囚人服めいた紺と白の縞のシャツを着た男の顔立ちは東洋人のものではない。男は《Bug Tree》の横に立ち、幹の疵文字をなぞっては獣めいた歯を剝いて笑う。

男が威嚇するような仕草をしてカメラに正対した。挑発的に立てた親指で己の胸のあたりを指した男が、いきなりシャツを首まで捲った。刺青《タトウー》だ。節足動物の体節を思わせる筋肉のついた腹から胸、そこにびっしりと刺青が彫り込まれている。《Bug Tree》にすり寄り、木と性交でもするようなふざけた格好になった男が、自分の軀の刺青と木の幹に刻まれた「文字」が同じものだと主張《アピール》しているのだと、にわかに理解されたとき、凶暴な笑いを顔に貼り付けた男が発話する形に唇を歪《ゆが》めて、ぽっかり開いた黒い口腔《こうこう》の洞《ほら》が画面を占領する。

　男は何者か？　いや、そもそもこの映像は何の目的で撮られたのか？　分からないことばかりだったが、家庭用ビデオカメラが普及した年代を考えると、この草地の映像が撮られたのは八〇年代半ば以降であるのは間違いなさそうだった。とすれば、画面には登場しないものの、ビデオのなかでテナーサックスを吹いているのが渡辺柾一だと思われる以上、彼がその時期まで演奏をしていた証拠にはなる。

　だが、それよりなにより重大と思われたのは映像の撮られた場所だ。鳥の鳴き交わす声に重なって、列車の通過音が聴こえるのは近くに鉄道線路があるからで、一瞬ではあるけれど、灌木の茂み脇に混凝土《コンクリート》の構造物が映り込んでいるのは、橋脚に違いなかった。だとすれば、この奇妙に明るい光の差す冬枯れの草地は、『変態』ライブのチラシに記されていた場所、記憶に残るあの場所以外ではありえなかった。

　けれども、記憶はいつでもあてにならない。そう思わざるをえないのは、やはり水音だ。水音が聴こえない事実だ。南武線鉄橋と土手路が交差する地点から見る河川敷は記憶に鮮明であった。雑草と灌木の広がりも、対岸の段丘に区切られた空の形も、鉄橋下の陰鬱な暗がりも、ああ、そうだ、これはたしかにこうだったと、たちまち記憶像は風景の底からすいと浮上して、目に見る風景にぴったり重なり合った。

　ところが、同じく鮮明だったはずの水音がしない。その場所が想起されるとき景色は必ず水流の響きに包まれていた。途切れず耳に流れ込む、鉱物のたてる囁《ささや》きのような水音こそが、その場所を他の場所の像《イメージ》から区別する、風景の輪郭となって記憶に刻みこまれていた。あの水音こそがむしろ風景を創出していたのだとさえ想われていた。であるのに、川の流れのたてる音響は、貧寒荒涼とした河川敷を越えてこの位置までは届いてはこないのだ。水音の記憶は贋であり、虚構であった。

しかし、だとしたら、虚構でないものは何なのだろう？　いま目にする河川敷の景色——これは虚構ではないだろう。踏みしめた地面や、耳に聴こえる鉄路を過《す》ぐ列車の轢音や、枯れ草の饐《す》えた匂いは虚構ではないだろう。であるならば、いま感じられているのでない事象は、ことごとく虚構なのだろうか？

たとえば、先刻見た白い橋は虚構か？　然り、というべきなのだろう。色彩を欠いた河川敷に忽然《こつぜん》舞い降りたような白い橋の像《イメージ》はすでに一つの物語のなかにある。駅舎を出て立った川土手に、昔はなかったはずの、均整のとれた姿の橋を発見し、驚きに捉えられた「私」の物語。だから、いまふいに振り返って橋が消えていたとしても、一瞬は驚愕し呆然となるだろうが、亀裂は即座に埋められ疵は消えて、記憶の物語はなめらかな肌を晒したまま、目のない深海の生き物のようにのたりとそこに横たわっていることだろう。そうして、修復された物語は語るだろう。もともとそこに橋はなく、先刻の記憶は一瞬の夢幻であったと。

ても。
振り返ってみると——橋はあった。それが先刻見た橋と同じ橋である保証はないにし

川岸へ向かう鉄橋下の踏み分け路を歩き出した。スプレーの落書きのある混凝土《コンクリート》の橋脚を四つ越えたところで、枯れ藪に埋もれるようにして人の背丈ほどの棕櫚《しゅろ》が三本、仲良く並んでいるのに行き当たった。陰鬱な枯れ野に亜熱帯の装飾樹はいかにもちぐはぐの感があって、誰かが意図して残した秘密の合図、あるいは何かの動物が変身させられた姿のようである。おそらく種子が流れきて着床したのだろうが、しばらく眺めていれば、空缶や発泡スチロールの塵埃が散乱する河原に奇妙に馴染んでいるとも見えてくる。

頭上の鉄橋を列車が走り出した。鉄錆びた響きの暗幕が垂れ下がるや、周囲には不穏の気体が濃密にたちこめる。いま何者かが害意を抱き接近しつつあるとして、足音は轢音に掻き消され気がつくことができない。暴力は出し抜けに襲い来って、それと知る暇もなく生身の軀は取り返しのつかぬ損傷を受けるだろう。背中を刃物でひやり刺し貫かれ、重い鈍器に横殴りにされた頭は熟れ柿みたいに潰れるだろう。そう思うと、攻撃の意思を持つ存在の気配が肌を圧し、聴こえぬ足音が空気をざわめかせ、危険の毒棘《どくきょく》に全身が刺される。慌てふためいてあたりに視線を巡らせれば、いまにも藪陰から影が飛び出しそうで、いよいよ恐怖に浮き足立ってしまう。

列車は遠ざかった。ふっと息を口から吐いて、鳥の声を聴き、冷たい空気を顔に感じ

ながら、改めてあたりに警戒の目を向ける。事実、近くに人間の居る気配はあった。右手奥の灌木の茂みには野宿者の小屋らしい屋根が覗けている。枝と枝を結んだ洗濯紐や、錆だらけの物置やらドラム缶やらの家財道具もあり、地面の一角には畑までできている。人の姿は、しかしいまは見えない。

人影が動く様子がないのを確認して、また奥へ歩き出す。藪中の路はいくぶん左へ湾曲しながら川岸まで続いて、ほどなく黒い水が見えてきた。蒼黒い流れは深みで巨人の筋肉のように膨れ、瀬の水流は白く泡立つ。ここまでくればもちろん水音も聴こえる。それを確認したとき、この場所にかつて立ったことがあるという、贋の記憶が生じた。路は分岐し、右は数米《メートル》も行かぬうちに川に突き当たり、左は川筋と平行に藪中に細く続いている。この路を自分は知っている――。この奥だ。この奥にあの木はある。《Bug Tree》はある。モニター画面に映し出されていたのだ。贋の記憶の原因はそれだ。

そのとき再び鉄橋に列車が現れた。鉄の重い響きに水音は掻き消され、川岸には危険の匂いが充満する。見上げた鉄路の、客車の窓に疎らな人影があった。彼らは眼下にふいに開けた河川敷を眺めやっている。しかし、迅速に過ぎ行く風景のなかで生起しつつある出来事には気づかないのだ。死んだ草の藪を分けた路の奥の草地で恐ろしく血腥《ちなまぐさ》いことが起こっているというのに。木に縛りつけられ、上半身を裸にされた男が、鋭利な刃物で皮膚に疵をつけられていく。喉から迸る悲鳴は鉄路の響きに消され、ナイフの切っ先から噴き出す黒い血が意思ある生き物のように幾筋にもなって胸から腹へと垂れ落ちる。

軀の疵は、木の幹の疵の再現である。《虫の木《バグツリー》》に縛られた男は「変態」しつつあるのだ。そう知ったのは——DVDの映像でだ。昨夜映像で見たのだ。狂人らの手で縛られ疵つけられ血塗《ちまみ》れになったあげく殺される男を見たのだ。否、モニターの画像にそんなものは映し出されはしなかった——しなかったはずだ。だとしたら、酸鼻な処刑の記憶像が脳裏に明滅してやまぬのはなぜか？　かつて、この場所で目撃したからか？　いや、それも違う。それは、いま、起こっているのだ！

自分はもと来た路を駆け出した。

変身の書架

音楽が聴こえたのは、傾きかけた陽が、車両の疎らに通り行く街路を朱《あか》く染めあげる時刻だった。空爆の跡なのか、藁色《わらいろ》の石壁が黒く焼け焦げたイスラム会堂《モスク》と、屋根が半ば崩れ落ちたユダヤ会堂《シナゴーグ》に挟まれた小路から、その音楽は漏れ流れてきたのである。山間《やまあい》の空港から、四人護送車を想わせる鉛色の乗り合い自動車でホテルに着いて、荷を解くとすぐ、夕食を求めがてら、はじめての土地を訪れた旅行者らしく、地図を手に外出して、ほんの一ブロックも行かぬうちの出来事だった。草地に拓かれた滑走路のあちこちに空爆の焼跡が黒々残る、銃を提げた兵士の姿ばかりが眼につく空港に着いて以来、一貫して鼻腔に感じられていた黄色い砂塵と煤煙の臭い——廃墟の瓦礫を想わせる臭いが、海側から吹きよせる風に払われた夕暮れの時間、街路を満たす清涼な大気のなかに流れ出た音楽は、暗灰色の画布の奥からいきなり色彩が浮かび上がってきたかのごとき、新鮮な驚きと寛《くつろ》いだ華やかさの感覚を新来の旅人にもたらした。

河と平行に街を東西に貫く大通りの、幅のある舗道に立った自分の方へ次第に近づいてくる、オリエント風と、とりあえずは呼ぶしかない音楽が、ひどくうらぶれていながら祝祭の陽気さを纏《まと》って聴こえるのは、間欠的に鳴らされるシンバルのしゃりしゃりした響きのせいだと、考えるでもなく考えたときにはすでに、彼らは小路から舗道へ姿を現していた。

それは、四人からなる、小さな、黒い、楽隊だった。前列に並んで真鍮《しんちゆう》のシンバルと赤い皮革の小太鼓、後列に風琴《アコーデイオン》と木管楽器。黒い、と形容したのは、四人の奏者が揃いの衣装――燕尾服《えんびふく》とも法衣ともつかぬ黒服を着ていたからで、彼らが辻《つじ》に現れた瞬間、あとに葬列が続くのでないかと想像されたのは、黒色が喪服を連想させたこともあるけれど、なによりは、クラリネットに似た、しかしそれより大型で、歌口《マウスピース》の近辺が水草の茎めいてゆるやかに湾曲した楽器の、奏でる旋律がひどく物悲しいせいで、それはシンバルと太鼓の、安っぽく賑やかな響きに伴奏されることで、かえって哀切感を深めていると感じられた。

夕暮れの通りを行進すべく、辻で直角に向きを変えた楽隊の、歩き方が奇妙だった。踏み出した片足でぴょんと一回跳ね、また別の足を出してぴょんと跳ねる。それが交互に繰り返される姿は、縦に歩く蟹に似て、滑稽に踊る糸吊りの木偶《でく》めいた、見慣れぬ、しかしどこか懐かしくもある仕草は、何かしらの儀礼に従う者らを想わせ、そのことが後に続く葬列をいよいよ想像させたのである。

楽隊を先頭に、棺と、黒い喪服の人間たちが、隘所《あいしよ》で身をくねらせる蛇のように長い列をなしている。そのような幻像を抱いて舗道に立つ自分の方へ、楽隊は真っ直ぐ向かってきたけれど、後に続く葬列はなかなか現れなかった。小さな、黒い、楽隊は、自分のいるDeutsche Bankの支店前まで到達すると、花蜜の甘さに木灰の苦みの入り混じった、不思議な香料の匂いを残して去っていき、そのあいだ自分は、幻の葬列をなお思い描いたまま、楽隊が自分が室をとったホテルの玄関前を過ぎて、次の角を左に消えるまで見送ったのだけれど、とうとう葬列が現れることはなかった。

戦争中は、大勢の人間が死んで、街路という街路が葬列で埋めつくされたのだ――。この都市《まち》へ来る直前、ヴィーンの料理店で一人の初老の詩人から聞いた話が、葬列の幻影を生み出す原因になったのは疑えなかった。詩人は、オーストリア出版社協会が主催するブックフェアに招待された作家の一人で、同じく招待を受けた自分は、その夕べ、ハプスブルク時代の博物館を改装した小さな会場の、教会堂ふうの木の椅子に座った、百人ほどの観客の前で朗読を行い、中欧の小国から来た詩人は自分の次に舞台に立った。朗読会の終了後、主催者に案内された国立オペラ座近くの料理店で、隣り合わせになった詩人が、ブックフェアの後、足を伸ばしてみようと考えている都市の出身だと自分は知り、互いに覚束《おぼつか》ない英語で言葉を交わしたのである。

戦争中は街路という街路が葬列で埋め尽くされ、葬列と葬列が入り乱れて、誰が誰の棺だか分からなくなってしまい、カトリック教徒がムスリムの墓地でメッカに顔を向けて埋葬されたり、ムスリムがラビから葬悼《カディッシュ》を聞かされることになったのだと、針金めいた灰色の髪と、陽灼《ひや》けした顔が老漁夫を想わせる詩人は、頬に刻まれた皺を固く張った謹厳な顔でいい、自分も真剣な表情を崩さずに頷いたのだけれど、ふと覗き込んだ詩人の淡い灰色の眼には笑いの滲《にじ》む気配があって、この、深緑色のシャツをネクタイを締めずに着た、お洒落とはほど遠い、それでも独自の美意識を感じさせなくもない人物が、根っからの酔いどれであり、諧謔《かいぎゃく》を混ぜ込まずには言葉を口にしない、あるいはできない、国籍を問わずときおり見かけられる知識人のタイプであるらしいと、自分は理解した。

彼の祖国と、最近まで戦火に包まれていた彼の生まれ育った都市について、自分は幾つかの、あたりさわりのない質問をした。逆に詩人からは三つの質問があった。第一は、ここは禁煙だろうかというもので、たぶんそうだろうと応じていると、卓の向かい側にいたスウェーデン人の女性作家が、残念だけれど駄目のようねと、濃紺に染めた睫毛《まつげ》の際立つ魅惑的な笑顔で念を押してくれた。第二の質問は、一通り食事が終わって珈琲になったとき、暖炉脇の小舞台で演奏していた弦楽四重奏団《カルテット》へ灰色の眼をしばらく遣《や》っていた詩人が、こちらへ顔を向けて口にした。

――君は、第二ヴァイオリンとヴィオラの、どちらがより好みだろうか？

弦楽四重奏団《カルテット》は第一ヴァイオリンとチェロが燕尾服の男性で、残りの二人が、菫《すみれ》色と臙脂《えんじ》のドレスをそれぞれ身につけた若い女性だったのである。仕方なく笑ってみせると、こちらの答えを待たずに詩人は三番目の質問を寄越した。

——君は戦争のことを書いているそうだけれど、それはなぜなのかね？

詩人は、朗読会のパンフレットに印刷された、自分がかつて書き、いくつかの言語に翻訳された、太平洋戦争の戦場を舞台にした小説の紹介文を読んだに違いなかった。これに類する質問は、ブックフェアの会場で地元の新聞記者やインタビュアーからも度々されていて、その都度、自分は言葉を滞らせ、しかし、何もいわぬわけにもいかなくて、誤魔化《ごまか》すような返事をしてしまい、後味の悪い思いをしていた。母国語ならば、はぐらかしたり、本質的なことは語らぬまま、あたかも何事か語っているかのごとくに見せることもできるのだけれど、英語でそれをするだけの語学力は自分にはない。

——歴史のなかの、適切な場所を、死者たちに、与えることのために。死者たちを、正しく記憶し、現在に生かすために。

同じ問いに苦しんだあげく、自分はそのように整理された言葉遣いで応答する術を覚えた。が、枝葉を払った街路樹が、もとの樹とは似ても似つかぬように、まるで届いていないとの思いはあったけれど、しかし一方では、ある言葉を語ることは他の言葉を捨てることであり、一つの関係をとり結ぶことは、別の関係を断念することだと考えれば、諦めもついた。理解されるとは、どんな場合でも、誤解されることにほかならない。

このときもまた自分は、すでに何度か舌にのせてきた言葉を、食後酒のブランデーを飲む詩人に向かって、真摯さの仮面をつけて口にした。詩人は泥色とでも形容するほかないジャケットの、胸ポケットに入れたハンカチを取り出し、口の辺りを拭いながらいった。

——なるほど。それは正しい文学者の姿勢である。しかし、死者を忘れることでしか、つくれない国もあるのだ。

いくぶんくぐもった声でいわれた言葉の意味は、にわかには摑みかねた。死者を忘れることでしかつくれない国、とは、おそらく、中世の時代から紛争の坩堝《るつぼ》であり続けてきた、詩人の生まれ育った国のことに違いなく、意味の輪郭はなお不明瞭なまま、言葉の持つ質量が波紋を作り出すのを自分は覚えた。

言語、宗教、文化が複雑に入り組んだ、詩人の故国を含む地域の、ここ数年来の混乱し錯綜《さくそう》した政治情勢は、血腥い風に乗って遠く極東の地まで運ばれてきていたし、当地の戦乱を伝える報道《メディア》に繰り返し登場した、「民族浄化」なる言葉の、悪夢じみた息苦しさと恐怖も十分伝わっていた。報道《メディア》がスキャンダラスに報じる、隣人同士が互いに殺しあい傷つけあう陰惨な状況は、敵対するどの陣営にとっても情報操作が重大な戦略となった現在、いかほどの虚構が混ざり込んでいるか、見分けるのは難しかったけれど、癒し難く堆積した憎悪の重量だけは、たしかに感じられたのだった。

昨日まであたりまえに交流していた者らが殺しあい傷つけあったのだとして、紛争が収拾された後、彼らが再び結びあうには、堆積し凝固した憎悪の巨石を、時間の風化作用を待たず掘り崩さなければならない。それはきっと気の遠くなるような作業だろう。そのとき、紛争のさなか無惨に殺された死者たちの怨念《おんねん》こそ、一番の障害になるのではあるまいか。われらの恨みに黒く染まった魂を忘れるな！　死者の声は生きる者らの耳の奥に響き続け、陰湿にくすぶり、ときに激しい憎悪の焔となって燃え上がる。死者に沈黙を強いることでしか生者が結びあえないとしたら……。

——君には理解できるだろうか？

注文した二杯目の酒が来るのを待って詩人がまた口を開いた。何か？　と問う形で顔を向けた自分に詩人はいった。

——どれほど深く、わたしが苛立《いらだ》っているか、君に理解できるだろうか？

自分は緊張した。死者を記憶するだって？　そんな暢気《のんき》なことをいっていられる君がうらやましいよ。君の描く戦争は、君とは遠い何かで、君とは根本的に無縁で、だからそんなオメデタイことをいっていられるんだろう。いや、まったく、文学というのは本当に素晴らしいものだね！

そのような皮肉な言葉が灰色の眼をした詩人の口から吐き出されるのを自分は予想し、ブランデーのグラスを手に固く身構えていると、剛毛の生えた手でポケットをまさぐった詩人はいった。

――われわれは迅速にスモーキングルームに案内されるべきではないのか。旨《うま》い食事の後、ブランデーだけ与えて、煙草を禁じるのは最悪の拷問に他ならない。なぜこのことを国連の人権委員会は問題にしないのか？

掌で煙草の赤い箱を弄《もてあそ》ぶ詩人に向かって、たしかにそうだと、自分が笑って応じると、詩人は続けた。

――これは一種の民族浄化 ethnic cleansing、煙草を吸う民族の浄化ではあるまいか？

そのように問うた詩人は、このとき smoking ethnos という言葉を使った。煙草を吸う民族。一〇年ほど前に smoking ethnos から離脱して、non-smoking ethnos に同化《アシミレイト》していた自分は、なおもぶつぶつと不満を述べ立てる詩人の可笑しみとともに、この言葉の印象が、はじめて眼にした異国の果物のように心に残った。

二一世紀の現在、民族なる言葉は、smoking で限定されるのが最も相応しいのではあるまいか？　煙草吸いの民族は、国際的な迫害を受け、「浄化」されたあげく、絶滅の危機に瀕している――。

小さな、黒い、楽隊が出てきた小路へ自分は入ってみた。屋根が崩れ落ち、黒い廃墟になったユダヤ会堂《シナゴーグ》の奥に、ぽつりぽつりと灯りが点《とも》って、食事を供する店がありそうに思えた。表通りとは違う、下水と苔《こけ》の湿った匂いを嗅ぎながら進む路は、左右から石壁が迫るせいで闇に沈み、アセチレンランプの光を鋭く輝かせているけれど、顔を仰向ければ、四角く切り取られた空にはまだ明るさが残り、鉱物めいた碧色《へきしょく》に染めあげられている。

治安は思うほど悪くないとの情報はあったものの、人通りのない路地を進めば厄災の予感は急速に膨れあがり、石壁に貼り付いた焼け焦げらしい黒い染みが、折り重ねて潰された人間の痕跡——とは、なにやら虚構めくが、人間がぎゅうと圧縮されて平べったい人型の板になる、むかし見たそんな夢を自分は思い出し、黒い染みからいまにも影がゆらめき出てきそうで、脅かされ、早足になりながら、それでもざっと見たところ、灯りはホテルや骨董《こっとう》店のものばかりで、料理屋らしい店はなく、しかも路地の半ばから先は灯りもなくなって、引き返そうかと思案したとき、左手に、上辺が煉瓦の弓弧《アーチ》になった隧道《ずいどう》が現れた。

覗いた奥は、水底のような青い光に満たされて、煉瓦壁とオリーヴらしい樹が見える。どこかの中庭であるらしい。

そのとき、何かを激しく叩くような鋭い足音が立ち、黒い人影が闇から身を引き剝がすように隧道から現れ出た。複数の人間だ、と知ったとたん、全身の毛穴から汗が噴き出し、肝を冷たくして身構えれば、路地の薄明かりを斜めから浴びた人影は、学生ふうの若い男女であり、腕を組んだ彼らが白い歯を閃かせて談笑するのを見るなら、ふううと、思いがけぬほど長い吐息が漏れた。危険はないと判断されれば、今度は旅人らしい好奇心に捉えられるまま、自分は隧道を奥へ進んだ。

出たところは、中庭というより、ちょっとした広場で、滑らかでたっぷりした衣を身に纏い、月桂樹の冠をつけたアテナの石像を中心に、灌木の植え込みや木製のベンチが石畳に置かれている。広場のぐるりを囲んだ建物の、焦げ茶の板窓が規則正しく配置された藁色の煉瓦壁が穏やかな呼気を吐き、上空の、いくぶん暗さを増した蒼色の鉱床に星々が散るのを眺めれば、気持ちのよい場所にあって人がよく思うように、ここにだけ特別の時間が流れていると自分は感じ、しばらくのあいだ、オリーヴの香りのするベンチに腰掛けて、湿原の湧水のようにあふれ出る時間、異邦に独り旅する者にのみ与えられる時間の流れに身を任せた。

自分のほかにも広場に人影はあり、笠の付いた電球の街灯、その下で書物を開く人の姿が眼につく理由はまもなく判明した。広場に面して、書店があるのだった。ベンチから立ち上がった自分は、石段を数段上って、BOOKSTORE の、目立ちにくい木彫りの看板の下にある、重たい樫の扉を押した。

予想とは違って、蛍光灯の光が冷たく漂う空間はかなりの広さがあり、全体にがらんとして、倉庫を想わせる、いや、天井や壁を這う剝き出しの鉄管や電線を眺めれば、実際に倉庫をそのまま店舗に使っている様子で、書棚に本や雑誌が整列する日本の本屋を見慣れた眼には、不必要に天井が高いこともあって、殺風景の印象は否めない。そもそも書棚がほとんどなく、商品は床《フロア》に据えられた長机の上に積んであるだけで、壁の大半が石の地肌を晒す様子は、書店というより、教会かどこかのバザー会場のようである。客は七、八人ほどあって、蛍光灯を浴び幽鬼のように青ざめて見える人々は、机の列の間をゆっくりと移動し、あるいは届きにくい照明の下で書物に眼を落としている。

机の書物は、英語のペーパーバックや旅行ガイドブック、パソコン関連やスポーツの雑誌がおもで、本の他に、文具やノートパソコンも売られている。見るでもなく一渡り見て回った自分は、入口の扉から一番遠い場所、そこにだけ本棚の据えられた一角へ進んだ。

壁一面に、人の背丈の三倍はある書棚が作り付けになって、古本らしい書籍で隙間なく埋め尽くされた辺りは、一段と照明が少ないせいで、薄暗く、古書店特有の黴臭《かびくさ》い空気が滞留している。背表紙は読み取りにくく、しかしなお、その書棚の放つ異彩ぶりを感得するのに時間はかからなかった。

そこには、さまざまな言語の、さまざまなジャンルの書物が、秩序を欠いて並べられているのだった。たとえば、アーデン版シェイクスピア『十二夜』を挟んで、韓国語の詩集とフランス語の料理本が並べられ、スペイン語の聖書の注釈書の次に中国語の衛生学の本が置かれて、サンスクリットの英語入門書とドイツ語の機械工学の参考書が隣り合うといった具合で、英語を中心に印欧語のものが多いとはいえ、ヘブライ語やアラビア語も混ざり、自分の知らない文字の背表紙もある。

日本語の本もあった。一冊は『芭蕉発句集』、これは南アジアのどこかだと思われる言葉で書かれた絵本と、祈禱書ふうのキリル文字の本の間にあり、『薬学検定試験公式ガイド&問題集　昭和64年度版』は、イタリア語のダンテと英語の建築写真集の間に挟まり、岩波文庫のマルクス『経済学批判』が、北欧の言語で書かれた大判の植物図鑑の陰に隠れていた。他にもまだあるようだったけれど、高い所の文字は薄闇に溶け込んで読みとれない。

自分はずいぶんと長い時間、その不思議な書棚の前に立ち、背表紙の文字を読み、また眼についた本を手にとった。何かしらの秩序はあるはずだと、パズルを解く人のように、あれこれ思案をしてみたものの、答えが得られないでいるうち、自分がこれまでに見てきたあらゆる書棚は、書店のであれ、図書館のであれ、友人の自室の蔵書であれ、何かしらの秩序はあったのであり、つまり、あれらはことごとく一個のライブラリーであったと回想されて、とするならば、いま自分が相対する書棚は、反《アンチ》－ライブラリーとでも呼ぶべき何かなのかもしれないと考えた。ただ出鱈目《でたらめ》に本を集めて、ここまで無秩序にはなりえない。つまり、ここには疑いようもなく一個の意志があった。明確な意匠があった。徹して無秩序であろうとし、宇宙の規則性から逃れようとする反《アンチ》ーライブラリー……。そろそろ閉店ですがと、書店員の女性から声をかけられて、見れば広い店内に客はすでに一人もいなかった。

自分は、眼をつけておいた、河原の丸石の写真が表紙になった小型の手帳を手にとってレジ前に立ち、空港の両替所で換えた緑色の紙幣で支払いをしたついでに、ヴィーンで会った詩人の本があるか訊いてみた。

黒縁眼鏡に口髭を生やした、黒と銀の縞模様のベストを着たレジの男は、少し待つようにいって背後の扉に消え、まもなく一冊の本を手にして戻ってきた。渡されたものを見れば、暗緑色の薄いペーパーバックの表紙には Franz Kafka の文字があり、下に詩人の名前が印刷されている。表題も本文もキリル文字であるけれど、『変身』の翻訳であることはすぐに理解された。レジの男がよく響く低音で何かいい、自分には聴き取りにくい英語は、いま在庫はこれしかないが、よければ取り寄せるといっているようなので、取り寄せは断り、翻訳の『変身』を購入して行こうとすると、レジの男がまた声をかけてきて、一枚の紙を寄越した。最初は何かの寄付を求められているのかと思えて、戸惑いを覚えたけれど、素っ気ない手書きの文字のコピーは、芝居のチラシなのだった。

演目はフランツ・カフカ『変身』。チラシには詩人の名前もあって、レジの男の言葉を含め情報を綜合するに、詩人の翻訳テクストをもとに構成した芝居だと推察された。

公演は一日だけ。日付は一〇月一三日、すなわち明日、午後八時からとある。自分は明後日にはヴィーンへ戻る予定でいたから、この偶然は旅行者の心をときめかすに足りた。とはいえ、あまり遠い場所では困ると思い、チラシを見たけれど、よく分からず、レジの男に訊《たず》ねれば、それまでは異邦の客を扱いかねるふうに、戸惑い気味の硬い表情でいた男は、はじめて笑顔に表情を溶かし込んで、Here. と答えた。

Here? 自分が少々大袈裟《おおげさ》に問い返せば、男は、そうだ、ここでだ、と白い歯を見せ、天井へ顔を仰向けて、両腕を円弧を描く形に動かした。そうか、ここでやるのか。縞のベストを着た男の、やわらかな笑顔と、ダンサーを思わせる軽やかな仕草に、共感めいた感情を自分は喚起され、たとえば、この場所で芝居をやることが男の永年の夢であり、それがとうとう叶ったのだ、といったふうな想像をした。明晩は是非とも来たいというと、男は茶色い紙片をカウンターから一枚取って寄越した。入場券らしい。いくらだろう？ と問えば、男は顔の前で手を振り、差し上げるという。丁寧に礼を述べた自分は、チケットを上衣の内ポケットに仕舞い、外へ出た。

翌日は、雨が降った。自分は朝から軀がだるく、少し熱っぽいようなので、午前中はホテルのベッドで寝て過ごした。午後から起き出し、傘をさして外出した。とくに何が見たいということもなくて、黒々と水の流れる河沿いの路をぶらぶら歩き、オスマントルコ時代の遺跡である、弓弧橋《アーチ》の近くのカフェで葡萄酒を飲み、羊肉のサンドイッチを食べた。その頃には雨はあがって、僅かながら陽も差すようになり、自分はオープンテラスの椅子に座って路行く人々を眺めながら、オリーヴ漬けとチーズをつまみに葡萄酒をもう二杯ほど飲んだ。

広場になった橋の周辺には、土産物や食い物の屋台店が軒を並べて、賑やかとまではいかぬものの、それなりに人出はあって、外国人観光客らしい姿もちらほらある。橋を反対側から渡ってきた、鼠色の制服に揃いの紅いリボンを髪につけた女学生の一団が、安物のアクセサリーを売る店に群がり、甘い焼き菓子を頰張る家族の横では、幼い子供が水鳥にパン屑を投げ与えるのを若い夫婦が見守る。橋の下に釣り人が竿を並べて、それを橋梁に寄りかかった帽子の男たちが眺め、青銅の背もたれのついたベンチでは、老人がパイプをふかしながら新聞を拡げている。一年前のいま頃はまだ、街は戦乱のさなかにあったはずなのに、と考えた自分は、戦時下にも日常はあり、人の生活はあり、爆弾が炸裂するすぐ傍で団欒《だんらん》する家族だってあるはずだと思い直した。戦争はいつでも戦争らしい顔をしているわけではない。逆に、どれほど平和に見える場所であろうと、そこで、いま、戦争が起こっていないとはいえない。

chasm——の言葉を、自分はそのとき思った。これは「朗読の夕べ」のパンフレットの、煙草を吸う民族に属する詩人についての紹介文にあった言葉である。

chasm〈名〉（岩や氷河などの）深い割れ目：裂け目：すきま：（感情・意見の）隔たり

旅行に持ち歩くポケット辞書には右のように出ていたが、この言葉が、かの詩人のテクストに繰り返し現れる、独特《ユニーク》な、彼の思索を特徴づける鍵語だと、小冊子の文章は紹介していた。

Wilderness spreads deep in the chasm.「荒れ野は裂け目深くに広がる」

彼の代表的な詩作品の冒頭を飾るのが、この一行だとも紹介者は伝えていた。ごく短い紹介文のなかでは、詩人のいう「裂け目」がどのようなもので、彼の幻視する「荒れ野」が何であるか、もちろん分かるはずはなかった。というより、無限の問いを喚起することが詩というジャンルの使命である以上、分かる分からないといってもはじまらないので、つまり、ここで分からないとは、詩人の言葉に問いかけられるほど自分は彼の言葉に触れていない、くらいの意味である。けれども、このとき自分は、いま眼にする橋の風景、その背後に chasm が口を拡げているのだと思ってみることで、詩人の言葉を自分の方へ引き寄せてみた。一見平和な風景にも、どこかに裂け目は隠されて、その奥に戦乱の荒野が広がっているのだ、といえば陳腐きわまりないけれど、まずは平凡なイメージから出発して、では、風景に隠された「裂け目」とは何であり、どこにあり、どんな構造を持ち、という具合に思考を進めることで、石化した言葉の蛹を羽化させていくのは、詩を読む一つの方法だろう。

「荒れ野」――。「荒れ野」は爆撃の焼跡であり、破壊された生活であり、無法と暴力の支配する世界であり、死者の彷徨《さまよ》う地境であり、モーセに率いられた群れが餓えと渇きに苦しみながら進んだ場所でもある。そのうえで問うてみる。「裂け目」(chasm)の奥に広がる「荒れ野」(Wilderness)とは何なのか？　それはいつからあるのか？　どんなふうにしてあるのか？

夕刻、ホテルに戻った自分は、シャワーを浴びて休んだ後、再度外出して、昼間のうちに眼をつけておいた郷土料理のレストランで夕食をとった。それから、だいぶ時間は早かったけれど、昨日の書店へ向かった。

夜刻になってまた雨が降りはじめ、ホテルで借りた傘をさした自分は、屋根の崩れたユダヤ会堂《シナゴーグ》の脇路へ入り、昨日も見た骨董店の、硝子ケースの道化人形を眺めてから、灯りのない奥へ進んだところが、小広場に通じる隧道がなぜだか見つからない。そろそろあるはずなんだが、と思ううちに路地は終わってしまい、押し出されるようにして反対側の通りへ出た。

そこは河沿いの道路で、河面から湧き出す濃い霧が、街灯の光のなかゆるやかにたなびき流れ、折り重なる冷たい舌となって河辺の樹木の黒い幹をぞろり舐めている。霧中に橙色《だいだいいろ》の光が現れ、海底を行く発光魚のようにゆっくりと近づいては、ふいにエンジンの唸りを響かせた車両が赤い尾灯を滲ませ行き過ぎる。河を見下ろす芝生のベンチ脇に、四つの黒い人影があった。何をする者らなのか、傘をささぬまま、架空の焚《た》き火《び》を囲む人のような姿で佇んでいる。霧が流れるたび、四つの影は霧の幕に隠され、また忽然涌いて出たかのように姿を現すさまは、野外に据えられた映写幕に浮かびあがる光の像のようにも見える。

自分は路地を引き返した。そこにもいつのまにか霧は流れ込んで、悪くなった視界のなか、石壁が左右から黒々と迫って、前方に茫《ぼう》と霞んだ店舗の灯りだけが、見知らぬ地境にさまよい込んでいるのではないと、かろうじて安心を与えてくれる。隧道の入口を求めて進む自分は、注意を逸らさぬよう、ゆっくり、ゆっくり歩いているつもりなのに、石壁が、霧の幕の向こうで驚くほどの速度で後方へ流れていくのが不可解だ。隧道を見つけられぬまま骨董店の前まで来て、なんだかおかしいよな、と硝子ケースの道化人形に声をかけてから、そのままいったん表通りへ出た。

イスラム会堂《モスク》とユダヤ会堂《シナゴーグ》のあいだの小路。あらためて確認してみる。昨日の夕刻、小さな、黒い、楽隊が出てきたのは、この路である。それに間違いないと、指差し確認する人のように念をいれているうちに、あれは本当に昨日の出来事だっただろうか？とにわかに疑念が生じた。あれはもっと過去の、というか、今回の旅の時間とは異なる、別の流れの時間のなかに生じた出来事ではなかったか？　昨日から今日のあいだには、霧の奥に風景や事物が隠されるように、もっとたくさんの時間があったのではなかったか？

自分はもう一度、路地へ入った。霧は一段と濃密になり、ほんの数米《メートル》先さえ見通せない。黄色い灯りを浴びていまにも動き出しそうに見える道化人形を確認してから、隧道があるはずの左側の壁に沿って歩いてみる。が、またしても隧道を見つけられぬまま河沿いの通りへ出て、岸の芝生に眼を遣れば、先刻の男たちはすでに消えていて、空っぽのベンチだけがある。

路地をまた戻って、ひょっとしたら左右を勘違いしたかもしれないと思い、今度は両方に均《ひと》しく注意を払って進んでみる。五米《メートル》ほど行ったところで、左手に隧道が現れた。上辺の煉瓦の弓弧《アーチ》に見覚えがある気がして、覗けば、霧で見通しは利かない。それでも奥に薄明かりはあるようなので、踏み込んだとたん、違う、と、直感が訴えたものの、かまわず進めば別の路地に突き当たり、その時点で方向の感覚は曖昧になっていたけれど、元のホテルのある通りか、河沿いの通りの、どちらかへは出られるはずだと思い、とりあえず右へ行けば、今度こそ見覚えのある隧道の入口が壁に現れて、抜けたところは、小広場ではあるけれど、しかし、昨日の広場とは明らかに違う。

アテナの像があるはずの場所には、爆撃か砲撃の跡らしい大穴があいて、山をなした塵芥が穴からあふれ、異臭を放っている。耳の千切れた野犬が餌をあさっていた。全身の毛が濡れそぼち、長い尻尾を泥で汚しながら、赤い舌を出した犬が塵芥山の周囲をうろつくたび、かちかちと石畳を撃つ爪の音と激しく吐かれる息の音が、建物の石壁に反響して大きく響いた。

逃げ出した自分は隧道を駆け戻り、とにかく一度表通りに出ようと思い、闇雲に路地を進んだものの、まもなく行き止まりに突き当たって、右に折れ進み、かなり来たはずなのに通りに行き当たらないのが不審になり、次に現れた辻で試しに左へ進んでみたら、路面を霧に覆われた小路は弧を描いて延々と続いてしまう。

中世以来、繰り返し外敵の襲撃に遭ってきた都市は、自らの身を守るべく街路を迷路に変えたのであり、自分はまさにその迷路にさまよい込んでしまったのだ、と認めたときには、しかし、二本の大通りに挟まれた一画に自分がいるのはたしかであり、だから焦りはさほどなかったものの、芝居の開演に間に合わなくなるのが心配になった。チケットをくれた書店の口髭男の好意に背くことはしたくない。

似たような路地をまたぐるぐると経巡り、眼についた隧道を何度か通り抜けた。そうしているうちに、周囲の風景から自分が急速に遠ざかる感覚に捉えられ出した。自分はいま、ここは違う、ここからは遠い場所に本当はいて、だからこうして霧の街路を歩く自分という存在は、誰かの頭に思い描かれた幻にすぎない——。そのように思いなせば、昨日の広場や本屋が実在したか、それもにわかに疑わしくなった。アテナ像の広場へ通じる隧道が見つからないのは、それが最初から存在しないからで、あの書店での出来事は、微熱のまどろみのなかで見た夢ではなかったか？　いや、だとしたら、いまこうして迷路をさまよい歩く自分こそが夢であってもおかしくない。霧は夢の成分であり、靴が踏む濡れた石畳は、一歩ごとに夢の霧が凝固して軀を支えているにすぎず、白く流れる霧の底には星々の散る虚空があるのではないか。

音楽が聴こえたのは、再度行き当たった犬のいる塵芥広場から出たときだった。濃密な霧が石壁の路地を胎のごとくに見せている、見通しのきかない暗がりの奥から、聴き覚えのあるシンバルと小太鼓の響きが届いて、そこへ風琴《アコーデイオン》と管楽器が加われば、一塊となった音響が霧中を渡ってくる。

音がだんだんと大きくなるのは、楽隊がこちらへ近づいているからに違いなかった。自分は霧のなかに立ち、待った。輪郭の次第に明瞭になる音楽を、待った。やがて、楽隊の姿形は見えぬまま音楽が吃驚するほどの音量にまで高まって耳を撃ち、すると突然、自分のいる所から、ほとんど鼻先を掠《かす》めるくらいの間近に、黒い楽隊が姿を現した。

自分は気づいていなかったのだけれど、すぐ前方に四つ辻があって、街灯の光が霞む辻の、冷たく湿った霧の粒子、その白濁した映写幕のなかに、蟹の縦歩きで進む、小さな、黒い、楽隊は、影絵のような姿で浮かび上がった。左の路から現れた楽隊は、そのまま真っ直ぐ右へ通過して消える。と、そこへ、黒い傘が一つ、二つと続いたかと思えば、あとは次々と、傘をさす人が、霧の影絵舞台に姿を現した。

葬列だ。沈黙を守ったまま通り行く人々の、俯き加減になった顔は傘に隠されて見えないけれど、その悲嘆ぶりは、次第に遠ざかる楽隊の音楽に同調して確実に届いてくる。死んだのは、本来なら死ぬべきでない、歳若い人間なのだろう。影絵舞台に人影が途切れて、葬列は終わりかと思うと、またぱたぱたと石畳を撃つ足音がたって、新たな傘が霧の辻に現れる。

街路に長く伸びた葬列は、石垣の隙間にはまりこんだ蛇のような形になり、どこが頭でどこが尾だかもはや分からないほどに街路を埋め尽くしているのだ、と、さような幻を頭に描いた自分は、果つることなく続く葬列を想い、生者だけでなく、大勢の死者たちが列には加わっているのだとも幻想した。死者自身が、死者自身を悼む葬列。それは世界のあらゆる場所で、何かの事情で急ぐことをやめた蟻の群れのように、長く長く連なる黒い影をなしているのだ。

終わりのない葬列は、しかし、やがて終わった。いや、本当に終わったのか、分からなかったけれど、しばらく人影が途絶えた影絵舞台を見詰めていたら、音楽の響きが耳に届かなくなっていることに突然気づいたのだった。置き去りになる不安に捉えられた自分は、慌てて葬列の消えた辻を右へ進んだ。姿はきっともう見えなくなっているのだろうとの予感を裏切って、前方に黒い傘が動くのが見えて、遅れず後へ続くうちには、すすたすたすすすすすた、すすたすたたたすすすたと、石畳を撃つ足音に混じって、再び楽隊の音楽が耳に届くようにもなった。

自分は、前を行く、誰のとも分からぬ傘について歩いた。何度か路を折れ、上辺が弓弧《アーチ》になった隧道をいくつか通り抜けた。ずいぶんと長い時間、という言葉にどれほどの意味があるか分からないけれど、どちらにしても自分は、すすたすたすすた、すすたすたたすすたと鳴る足音のリズムが、軀に染み付くようになるまで歩き続けた。

楽隊の音楽は近くなり、また遠くなりしながら、途切れず耳に届いていた。シンバルと太鼓の単調な繰り返しのなか、こちらもひたすら反復されるだけの、悲嘆に暮れて慟《どう》哭《こく》するようでも、狡賢《ずるがしこ》く嘲笑《あざわら》うようでもある管楽器の旋律が、子供時分からよく知る、なじみ深いもののように思われてくる。こんなふうに楽隊の後について歩いたことが、子供の頃、何度かあったと、架空の記憶を辿ってみれば、背後からも、すすたすたすすた、すすたすたたすすたと鳴る足音が聴こえていて、いつのまにか自分の後にも人の列は続いているのだった。

果てなく連なる死者の葬列を自分は再び想い、生者である自分は誤って列に紛れ込んでいるのであり、そのことに他の死者たちは気づいていないのだと考えたら、とらえどころのない焦燥感が胸中に湧いて出て、しかし、いまさら列から離れることもならず、と、前を行く傘がふいに消えた。

消えたのは、しかし、傘だけであった。傘が消えたあとに、生白いうなじの目立つ黒い首が現れたのは、つまりは前を行く人が傘をすぼめたのである。髪を巻き上げた女だ。その人は濡れた傘を手に持ち、前方に現れた、上辺が弓弧《アーチ》になった隧道へ吸い込まれていく。それはいままでの隧道とは違う、高さも幅も小ぶりの隧道であり、両壁に洋燈《ランプ》型の電灯が暗く点って、暖かくて乾いた空気が奥から流れてくるのは、建物の内部へ通じているからだろう。

五米《メートル》ほど行ったところで、隧道は終わり、代わって右へ進む通路が現れ、覗けば、正面に黒い幕が下がって、暗い紫色の照明が落ちた幕の前に、髪の長いジーンズの女が立ち、巻き髪の女が差し出した紙片を受け取って、傍らの小机の箱に抛り込む。後ろから来た人に背中を押されるまま、自分は女の前に立ち、長く伸ばした黒い髪と同じ色の眸《ひとみ》で見詰められたとき、芝居のチケットを求められているのだと、理解がぽっかり頭に浮かんで出た。

自分は上衣の内ポケットからチケットを出して女に渡し、黒幕をめくってなかへ進めば、そこは小さな劇場である。正面に装置の組まれた舞台があり、それを馬蹄《ばていけい》形に囲む客席は、木箱に長板を渡しただけの簡便なものであるが、前後には段差がつけられて、舞台を見下ろす形になっている。薄暗い客席はざっと百人ほどの観客で埋まっていた。自分は一番後ろ右奥に座って、他の客に倣って濡れた傘を足下に寝かせた。

小さな、黒い、楽隊が、舞台の左脇にいた。一番前の席で観客と同じく座っているけれど、彼らが出演者の一部であるのは、そこにだけ真上から青い照明があたっていることから明らかだ。街路を練り歩いたのは、芝居の宣伝、あるいは、芝居の一部をなすパフォーマンスとみるべきなのかもしれなかった。

舞台上の装置は、「室内」で、客席から見て左側がベッドとソファーのある寝室、右が飾り棚と食卓のある居間になって、両室のあいだは扉のついた壁で仕切られている。正面には、「寝室」「居間」ともに、カーテンのない大きな窓があって、「窓」の外は暗く、夜の街路に開いた本物の窓のようにも見える。

それにしても、ここは昨日の書店なのだろうか？　自分は考えた。もしそうだとしたら、本や文具の積まれた長机を片付けて、舞台と客席を組み、照明を仕込んだのだろう。高い天井を這う鉄管や周囲の石壁に見覚えがある気もするけれど、全然違う場所のようにも思える。隧道から続く入口は、昨日のとは明らかに違うが、別の出入口があっても別におかしくはない。アテナ像の広場に面した樫の扉は見つけられなかった。少なくとも、ここが昨日の書店だとの先入観がなかったら、はじめて足を踏み入れた異国の芝居小屋だと自分が信じたのは疑えなかった。髭の書店員の口にしたHere. は、この街で、くらいの意味だったのではあるまいか。あるいは全然別の何かを指し示していたのか。だとしたら、小さな、黒い、楽隊に霧の街路で巡り会い、ここへ辿り着いたことは、驚くべき偶然であるはずなのに、この夜、自分は結局ここへ至ったはずだとする、根拠のない確信がなぜかあった。

客席の照明が落ち、人々のざわめきがやんだ。舞台も一緒に暗くなり、四人の楽隊にだけ明かりが残る。一人が、小さな木筒を棒で叩きはじめ、コンコンコンと鳴る、老人の咳《せき》みたいな響きに合わせて、クラリネットに似た黒い楽器を持った男が立ち上がり、暗い舞台へあがった。

舞台左端に据えられた寝台に尻をつけた男に、幽かな光があてられれば、四人めいて髪を短く刈った男の、骸骨に似た貌《かお》が闇に浮かびあがった。耳のひどく尖った男だ。兵隊ふうの黒い長靴を履き、裾の異様に長い、釦《ボタン》のない詰襟の黒服を着た男は、座った姿勢で楽器を吹きはじめる。それは錆の浮いた銅のような古色を帯びた響きと、民謡ふうでも現代音楽ふうでもある印象的な旋律でもって、劇場空間をたちまち支配した。

けれども、音楽の形が明確になる前に音が途切れたのは、舞台を踏みつけるような無遠慮な足音をたてて、誰かが暗がりに現れ、男から楽器を奪い、寝台に押し倒したからである。男は暴行を受けた。具体的にどのような行為がなされているのか、判然とはしなかったけれど、肉を打つ湿った音と、苦痛に耐える呻《うめ》きが闇に漏れ出れば、陰惨な暴力の匂いが立ちこめ、ひょっとしてこれは芝居ではなく、男に怨恨《えんこん》を持つ者らの凶行なのではないのかと疑われるほど、暴行はリアルだった。

これは戦争中に起こった出来事の虚構による再現である。そのように考えることで、自分は軀のなかを跳ね回る不安を抑えつけた。襲撃者は複数、四人の男であるらしく、無言のまま一方的に暴力をふるう軀の、骨と肉のたてる響きと、むっと押し殺した気息音だけが、黒々した憎悪と残酷な愉悦の軋《きし》りとなって闇に伝わってくる。あれは河辺の芝生で見た人間たちではないか、彼らは先刻の霧のなかで襲撃の相談をしていたのではなかったかと、妄想に捉えられれば、不安の魚は網を破って外へ飛び出そうとし、それは嘔吐感に変じて胃の腑の辺りに蟠《わだかま》る。だが、幸いなことに、不安の魚が胃袋から食道へ駆け上がる前に、襲撃者らは消え、尖り耳の男は再び楽器を抱えて寝台に横になった。

ぼうう、ぼううう。音がしたのは、男が楽器を鳴らしたからである。その響きは、さきほどまでとは打って変わって、とても音楽とは呼べぬ、輪郭のはっきりしない気の抜けた音の塊で、それを耳にしたとき、自分は、男がグレゴール・ザムザだと確信した。

ぼううう、ぼううう、と鳴る音は、虫に変身したグレゴールの声なのであり、いまの暴行の場面《シーン》は、グレゴール・ザムザが見た「気がかりな夢」、リアルきわまりない悪夢なのだ。ぼううう、ぼううう、の繰り返しは、人間であることをやめたグレゴールの「言葉」であり、だからもう人間には理解することができない。

ふいに音がやみ、「居間」に急激に明かりが点った。三人の役者が「寝室」へ通じる扉の前に立っているのは、グレゴール・ザムザの家族である。

母親が「寝室」の息子に向かって、グレゴールと、細い声で呼びかけるところから芝居は芝居らしくはじまり、心配する家族がやりとりしているところへ、上手から男が現れたのは、グレゴールが働く店の支配人だろう。支配人はきわめて傲慢《ごうまん》かつ粗暴な態度で、扉をばんばんと叩き、「寝室」に向かって怒鳴り声をあげる。家族はおろおろしながら、支配人に何事か懇願したり、走り回ったりするのだが、ときおり客席から笑い声があがるところからして、滑稽な演出がなされているらしい。ことに黒い寝間着を着た父親が難しい顔でポツリと言葉を発するたびに、どっと笑いの渦が広がる。言葉が分からず、笑いの輪から独り外れた自分は、先刻の生々しい暴力の余韻のなかで、なぜここまで無邪気に笑えるのかと、不可解の思いに捉えられ、あるいは暴力の記憶が痙攣《けいれん》的な笑いを引き起こすのだろうか、と自問するうちにも芝居は進行する。

グレゴール・ザムザが、寝台に横になったまま、再度楽器を鳴らした。「居間」の人々は息を飲み、しばし沈黙が続いた後、支配人が何かいった瞬間、客席の笑いは爆発し、グレゴールが楽器をなおも吹きながら寝台に起き上がり、立ち上がり、扉に近づき、扉を開いて「居間」の人々の前に姿を現すに至って、笑いは最高潮に達した。支配人は両腕をクロールで泳ぐ人のように動かして逃げ出し、家族は凝固して立ちすくみ、楽隊が騒ぎを煽《あお》るように太鼓やシンバルを打ち鳴らす。一方のグレゴールは、無表情のまま、両耳につけた銀色の大きなリングピアスを揺らしながら、楽器をぼうぼうと吹き鳴らすばかりで、やがてグレゴールが「寝室」まで歩き戻って、倒れるように床に蹲《うずくま》り、楽器を吹きやめたところで、舞台は暗転した。

今度は楽隊にも照明は落ちず、右手奥に、何か機械のランプらしい橙色の光がある他は、空間は闇に閉ざされた。音もなく光もない時間が、常識的な幕間の暗転の長さを超えて続くなら、呼び寄せられた大勢の死者たちが、或る種の昆虫の卵のようにびっしり暗がりを埋め尽くしている、とそのような感覚が身内に生じた。これは痙攣して笑う生者のための芝居ではなく、虚ろに沈黙する死者たちのための儀礼なのだと、わけもなく思うなら、肌は粟《あわ》だち、いまにも顔を歪め激しい叫びをあげそうにも思える死者たちの存在の気配に圧迫されて、背中から胸のあたりが苦しくなり、自分こそが死に招き寄せられているのではないかと、急調子に高まる不安感が冷たくなった軀を吹き抜ける。だが、周りの観客たちはもっと即物的だった。舞台裏で何か事故が起こったのかもしれないと、不穏なざわめきの漣が客席に生じ、誰かが不審の呟きを舞台裏へ届く音量で漏らしたとき、闇のなかから、グレゴールの吹く楽器の音が、またも響き出した。

ぼううう、ぼううう。噪々《そうぞう》しい金切り声を押し殺したような響きがただ反復される。音楽と呼ぶにはあまりに単調で殺風景な音塊の連続は、なるほど「虫」の言葉だと聴こえなくもない。「虫」の言葉は、何かしらの思考がそこにあることだけは感じさせるものの、思考の内容はもちろん、どんな感情も気分も神経のゆらぎも伝えてこない。暗がりのなか、虫に変身したグレゴールは、純然たる異物としてそこにある。

それと分からぬほどの、きわめて幽かな明かりが「寝室」に差し込み、窓際のソファーにいる「虫」の姿が闇に浮かび上がった。釦のない、裾の長い黒服が蒼い光沢を放って、それこそ甲虫のキチン質の鎧のように見える。明かりは舞台上の役者の輪郭を明瞭にするまでにはならず、闇に半ば溶け込んだ人物は、いままさに奇怪な変身を遂げつつあるかのような印象をもたらし、それでも、楽器を吹き続ける男が、「窓」に顔を向けて、つまり客席に背を向ける形でソファーに正座していると分かったのは、「窓」の奥にも、きわめて徐々にではあるが、明かりが点ったからだ。

地中の鉱物のざわめき。あるいは石化した古木の風鳴り。さような比喩ではとても届かない、無機質ともまた違う、殺風景な、赤錆びた鉄粉の混じった廃墟の砂の手触りを持つ音塊、クラリネットに似た黒い木質の楽器から放たれる「虫の言葉」を聴く自分は、眼前の舞台の場面が、カフカの小説中の一場面であることを直感した。

それは『変身』のなかで最も印象的な場面、グレゴール・ザムザがソファーに寄りかかって窓の外を見る場面である。グレゴールはかつて自分が人間だったときの、風景から得ていた解放感を味わうべく、毎日のように窓の外を眺める。そこには彼の住むシャルロッテン通りがある。ところが、虫になったグレゴールは、もはや事物の形を捉えることができず、視野は一面霧に霞んで、灰色の空と灰色の大地がひとつに溶け込んで地平線も定かでない、果てのない荒れ野しか見ることができないのだ。

Wilderness spreads deep in the chasm. 荒れ野は裂け目深くに広がる。グレゴールが見るのはきっとその荒れ野だ。だとしたら、変身したグレゴールこそが chasm であるに違いない。窓に黎明の気配が濃くなり、それと分かる速度で明度を増していく。そのとき、自分は、自分がいまいるこの場所が、間違いなく昨日の書店であることを知ったのだった。「窓」の向こうに吊られた紗幕《しやまく》、その奥に書棚が仄かに浮かび上がったからだ。

闇から滲み出るように現れた書棚は、舞台とはまるで縁のない顔で、ひっそりと壁際に佇み、その出現が演出家の意図ではないことを自分は直感した。にもかかわらず、そこにあるものの存在感は舞台を支配した。あらゆる秩序や規則から逃れようとする反《アンチ》ライブラリー。無数の言語からなる混沌の図書館。黒い背中のグレゴール・ザムザは、窓の外の書棚に向かって、背表紙の文字を一つ一つ読み上げるように、言葉を低く囁き続けた。

「川辺のザムザ」再説

1

イモナベこと渡辺柾一の名前を知る者はもうほとんどあるまいが、このところ筆者は、このいくぶん謎めいたジャズテナーサックス奏者に関心を抱き、彼との奇縁につき二、三の場所に書いたところ、出版社宛の手紙やTwitterを通じて情報を寄せていただいたのは有り難かった。ことに大久保にあったジャズ喫茶〈ビブリ〉の先代主人の所蔵になる、『Metamorphosis』と題されたレコードの、ジャケットに名前の見える渡辺柾一以外の二人のミュージシャン、SailorとH. Y. S、そのうちSailorと記された人物の正体について複数の方から教示を頂いた。この場を借りて御礼申し上げたい。

今回情報提供者の方々が均しく伝えてこられたのは、Sailorが畝木真治ではないかとの指摘である。七〇年代初頭、菊地雅章《まさぶみ》や佐藤允彦らに続く才気あふれる若手ジャズピアニストとして登場した畝木真治が、八〇年頃を境に、いわゆるジャズからは離れ、CM音楽の作曲に携わったり、「ピアノおじさん」としてテレビに出ていたことは多くの人が覚えているだろう。その一方で、畝木真治が外国航路の客船でピアノを弾いていた事実はあまり知られていなかったと思われ、自分も彼が「セイラー UNEKI」の名前で客船の舞台に立っていたことまでは知らなかった。寄せられた情報はいずれもこの芸名に注意を促していたので、つまり Sailor ＝セイラー畝木＝畝木真治、というわけである。これはおそらく正しいだろう。

一九七〇年にアメリカ留学から戻って、ギターの山瀬圭太グループで吹いていた渡辺柾一が七三年、独自の活動を始めたときから畝木真治はセッションに加わり、渡辺柾一の初リーダーアルバム『孵化』でもピアノを弾いている。『孵化』を聴く限りでは、音楽は畝木が主導している印象で、これは当時の渡辺セッションに参加していたベーシスト金子彰文の、リハーサルは畝木が仕切っていたとの証言に合致した。渡辺柾一にとって畝木真治がサイドメン以上の存在だったのは疑えない。

一九七〇年代後半、錯乱した渡辺柾一が世間から姿を消すのと時を同じくして、畝木真治もジャズシーンから離れたわけだけれど、二人がその後も親疎の濃淡はともかく交流を保ち続けていたと考えるのはそれほど無理ではない。『Metamorphosis』の録音日時は特定できない。が、音盤に刻まれた音楽の質からして、渡辺柾一が表舞台から姿を消して以降の、つまり八〇年代の演奏だと考えられ、当時、畝木が「セイラー UNEKI」と名乗っていたのだとすれば、ジャケットの Sailor が畝木真治であるとしてまず間違いあるまい。なにより畝木自身が『Metamorphosis』を大久保の〈ビブリ〉に持ち込んだ事実が彼のセッションへの参加を証しするだろう。

いま自分は『Metamorphosis』が八〇年代の製作だと書いた。そしてこのことにはなはだしい違和感を覚える。日本の八〇年代は、いわゆる「バブル」の浮かれ騒ぎへと向かう時代であり、ジャズについていえば、広くポップミュージックと融合してその輪郭を失うと同時に、五〇年代のスタイルがスタンダードジャズの形で回帰して、洒落たバーやレストランのBGMになっていった時代である。『Metamorphosis』はそうした時代の空気とは全然無縁であった。系統樹に喩えれば、そこに聴かれる音は、他とは方向の異なる枝分れをしたあげく、どんづまりで絶滅した生物種を想わせるものがあったのである。そもそも八〇年代も半ばを過ぎれば、レコードではなくCDだろう。粗悪な紙でパッケージされた黒い円盤そのものが絶滅種なのであった。渡辺柾一は彼だけの、孤立した「八〇年代」を生き続けたといってよいだろう。そしておそらくは畝木真治もまた。電飾がピカピカする眼鏡をかけて子供番組に出演したり、NHK紅白歌合戦で演歌の伴奏をしたりと、ジャズファンに限らず一般からもゲテモノ扱いをされていた畝木真治が、七〇年代から八〇年代、人知れぬ場所でずっと渡辺柾一に帯同していた事実は、意外ではあるけれど、両者の途切れることなき交際は、本人たちにとってはごく自然の成り行きだったのだろう。畝木真治の人となりはよく知らぬが、彼が音楽だけでなく、生活の面でも渡辺柾一を支え続けたと想像するのは、それほど的外れではないかもしれない。

『Metamorphosis』は二本のバスクラリネットとパーカッションで演奏される。ピアノは入っていないから、パーカッションを担当しているのがSailor、すなわち畝木真治だと考えられる。となると、渡辺柾一と共にバスクラリネットを吹いているのが、ジャケットにあるもう一つの名前、H. Y. Sということになるわけだが、寄せられた情報にはこちらについての示唆はなかった。

しかし自分はすでに、〈ビブリ〉の前主人から借りたDVDに映っていた、全身に刺青をした尖り耳の異国人がH. Y. Sではないかと見当をつけていた。イングランドのサッカー場あたりに置くのがふさわしいと見える、脱獄犯めいた服装の凶悪な顔つきの男が何者であるか、自分は知らず、そもそもあの映像が何の目的で撮られ、なぜ〈ビブリ〉にあったのかも分からない。〈ビブリ〉前主人はジャズ関連の資料を膨大に蒐集している人物で、映像についても自分の店で撮ったものはもちろん、持ち込まれたり譲り受けたりした大量のビデオやフィルムを貸倉庫に仕舞っていたが、引退を機に業者に依頼しDVDに落としてもらったそうで、電話で訊いた限りでは、渡辺柾一の映像に関しては記憶がないとのことだった。

以前雑誌に発表した「Metamorphosis」なる一文に詳しく紹介したけれど、〈ビブリ〉

前主人から借りた「渡辺柾一#1」とだけサインペンで記された白いディスクには、二つの映像が収められていた。一つ目が渡辺柾一のライブハウスでの映像、二つ目が家庭用ビデオカメラで撮ったらしい冬の草地の映像で、尖り耳の異国人が映っているのがこれである。そもそもの発端は、一九九〇年に自分が渡辺柾一の青空ライブのチラシを見かけたことであった。「多摩川河原、南武線の鉄橋の下」で行われる『変態』と標題のついたライブのチラシは実在したのか？　それとも夢の一断片にすぎないのか？　さような問いに導かれて自分は散漫な調査を行い、手短かにいえば、七〇年代半ばに錯乱し廃人となったといわれていた渡辺柾一は、八〇年代末頃にはまだ活動を続けており、したがってあのチラシは実在したのだと、自分はいちおうの結論を得た。その根拠の一つが、八〇年代後半に録音されたと思しき『Metamorphosis』であり、もう一つが草地の映像である。何より決定的なのは、撮影場所がチラシに記載のあった多摩川河川敷、JR南武線鉄橋近くだと思われる点である。

やけに明度の高い映像に渡辺柾一自身は映っていない。しかしテナーサックスの生音は聴かれる。家庭用ビデオカメラの普及した時期からして、撮影されたのは早くても八〇年代半ば過ぎだと考えられる以上、九〇年前後に渡辺柾一がチラシに記されたその場所を「拠点」にしていたと考えるに、これは十分な証拠である。

画面に直接登場するのは尖り耳の男だけだが、傍らで渡辺柾一が吹くテナーサックスが聴こえるほか、さらにもう一人、誰かに（おそらくは尖り耳の男に）英語で話しかけながらビデオを撮影している人物がある。つまり撮影に関与した人物は三人。この三人を『Metamorphosis』のパーソネルと重ね合わせるのはそれほど強引な仕業ではないだろう。渡辺柾一があの場所でライブをやっていたのなら、『Metamorphosis』の参加メンバーが、つまりSailorとH. Y. Sが加わっていたと考えるのは自然であり、そしてSailorが畝木真治だと判明したいま、疵のある樹の横で刺青を見せつつ残忍に笑う尖り耳の男が、H. Y. Sということになる。

前の文章に書いたように、DVDを入手した直後に自分は多摩川河原のJR南武線鉄橋下へ行ってみた。映像にあった疵のついた樹をめあてに冬枯れの河川敷をしばらく歩いたが、結局、その場所を見つけることはできなかった。これも書いたが、あのときの自分は非常に嫌な気分に襲われたのだった。襟巻きをしたうなじのあたりに視線の矢が刺さって、灌木の陰からこちらを窺う何者かの、暗くぎらつく害意に背中をひやり舐められ、急激に膨らむ厄災の予感にはじかれあわてて逃げ出した。あとから考えると滑稽なくらいの狼狽《ろうばい》ぶりだった。けれども、あのときはもう恐くてたまらず、息が切れるのもかまわずに草地を駈《か》けた。河川敷はだだっ広く、もし本当に誰かが襲ってきた場合、助けを呼ぶ声は寒風に掻き消され、人の耳に届きそうにないのはたしかだった。頭を割られ、血と脳漿を散らし倒れる己の像が、繰り返し眼前に明滅した。

古来河原は共同体から離れた人外の地境であった。海で遊泳中覚えず沖へ出てしまい、海底に何物かの巨大な影が過《よぎ》ったような気がしたとたんパニックになってあわてて泳ぎ戻る——それと似た感覚に自分が捉えられた原因は、ペットボトルやら雑誌やら空缶やらが散乱する、貧寒たる河原に幽かに漂う「人外」の匂いのせいだっただろう。が、それだけであんなにあわてたりはしない。理由はもう一つあった。畝木真治の変死のことである。

畝木真治は普通でない死に方をした。その話を自分はなんとなく耳にしていたのだと思う。チャーリー・パーカーをはじめ、ジャズの巨人たちの多くは麻薬や酒に溺れたあげく夭折《ようせつ》した。むろんいまはそんなことはないわけだけれど、少なくとも自分において、ジャズマンにおける破滅的な生のイメージはなお僅かながら残存していたから、畝木真治が普通でない死に方をしたと聞いても、具体的な事情は知らぬまま、そういうこともまああるだろうと、簡単に片付けることにもなっていた。というか、事情を詳しく追及するだけの関心を畝木真治に対して欠いていた。だが、このとき——とは、河原の「人外世界」を彷徨い歩いていたときであるが、畝木真治が死んだのはここであると、自分は突如直感したのだ。この直感が引き金となって、自分は恐怖の引き波に捉えられ、両脚が猛烈に回転し出したのだった。

人通りのある土手の道路まで走って、荒い息をつきながら、自分は己の恐慌ぶりを嗤《わら》った。畝木真治がここで死んだ、などというのは不安に痺れた脳髄から勝手に飛び出した根も葉もない妄想に他ならない。ところがである。それがそうでもなかったのだから、不思議といえば不思議であり、ここにおいて自分が「出来事」をさらに深く探求する契機が与えられたのである。

2

あとから考えてみると、あのとき自分が畝木の死を想ったこと自体、そもそも奇妙である。なぜなら、冬枯れの多摩川を訪れた時点で、自分は『Metamorphosis』のパーソネルに記載のある Sailor が畝木真治だとは知らず、したがってＤＶＤの映像の撮影をしたのが畝木だとも考えていなかったからである。つまり畝木が八〇年代ずっと渡辺柾一と帯同し、多摩川河原でライブを行う渡辺柾一の傍らにいたらしいと知ったのは、それよりだいぶ後になってからなのだ。少なくとも多摩川へ赴くべく武蔵境から西武電車に乗ったとき、あるいは終点の是政駅から河川敷の土手へ向かって歩き出したときには、畝木のことなどは全然念頭になかった。なかったはずだ。

にもかかわらず、岸辺で渦をなす黒い川水を眺め、鉄橋を通過する列車の轢音を耳にしながら、灌木の茂みのなか、朽ちて散乱した人骨のごとき枯れ草を踏み折り歩く自分は、畝木真治が死んだのはここだと直感したのだ。しかし、それはなぜだったのだろうか？『Metamorphosis』を〈ビブリ〉に持ち込んだのが畝木真治だとの知識はあった。そのことがＤＶＤの映像の背後に畝木真治の存在を嗅ぎ付ける契機になったのだろうか？　それとも、畝木が死んだ場所がここだと考えた、というのは「あとから」捏造された贋の記憶像にすぎぬのだろうか？　自分はただ得体の知れぬ恐怖のうねりに捉えられただけで、それを想起するに際して、畝木の変死に結びつけたにすぎぬのだろうか？しかし、どちらにしても我が直感は的外れではなかったのである。

Sailor が畝木真治だと知ってから、自分は畝木真治について、あい変わらず散漫な仕方ながら、調べはじめた。資料は幾つか見つかったが、月光《ムーンライト》出版の『音楽世界』'94年の別冊には、「ニッポンのジャズマン二〇〇人」なる特集が組まれていて、畝木真治に大きく頁が割かれている。この分厚い冊子を自分は以前から所有していて、こうしたカタログ本は端から端まで読むようなものではないから、中身の記憶はなかったのだけれど、あらためて頁を繰ってみれば、畝木の仕事とその人となりが、二、三のエピソードとともに比較的詳しく紹介されていた。それらエピソード自体もなかなか興味深いのだが、いまは措《お》くとして、問題は文中に次の一節があった事実である。

「結局のところ、畝木真治は素晴らしい技術を持ち、またジャズを深く理解しながら、ジャズという音楽に生涯馴染めずに終わった感がある。九〇年、畝木真治は多摩川の河川敷に倒れているところを発見されるという、いささか不可解な死に方をした。死因ははっきりせず、他殺も疑われたらしいが、死に方ばかりは、リー・モーガンやアルバート・アイラーといった先達に続く形となったのは皮肉だった。」（傍点引用者）

この文章を読んだ覚えはなかった。いや、あるいは一度くらいは眼を通して、冬枯れの枝に残った葉のごとく、記憶の樹にひっかかっていたのだろうか。いずれにしても、「多摩川の河川敷に倒れているところを発見され」の一文には注目せざるをえないわけで、活字に眼を据えた自分は胃の腑がぎゅうと縮み込むような緊張と冷たい昂奮を覚えた。

むろん一口に多摩川河川敷といったって広い。が、例のビデオ映像、Sailor 畝木真治が撮影したと思しきビデオに映っていた場所があそこである以上、彼が死んだ場所もまたあそこだったとするのは無理のない筋道である。というより、そうである他ないと、我が直感は激しく燃え上がってもはや打ち消し難かった。畝木真治は多摩川河原のあの場所で死んだのだ。

「他殺も疑われた」という畝木真治の「不可解な死に方」が実際にどんなものであったのか、自分は知りたいと考えた。検索してみた電網《ネット》に「畝木真治」に関する情報はいくつかあったが、死亡の事情を記したものは見つからなかった。新聞にあたることを次に考えたが、一九九〇年というだけで日付が分からないのが困る。縮刷版をしらみ潰しにすればいいわけだけれど、記事になるほどの事件でなかった可能性もあると思えば面倒になった。所轄の警察署には記録が残っているだろうが、どのような手続きを経れば記録を閲覧できるのかが分からない。結局一番手っ取り早いのは『音楽世界』に記事を寄せた人物を探して話を聞くことだと思いついた。

畝木真治の項目には「山里秋穂」の署名がある。文章の中身からして一九七〇年前後にジャズ業界周辺にいた人物であるのは間違いないが、この名前に記憶はなかった。出版社に問い合わせようにも月光《ムーンライト》出版なる会社はすでになく、知り合いの編集者やミュージシャンに尋ねて回るしかないかと思いつつ、記事をもう一度ていねいに読んでみたら、なんのことはない、文中に〈ビブリ〉が登場していた。「山里秋穂」は〈ビブリ〉の常連客だったらしい。ならば〈ビブリ〉前主人に尋ねるのが早い。

〈ビブリ〉前主人の息子が経営する国分寺〈2・5《ツーファイブ》〉に出向いた自分は、店のバイト氏から長野県の穂高《ほたか》に隠棲している前主人の電話番号を教えてもらい、その場ですぐ電話をしてみると、「秋穂なんて洒落た名前のやつは知らねえな」と返事があって、はじめて「山里秋穂」がペンネーム臭いと思い当たった。畝木真治の変死についても訊いてみたが、詳しいことは知らない様子で、さらにDVDに映っていた外国人のことを訊くと、そういえば畝木が一度ガイジンを連れて店にきたことがあったと返事があった。来日していたミュージシャンだったと思うというので、それは耳の尖った白人で軀に刺青がなかったかと問いを重ねたのには、どうだったかなあ、とはっきりしないので、DVDを一度見て欲しいと頼むと、いいよと、気軽に引き受けてくれた。

それから、「このあいだテレビ見たよ」と前主人がいい出したのは、当方が出演したBSの番組のことで、TVカメラの前で自分はマイルス・デイビスについて少し話したのだが、〈ビブリ〉前主人のごとき「その筋の専門家」からすると、笑止の振る舞いに違いなく、自分は恐縮した。前主人はことさら感想はいわず、それがまた恐いのだった。例のDVDは穂高にはまだ送り返していないとバイト氏がいうので、その日にもう一度持ち帰って、知人に頼んでダビングしてもらってから、後日、スコッチウイスキーおよび御礼の手紙と一緒に宅配便で穂高の住所に送った。

知らないといいながら「山里秋穂」についても電話口で前主人は一つヒントをくれた。もしかしたらドラマーの山里修二と関係があるのではないかというのである。山里修二も〈ビブリ〉にときどき出演していたらしい。知り合いのミュージシャンの伝《つて》で本人に問い合わせたところ、兄弟親戚にそういう者はいないが、「山里秋穂」ならば知っている、たしか〈ビブリ〉によく来ていたK社の人だと返事があった。自分と同じ苗字を筆名に使っていたので記憶があったのだという。灯台もと暗しというやつで、K社ならばなんのことはない、自分も小説集を二冊ほど出している出版社である。調べは簡単につき、「山里秋穂」はやはり筆名で、本名は山村博和という元編集者だと判明した。広くない業界である、これくらいは特に奇縁と呼ぶほどではない。山村氏は引退後はオーストラリアに住んでいるそうで、住所を教えてもらった自分は、畝木真治のことを調べているのだが、彼の死亡の状況につき御教示願いたいと手紙を書いた。

手紙に記しておいたメールアドレスに返信があったのは、二週間ほど経った頃であった。

《御作をいつも楽しみに拝読させていただいています。

お問い合わせの件ですが、たしかに当時、小生は畝木氏と接触があり、氏の最期に立ち会いました。畝木氏の持ち物のなかに小生の名刺があったらしく、警察から連絡があって府中の病院に行ってみると、畝木氏の遺骸はすでに霊安室に置かれていました。多摩川の河川敷に倒れているところを発見されたとのことで、直接の死因は低体温症、つまり凍死だったと思います。酒に酔うか何かして戸外で眠り、そのまま凍死したのでしょう。季節は二月の寒い時期でした。

畝木氏は一度結婚したはずですが、当時は独り身でした。アパートの大家から神戸の実家の連絡先を教えてもらい、小生が実家に報せました。義理のお姉さんと、遠縁だという人がこちらへ来て、密葬にふしたと記憶しています。畝木氏のアパートは永福町《えいふくちょう》にありましたが、そこへは半年近く帰っておらず、家賃もずっと滞納になっているという話でした。遺骨は姫路《ひめじ》かどこかの先祖の墓に入れるという話でしたが、その後連絡がなく、こちらからも問い合わせはしませんでした。

死因は凍死でしたが、遺体にはやや不審な点があり、というのは、体に刃物でつけた傷があったからです。小生も遺体確認のとき、ちらりと見たのですが、畝木氏の背中や胸、腹部一面に無数の刃物傷があって、ぎょっとしたのを覚えています。警察は事件性を疑ったはずですが、解剖の結果、それらの傷は死因とは直接関係ないと判明して、事故として処理されたと記憶しています。傷については畝木氏の性的な嗜好（マゾヒズムのごとき）を警察はたぶん考えたのだと思います。このことがあるので、親戚の方々は通常の葬儀をためらったのではないかと想像されます。小生もそのあたりを配慮して『音楽世界』の駄文では傷のことには触れませんでした。あそこでは死因ははっきりしないと小生は書いていますが、単純な凍死ではないという意味合いでそうしたのだと思います（いま読むとだいぶ不正確ですね）。

そこでも書きましたが、畝木氏とは七〇年代、彼がばりばりの若手ジャズマンだった頃、ビブリやその他の場所でよく顔をあわせていました。といっても、とくに個人的に親しくしていたわけではなく、彼がジャズをやめてからはほとんど会う機会はありませんでした。それが、たしか亡くなる一年くらい前だったと思いますが、畝木氏の方から連絡してきて、会ってみると、小説を出版できないかという話でした。小生はいちおう原稿を預かり、このままでは無理だと返答すると、手直しはいくらでもするから何とか出せないかと畝木氏は粘ってきました。そちらで駄目なら他の出版社を紹介してもらえないかというので、小生も少しアドバイスしたりなんなりと、やりとりをしている最中に亡くなってしまいました。

いまさらこんなことをいうのもなんですが、畝木氏の小説はなかなかおもしろかったと思います。彼は次回作の構想なども語ってくれて、戦前の共産党員で、生物学を学びに旧ソ連に留学した父親のことをぜひ書きたいといっていたのが記憶に残っています。畝木氏の父親は戦後、ソ連時代の恩師とともにアフリカへ調査旅行へ行き行方知れずになったという話で（そういえば畝木氏の小説にもそんなエピソードがあった気がします）、本当かどうか分かりませんが、とにかく色々と書きたいことはあったようです。

小生は畝木氏のファンでした。才能は大変なものだと評価していました。だから彼が本格ジャズから離れてしまったことをとても残念に思っていました。なんで小説なんか書くのかと、苛立つ気持ちがあったのかもしれません。そのせいで彼の小説への評価が正しくできなかったとすれば、申し訳なかったと、いまさらながら思ったりもします。

小説の件で会ったとき、もう一度本気でジャズをやる気はないのかと、尋ねたことも思い出します。畝木氏がどう答えたか、覚えていませんが、畝木真治のファンを自任する私が最期をみとることになったについては、不思議な奇縁を感じます。》

この返信メールを貰ってすぐ自分は、御礼のメールとともに、さらなる質問をいくつか、思いつくままに箇条書きで記し送った。質問は次のようなものである。

①畝木真治が倒れていた場所は、多摩川河川敷ということだが、それはJR南武線の鉄橋の下ではなかったか。

②畝木真治は渡辺柾一と一緒に多摩川河川敷で青空ライブをやっていた可能性があるのだが、それについて何か知らないか。

③一九八〇年代に畝木真治は渡辺柾一と組んで『Metamorphosis』というアルバムを製作している。これについて何か知らないか。

④『Metamorphosis』には、渡辺柾一、畝木真治ともう一人、バスクラリネット奏者が参加している。これはジャケットのパーソネルではH. Y. Sとなっているが、心当たりはないか。

⑤H. Y. Sは身体にタトゥーを入れた西洋人ではないかと思われるのだが、そうした人物に心当たりはないか。

メールは深夜に送信したのだが、翌朝には早くも返信が届いていた。

《ご質問の件、回答いたします。

①ですが、多摩川のどこであったかまでは分かりません。聞いたかも知れませんが、失念いたしました。

②畝木氏が渡辺柾一と一緒に演《や》っていたのは知っていますが、青空ライブというのは聞いたことがありません。ただ渡辺柾一はかなりの変人だったようなので、そんなことをしても不思議ではない気はします。昔、山下洋輔さんが、戸外でピアノを燃やしながら演奏したことがありましたが、あの頃はいろいろ過激な試みがありました。

③『Metamorphosis』というアルバムは知りません。そんなのがあるんですね？　渡辺柾一は八〇年代には消えたと思っていました。畝木真治が参加したアルバムがあるとは驚きです。ぜひ聴いてみたいと思います。

④⑤H. Y. Sという名前のタトゥーの入った西洋人には心あたりがあります。H. Y. Sはイニシャルで、HはHansで、Yは忘れましたが、SはSamsa。ハンス・Y・ザムザ。ただし、これは実在の人物ではなく、畝木真治の書いた小説の登場人物です。全身に刺青をした、カフカの『変身』の主人公と同じ苗字のユダヤ人の男が登場したのを覚えています。あの人物にはモデルがあったのでしょうか？　小説ではたしかアメリカ西海岸出身のロック系ミュージシャンという設定だったと記憶していま

す。》

H.Y.Sはザムザであり、畝木真治の書いた小説の登場人物である。この情報は意外なばかりでなく、心の森が激しくざわめき出すのを自分は覚えた。が、そのざわめきがどこから来るものなのか、にわかには捉えがたかった。自分は折り返し、畝木真治の小説の原稿が手元にないか、山村氏に問い合わせた。

今度は返信まで数日あって、ないという回答だった。原稿は手書きのもので、畝木真治が持っていたはずだから、永福町のアパートにあったとすれば、他の荷物と一緒に神戸の実家に送られた可能性が高い、いまにして思えば、コピーをとっておけばよかったと後悔される、とそのように書いた山村氏は、「ちょっと思い出したこと」があると続けていた。

《畝木氏の遺体に傷があったという話はお伝えしましたが、畝木氏の小説に係ることでちょっと思い出したことがあります。というのは、小生の記憶が正しければ、小説には、人が刃物で切られるという話があったのです。細部は忘れましたが、男が樹に裸で縛り付けられて、カッターナイフか何かで、刺青をするように傷つけられていく場面があって、ちょっと三島ふうだなと、感想を持ったのを覚えています。病院で畝木氏の遺体の疵を見たとき、このことをどうして思い出さなかったのか、不思議ですが、あのときは小説の内容と畝木氏の体の傷を結びつけては考えませんでした。しかし、いま思うと、畝木氏の傷は、小説中に描かれたやり方でつけられたと見ていいように思います。なぜ畝木氏がそんなことをしたのかは分かりませんが、たしか小説では、全身に謎の文字を刻むことで、人間が昆虫のごとく変態をとげるという話だったと記憶しています。小説中のH. Y. S、つまりザムザは実際に変態をとげて、黒い虫になって空を飛んだりしていました。畝木氏も変態しようとしたのでしょうか？　だとすれば狂気じみた話ですが。ちょっと思い出したので書きました。》

裸で樹に縛りつけられた畝木真治がナイフで疵をつけられていく。それは「変態」のための儀式である。畝木が縛られている樹とは、ＤＶＤに映っていた疵のある樹に他ならない——直感が告げていた。

一方で自分は、山村氏と同様、畝木真治の軀の疵に性的な匂いを嗅ぎ、尖り耳の刺青男との「関係」を想ったりしたが、生物の「変態」が性的なものに係るのは自然だともいえ、性のエネルギーが行為に熱を注ぐ一要因であったかもしれないと捉えれば、想像裡の儀式は俄然迫真性を帯びるようにも思われた。

どちらにしても自分はこの異形の儀式が、渡辺柾一の主宰の下に行われたパフォーマンスの一部であると想像——いや、これはほとんど空想に近い何かであったが、にもかかわらず現実性《リアリティー》の固く確かな手応えは否定し難かった。
かつて浅草橋の舞台で全裸になった渡辺柾一ライブのタイトルが『孵化』。七六年に自分が下北沢で見たライブが『幼虫』。そして多摩川河川敷のライブが『変態』であるなら、主題の連続性は奇怪なまでに首尾一貫して、その夾雑物《きょうざつぶつ》のない明瞭さには間違いなく狂気が孕まれていた。狂気の渦の中心にあったのはイモナベ渡辺柾一。渡辺柾一と強く結びついていたと思われる畝木真治もまた、その放つ狂気の磁場に取り込まれていたのだろうか。あるいは自分がチラシを見かけた青空ライブでは、畝木真治が「変態」するべく樹に縛られたのだったかもしれない……と、さように空想が動き出すのを自分はとめられなかった。
H. Y. Sすなわちザムザは畝木の書いた小説中の人物だという。しかしザムザは尖り耳の男として実在する。観客のいない冬枯れの河原で、『Metamorphosis』の参加メンバーである三人の男たちが密かに繰りひろげるライブパフォーマンスがあったのだ！　自分はその様子を、あたかも記録映像が記憶の引き出しに仕舞われていたかのごとく、自分は生々しく想像することができた。
夕暮れ迫る多摩川河川敷。長々と貨車を連ねて多足類めいた列車が通過する南武線鉄橋近く、水音の響く灌木の茂みのなかに僅かに開けた冬枯れの草地。その中央に一本の樹がある。とくに巨木でもない平凡な樹木であるが、葉を落とした幹や枝には無数の疵がある。Bug Tree――虫の樹、と呼ばれる樹の疵は、何者かが刃物で丹念に刻んだ言葉であり記号である。同じ記号はまもなく裸の男の皮膚にも刻まれるだろう。

疵のある樹のある草地の、枯れ朽ちた草が一面に敷かれた「広場」の一角に、黒い革張りの大型ソファーが置かれ、背後にベニヤの囲いが立つのは、舞台の書割りである。ベニヤ板には箪笥や暖炉が描かれ、中央には窓がある。すなわちここはプラハはシャルロッテン通り、グレゴール・ザムザの部屋である。窓枠は稚拙なペンキ絵だけれど、窓自体は四角く板が切り抜かれて、向こうにはススキを透かして岸辺で白く泡立つ川の流れが見える。

濃紫の空から吹き寄せる寒風のなか、鉄橋を過ぎる列車の轢音がまた長く尾を引いたとき、三人の演者が「舞台」に登場した。錆の浮いたテナーサックスを手に、手品師のごとき黒い燕尾服に山高帽は渡辺柾一。屍《し》衣を想わせる白い衣装を着た黒眼鏡が畝木真治。そしてジーンズに囚人服めいた横縞のシャツを着た刺青男がザムザだ。

疵のある樹に向かって、樹に聴かせるように、渡辺柾一が楽器を吹きはじめる。ただ長く引き伸ばされただけの棒状の音が、次第に濃くなる闇のなか、おりから吹きつける寒風に攪乱されて途切れ途切れに耳に届く。竹製の拍子木みたいな楽器を手にした畝木が同じく樹に向かう形になり、かしかしかしかしと遅いリズムを刻み出せば、そこへザムザも加わって、そのまま三人は樹を中心に円を描いてゆるやかに動き出す。それは一種の舞踏であるが、寒そうに肩をすくめジーンズのポケットに両手を突っ込んだ格好のザムザは、たまたま通りかかった異国人がふざけて儀式に紛れ込んだようにしか見えない。それでもザムザが打楽器のリズムに合わせ何事か声を出しているのが耳に届けば、彼がパフォーマンスの欠かせぬ一部だとの理解が得られる。

コルトレーンの名盤『至上の愛』の一曲目では、プレイヤーたちが「Love Supreme」の言葉を呪文のごとく低く繰り返すが、ザムザの呟きはそれと似たような趣をみせ、渡辺柾一のテナーも動きのあるフレーズを少しずつ刻むようになって、どこかコルトレーンを想わせる響きが混ざり込む。ザムザが何といっているのか、言葉は判然としない。いや、あるいは、それはBug Treeであるか。

三人が動きを止めた。白衣の畝木が疵のある樹に背をつける形になる。ザムザが畝木の軀を白いロープで樹に縛り付ける。「窓」に顔を向ける形でソファーに座った渡辺柾一は、その間も途切れずに楽器を吹き続け、特に切迫するでもなく熱を帯びるでもない音響のなか、畝木の白衣がはだけられて上半身が露になる。その頃には、河原はすっかり暮れかかり、演者らの輪郭は暗がりに溶け紛れ、ただ畝木の裸の軀だけが甲虫の幼虫の白くぬめる外皮のように闇の奥にねっとり浮かびあがる。黒い影になったザムザが縛られた男の前に立った。陰険で汚らしい暴力の気配がにわかに立ちこめ、無臭のままむかつきをもたらす毒瓦斯《ガス》があたりに充満するものの、出来事の細目は闇の暗幕に阻まれて捉えられない。にもかかわらず鋭利な刃物で皮膚が少しずつ刻まれているのだとの理解が訪れたのは、樹に縛られた男が苦痛に堪える呻きを小刻みに発するせいである。これはMetamorphosis――変態のための儀式である。そして変身の朝にグレゴール・ザムザが見た「気がかりな夢」がこれに他ならない。血の匂いのする闇のなかで、皮膚を切りつけられる男の呻き声は一定のリズムを刻みはじめ、しかし渡辺柾一のテナーはそれと同調することなく、眼のない虫みたいに長く伸びる音の棒を暗闇に吐き出し続ける……。

観客のいない夕暮れの河原で繰り広げられるパフォーマンスの意味は不明だ。いや、どんなものであれ、「芸術的」パフォーマンスに「意味」を求めてもそれこそ無意味だろう。むしろ「意味」に容易に回収されてしまうような表現に力はない。

思えば七〇年代、ジャズを起点としたものに限っても、演劇や舞踏の手法を取り入れつつ観客の理解を容易には寄せ付けぬ挑発的パフォーマンスは様々あった。たとえ渡辺柾一らのパフォーマンスがどれほど狂的であろうと、「逸脱」をその本質に据えたジャズ、とりわけフリージャズという音楽が進化した果ての何かだとはいえるだろう。二十世紀六〇年代七〇年代のアートは総じて、人間の変革という主題を根本に持っていた。世界の変革を志すならば、まずは変革の主体たる人間が変わらなければならない。人間の思考や感覚が変わらぬ限り革命はありえない。人間がその限界を超え出、可能性をぎりぎりの極限まで押し広げる、その果てに、あるとすれば世界革命はありうるだろう。ジャズ的逸脱はそうした感性の革命の一方法であった。変革のパトスが支配するなかで、だからあらゆる逸脱は正しかった。

渡辺柾一は昆虫に変態する夢に憑かれていたという。人間が虫に変わる。人間が人間でないものに変身することは、近代以前にはむしろ当たり前の出来事だった。獣や鳥や魚や虫、あるいは石や木や草と、人は濃密な交流を保ち、それらと混じり合っていた。人間は容易に異種と交わり異種に姿を変えた。変身の怪異は手を伸ばせばすぐそこにある異界にはごろごろしていた。

そうした失われた感覚を身体に呼び起こすこともまた、七〇年代変革ムーブメントの中核にあったのであり、だからどんなに馬鹿くさくとも、狂者の錯乱にしか見えぬにしても、渡辺柾一の夢の根に人間の「変革」を志す逸脱の思想があったことだけは疑えない。人間が虫に変わる――それは掛け値なしの逸脱である。自分もまた呼吸した七〇年代の空気を、あの殺伐として熱を孕んだ空気を、夕暮れの河原の異形の演者らはなお吸い続けていたのだ。

とはいうものの、「逸脱」のパフォーマンスはどこかで遊びや笑い、あるいはユーモアとの連結を保たなければならないのもまたたしかである。笑いという命綱が矯激《きょうげき》な表現者が狂気の奈落へと転落していくのを防いでくれる。「逸脱」はそれが急進的であればあるほど大笑いできなければならない。

真冬の河川敷に忽然と出現した「グレゴール・ザムザの部屋」、そこで繰り広げられるパフォーマンスにかりに観客があったとして、彼または彼女は笑っただろうか？ カフカと同じように彼らは笑っただろうか？ それとも、あまりの酸鼻さに頬を凍りつかせていたのだろうか？ もし後者だとしたら、苦く哀しい。逸脱の冒険を求めた果てに取りつく島のない陰惨さだけが残されてしまったとしたら、辛い。

渡辺柾一の「演奏」は、ジャズ的逸脱からさらに遠く「逸脱」したあげくに、了解不能な、不毛な狂気の荒れ野へさまよい出てしまったのだろうか？ 冬枯れの河原に放置された疵だらけの畝木の死体はその証拠のようにも思える。

けれども自分は、あえて笑いたいと思う。畝木真治の死体を含めて、渡辺柾一らのパフォーマンスを笑いたいと思う。真冬の夕暮れの、寒風吹きつける河原での生演奏の、チラシの案内を見ただけの不在の観客として、自分は笑いたいと思う。なんて馬鹿なんだろう！ そう指差してげらげら笑いたいと思う。畝木の死そのものは笑いごとではないにしても。渡辺柾一の狂気の実質が肝にひやり感覚されるのだとしても。それでもなお自分は手を打ち鳴らし、腹の皮をよじって笑いころげたいと思う。そうすることが、ほんの僅かながら縁のあった渡辺柾一というジャズマンと、彼の仲間たちの冒険に対して、さらには七〇年代という淋しい熱気に包まれた時代、人知れぬ場所で、記憶されることも成果をあげることもなく繰り広げられた数多の逸脱の冒険に対して、いまの自分が贈ることのできる最低限の餞《はなむけ》であるに違いないから。

3

〈ビブリ〉前主人から電話があったのは一昨日である。

Eメールを使わない前主人のために記しておいた自宅の番号に電話はかかってきた。その晩は自分が選考委員をつとめる新人文学賞のパーティーがあり、終了後、知り合いの作家や編集者らと酒場に流れ、タクシーで帰宅したのは午前二時過ぎだった。電話があったのはその時刻で、非常識といえば非常識だけれど、「夜行性」が基本のジャズ業界に長年棲息した〈ビブリ〉前主人にとっては最も活動力が盛んになる時間なんだろう。自分はだいぶ酔っぱらっていた。翌日目覚めたとき、〈ビブリ〉前主人と電話で話した記憶はあったけれど、そのあとどうして布団に入ったか、そのあたりの記憶がなかった。見ると居間の電話横の小卓にウイスキーの瓶とグラスが出ていて、これも恥ずかしながらよく覚えていないのだが、電話をしながら酒を出してまた飲んだらしかった。

それで電話である。前後の記憶がない人間の言葉に説得力はないだろうが、前主人との会話ははっきり覚えている。前主人は「そんなに気をつかわなくていいよ」とスコッチウイスキーの礼をいってから、送ったDVDについて、尖り耳の刺青をした外国人なんてどこにも映っていなかったと報告した。ただ、店に来た畝木が、近頃は原っぱみたいなところで生ライブをやっているというのを聞き、自分も一度くらいは行ってみたいと思った、そんな会話の一場面が昔あった気はすると証言して、渡辺柾一グループの青空ライブが「実在」したことの証拠を一つ加えてくれた。「映ってねえけど、あそこで鳴ってるテナーは間違いなくイモナベの音だな」とも前主人は請け合った。

尖り耳の男の件については、そんなはずはないと、当然自分はいい、最初のライブハウスのではなく、二番目の草地の映像を見たかと問えば、たしかに見たと前主人は応じ、最後までちゃんと見たかと重ねて問えば、「映ってねえもんは映ってねえしなあ」ととぼけた調子でいうのだった。草地の映像は十分はあり、ほとんど動きがないから、通して見るには忍耐がいる。どうも怪しいと思っていると、「人が映ってるには映ってたけどな」と前主人は妙なことをいい出した。人は映っていたが、しかしあれはどう見ても外国人ではないというのだった。

何か話がずれているとは思ったが、追及しても仕方がないので聞き流し、それから少しマイルス・デイビスの話をした。先日のBSの番組でも話した、いわゆる「エレクトリック」時代のマイルスを自分はあまり評価してこなかったが、近頃はよく聴いている、ようやくマイルスに追いつけた気がする云々といったことを自分は述べ、前主人は七五年に来日した際、マイルスと大阪城ホールの楽屋で会ったときのことを話してくれた。「穂高にも、今度遊びに来てよ」というので、見せてもらいたい資料もあり、そのうち是非伺いたいと、ややあてにならない約束をして電話を切った。

翌日——というのは昨日のことだが、自分はダビングしてあったDVDをあらためて確認した。すると、これが実に不可解なのだけれど、〈ビブリ〉前主人がいうように、尖り耳の刺青をした外国人が見当たらなかった。藪を抜けて冬枯れの草地を映し揺れる画面から、「広場」の疵のある樹、渡辺柾一が吹くと思しきサックスの音、それらはたしかに記憶どおりである。カメラマンが傍らの人物に何事か英語で話しかける声も聴こえる。なのに例の男——ザムザがどこにも登場しないのだ。

むろんそんなはずはないので、あるいはダビングする際に欠落したのかとも思ったが、〈ビブリ〉前主人に送り返したオリジナルにも映っていなかったのはどういうわけか？　手元にあるコピーのDVDでは、冒頭に「タイトル・メニュー」なる表示が出て、二つの映像が収録されていることが示される。メニューの「1」がライブの映像、「2」が草地の映像で、それぞれの録画時間が横の欄にある。オリジナルDVDにはこの「タイトル・メニュー」はなかったはずで、ダビングしてくれた知り合いが入れてくれたのだろう。自分はこの種のデジタル機器には疎いのでよく分からぬが、盤に記録されてはいるのに、何かの具合で出て来なくなる、そんなこともありそうな気がした。どこかに盲点があるのではないか。そう考えた自分は、何度かDVDを再生し、早送りで探したりしたが、手持ちのコピーの再生画面にはとうとう「尖り耳の男」は現れなかった。

その一方で自分は、〈ビブリ〉前主人が電話でいっていた「人が映ってる」部分を発見した。これはオリジナルを見たときには気がつかなかったものだ。全体で十分強ある、草地の映像のおしまい近く、疵のある樹を長々映し出すばかりの、退屈きわまりない画面が一度切れて、と、また同じ対象がアングルを変えて映し出されたそのとき、「広場」の川岸側奥に映し出されたものに、自分の注意は集中した。

灌木の茂みに紛れるようにあるそれは、オリジナルの画像でも眼にしたはずだが、河原に野宿者の住まいがあるのだな、くらいに考えて見過ごしたのだろう。だが、今回、騙し絵の柄と地がふいに反転するようにそれが明確に見えた。黒い皮革のソファーと箪笥や暖炉がペンキで描かれたベニヤ板の囲い。グレゴール・ザムザの「部屋」だ！

自分は渡辺柾一の河川敷ライブを想像裡に描くとき、そこにザムザの「部屋」の書割りを必ず置いた。それはかつて下北沢の地下劇場で実際に見たライブがそうだったからで、また渡辺柾一が虫に執着しているとの情報が、カフカ『変身』を連想させたからに他ならない。だから実際の青空ライブにおいて、本当にそのような装置が設《しつら》えられたとは考えていなかった。だが、それは「現実」に存在していた。この認識は、己の想像力や洞察力を証しするもの、というふうにはまるで感じられず、内臓に冷ややかなざわめきが生じた。

そうして、自分が〈ビブリ〉前主人のいった「人」を見出したのは、視野がいきなり狭窄《きょうさく》して世界が縮んだように思える不安感の渦のただなかでだ。「人」はむしろ不安の泡が生み出した形象であるかのようにすら感じられた。特別な人間が映っていたのではない。それは眼鏡をかけた平凡な男である。その「人」は書割りの「窓」からこちらを、「部屋」の内部を覗いていた。

「窓」に顔が現れる。日陰になった造作は判然とせず、だから人間の頭部だと分かるだけで得体は知れず、生首がひょいと窓辺に置かれたようにも見えて、最初は慄然とさせられる。が、ほどなく書割りの板塀の脇へ「人」が全身を顕《あら》わせば、草色のダウンジャケットを着た若い学生風の男であると認められる。ポケットに手を入れた眼鏡の男はカメラに真っ直ぐ顔を向け、こちらを熱心に眺めているようである。遠景なので表情までは分からぬが、近所に住む野宿者か、青空ライブに来た物好きな客なのだろうと考えれば、格別異常なところはない。

けれども自分は、一段と切迫する不安感のなかで、〈ビブリ〉前主人が電話口でいった「冗談」を思い出していた。前主人はこういったのだ。

「こないだテレビであんたを見たから思うんだけど、あそこに映ってたの、あんたじゃない？」

「どこに、です？」

「だからビデオの草っ原」

「そんなわけないでしょ」自分が笑っていうと、前主人はさらにいった。

「あんただと思ったけどな。あそこに、ライブを聴きにいったんじゃないの？」

草色のダウンジャケットに見覚えがある気がしたのは事実である。大学院生時代から長らく愛用したジャケットの着心地や、それを着て出かけた過去のあれこれの場面が思い出されたりしたのもたしかである。いまそれは手元にないが、だとしたらあのジャケットはどうしてしまったのだろう？　と、そのように記憶を探ったのも本当だ。しかし、当然のことながら、草色のダウンジャケットなどは世の中にいくらもある。「人」が着たジャケットがあのジャケットだとの証拠はない。全くない。いや、そんなことをわざわざいうまでもなく、何よりはっきりした事実がひとつある。

自分は渡辺柾一の河川敷ライブには行っていない。

冒頭の一節は、ロバート・ジョージ・ライズナー『チャーリー・パーカーの伝説』（片岡義男訳、晶文社）と、フランツ・カフカ『変身』（中井正文訳、角川文庫）より引用しました。

解説

円堂都司昭

ある朝、グレゴール・ザムザが不安な夢からふと覚めてみると、ベッドのなかで自分の姿が一匹の、とてつもなく大きな毒虫に変わってしまっているのに気がついた。
（中井正文《なかいまさふみ》訳）

フランツ・カフカの中編小説『変身』の書き出しである。世界文学史に残る古典であり、その素《す》っ頓狂《とんきょう》な内容はよく知られている。セールスマンだったグレゴール・ザムザが虫に変身した場面から、いきなり始まる。だが、なぜそうなったのか、理由が語られることはない。虫のザムザは、父母や妹と同じ家で暮らし続けるが、やがて家族と溝が広がり、死に追いやられる。人間の根源的不安を描いたのか、スラップスティック・コメディなのか、どちらとも受けとれる不思議な作品だ。

奥泉光『虫樹音楽集』は、その『変身』をモチーフにした連作短編集である。「イモナベ」の通称を持つサックスプレーヤーは、一九七〇年代はじめにはそこそこの人気を得ていた。だが、『孵化《ふか》』、『幼虫』と銘打ったステージで全裸になって演奏する奇行をみせた頃から評判を落とし、心を病んだともいわれ、ジャズ・シーンから消えた。ところが、カフカの「Verwandlung」というドイツ語は「変身」ではなく「変態」と訳すほうが正しいと、過去に「イモナベ」からいわれたことのある小説家の「私」は、『変態』と題されたライブのチラシに出会う。虫好きだった「イモナベ」は、音楽家としてザムザのごとく変身しようとしたのか。

これが、冒頭に収められた「川辺のザムザ」の内容である。続いて、虫の化石の話、「イモナベ」をめぐるジャズ批評、〈窓辺のザムザ〉を名乗るアメリカのバンド、小説家による「川辺のザムザ」再説といった内容の短編が並ぶ。本の最初には、グレゴール・ザムザが窓の外を眺めている場面が『変身』から引用されており、連作ではこの場面への言及がたびたび登場する。また、東京スカイツリーに一匹の巨大な虫が這《は》いのぼるところから書き起こす「虫王伝」など、シュールレアリスティックな場面がしばしば描かれる。

気ままであり、奔放でもある連作のテーマは、もちろん変身だ。奥泉光は、猫を語り手にした夏目漱石《なつめそうせき》の名作を愛しており、『「吾輩は猫である」殺人事件』（一九九六年）という作品も書いていた。人ではないものの視点を採用するのは、一種の変身願望といえるだろう。そうした奥泉の変身嗜好《しこう》の頂点が、『東京自叙伝』（二〇一四年）だった。

地霊が様々な人間に憑《つ》き、日本の過去を振り返る異色作である。幕臣、陸軍将校、ヤクザ、ディスコのお立ち台ギャル、原発作業員と立場を変える主人公は、猫や鼠《ねずみ》など動物にもなる。そして、関東大震災、第二次世界大戦、東日本大震災などをくぐり抜けた地霊は、戦争での作戦立案、原発普及、サリンテロなど、多くの出来事の原因を作ったと語る。トリッキーな手法を使いつつ、この国の無責任の歴史を浮き彫りにした、意外に骨太な傑作だ。

同作以前に書かれた『虫樹音楽集』は、それよりは軽やかな内容になっている。ジャズ音楽家が、自分の理想とする境地に至るため、変身を望む。特に原因もなく唐突に虫になったグレゴール・ザムザを手本にして、『孵化』、『幼虫』、『変態』と律儀に段階を踏んで自分も変身しようとする。その行動から伝わってくる「イモナベ」の懸命さが、読者には滑稽《こっけい》にも感じられ、悲喜劇の様相を呈する。

変身とともに『虫樹音楽集』で重要なテーマとなるのは、音楽だ。自身もフルートを演奏し音楽を愛好する奥泉は、過去にもジャズやクラシックを題材にした作品を発表してきた。タイトルがチャーリー・パーカーの曲「Ornithology（鳥類学）」に由来する『鳥類学者のファンタジア』（二〇〇一年）は、女性ジャズ・ピアニストが、ナチス支配下のドイツへタイムスリップする物語だった。『シューマンの指』（二〇一〇年）では、若き天才ピアニストが音楽室で演奏している最中にプールで女子高生が殺される。その後に指を切断したはずの彼が、海外でロベルト・シューマンの曲を弾いていたというミステリアスな内容である。『虫樹音楽集』は『鳥類学者のファンタジア』と同じく音楽ではジャズを中心的に扱っているが、小説として構造が近いのは『シューマンの指』のほうだろう。

『シューマンの指』では永嶺修人《ながみねまさと》が、作曲家・ピアニストであるだけでなく批評家でもあったシューマンに傾倒する。母親もピアニストだった修人は、自らも演奏する以上に批評的な発言を繰り返す。小説は、音大のピアノ科を目指しつつ、修人の近くにいて彼のことを気にせずにはいられない「私」の視点から語られる。

一方、『虫樹音楽集』では、グレゴール・ザムザを手本にした「イモナベ」の半生を知ろうとする小説家「私」の視点が主軸になる。そのうえで「イモナベ」や共演者などに関する批評が、ところどころに挿入される。

二作は、「シューマン―修人―私」、「グレゴール・ザムザ―イモナベ―私」という、多重に追走しているある種の分身関係と、批評によって言語化しようとしても果たせない音楽の不思議を核とする点が共通している。分身関係は、変身願望の変奏でもあるだろう。ただし、天才少年を扱った『シューマンの指』のロマンティックさに対し、裸になった「イモナベ」のイチモツが芋虫みたいに巨大だったと書かれる『虫樹音楽集』の諧謔味《かいぎゃく》では、テイストにかなり違いはあるけれど。(『鳥類学者のファンタジア』でも、主人公と祖母がともにピアニストと設定され、分身関係のモチーフを含んでいる）『虫樹音楽集』で注目したいのは、〈虫樹 Bug Tree〉のイメージだ。それは〈宇宙樹〉とも呼ばれる大樹であり、「地球上の虫たちが天空から降りきたれる〈宇宙語〉を聴き取るいわばアンテナである」とされる（「虫王伝」）。つまり、〈宇宙語〉を聴き取るため、虫に変身しようとするわけだ。この感覚は、『シューマンの指』において、修人がシューマンの音に関し「極端にいうと、宇宙全体の音を聴いて、それを演奏している」と評したことにも近い。宇宙と音楽の調和という考えかたは、『鳥類学者のファンタジア』にも登場する。

興味深いのは、本書の「Metamorphosis」で「雨の樹《レインツリー》」への言及がみられること。たくさん繁らせた葉で雨を受けとめ、ポタポタと水を滴らせるこの木に音楽性を見出《みいだ》し、魂の救済を象徴する〈宇宙樹〉として描いたのが、大江健三郎『「雨の木《レイン・ツリー》」を聴く女たち』であった。同書も連作短編集であり、最初に執筆された「頭のいい『雨の木《レイン・ツリー》』」に対し、続く短編群で注釈や再説を加えつつ、出発点にあったイメージを膨らませ、多義化する構成になっていた。奥泉が意識したかどうかはわからないが、『虫樹音楽集』も同種の構成を持っている。ただし、人類の救済というテーマを持っていた大江作品とは違い、奥泉作品が焦点をあてるのは、もっと孤立した精神のありかただ。

『虫樹音楽集』には、様々な言語の文字を体中に隙間《すきま》なく刺青《いれずみ》で入れる、〈虫樹〉に彫るというイメージが出てくる。これは〈宇宙語〉を聴くためのステップだと思われると同時に、カフカの短編「流刑地にて」を連想させる。同作で作動する特殊な処刑機械は、固定した囚人の体に針で判決文を刻み、死に至らせる。文芸評論家のミシェル・カルージュは、装置と人間のこの種の関係性が、エドガー・アラン・ポー、マルセル・デュシャンなど、カフカ以外にも多くの文学や美術に見出せるとして、一連の作品の美学を「独身者の機械」と名づけた。「独身者」の語から察せられる通り、それは孤絶し、閉じた美学である。

例えば、本書の「虫樹譚《たん》」では、「イモナベ」の音源を所有する人間が「オーネット冷凍人間」というハンドルネームを使っている。ジャズを題材にした小説に「オーネット」とあれば、思い浮かぶのはフリー・ジャズで活躍したオーネット・コールマンだろう。麻薬中毒者の悪夢を描いたウィリアム・バロウズの実験的小説『裸のランチ』が、デヴィッド・クローネンバーグ監督で映画化された際、サウンドトラックでサックスを演奏していたのが、オーネット・コールマンだった。同映画の妄想シーンには、タイプライターとゴキブリが一体化したごとき化け物が登場し、カフカ的と評されたものだ。その類《たぐい》の「独身者の機械」的な悪夢の感覚が、『虫樹音楽集』には散見される。

「Metamorphosis」では、ジャズを特徴づけるのは「対話的な即興性」だと語られる。書名も含め、チャーリー・パーカーをジャズのシンボルとして扱った『鳥類学者のファンタジア』では、「対話的な即興性」の素晴らしさが存分に書かれていた。それに対し、パーカーに関する文章が本の最初に引用された『虫樹音楽集』では「イモナベ」が、天才のパーカーの速さでは吹けないが、彼のように「音を摑《つか》む」ことを心がけたいと語っていたとされる。その後、孵化し、幼虫となり、変態にむかったわけだが、彼はジャズの根源であるはずの「対話性」を欠如させ、「音楽ならざるもの」の気配を漂わせたと、小説家は記す。閉じて「音楽ならざるもの」を鳴らし始めた「イモナベ」は、対話する相手を失い、宇宙とだけつながろうとしたのかもしれない。

いとうせいこうと奥泉が様々な文学作品を論じあう「文芸漫談」シリーズの二冊目『世界文学は面白い。文芸漫談で地球一周』（二〇〇九年）では、カフカ『変身』もとりあげられていた。同書で奥泉は、虫になったザムザと家族の意識がすれ違う『変身』にコピーをつけるならば「これほどのコミュニケーションの断絶がかつてあっただろうか？」だと述べていた。そして、『虫樹音楽集』は、カフカから虫への変身だけでなく、「コミュニケーションの断絶」を受け継いでいる。

以上、みてきたように本書は、変身、音楽というテーマをめぐって多くの不思議をみせ、様々な連想を誘う内容である。いささか生硬な解説になってしまったが、『世界文学は面白い。』では、「カフカの『変身』はけっこうベタなナンセンス・コント」なる章題がつけられていたのだった。そうであるならば、カフカの古典のスピリットを受け継いだ本書だって同様のノリで接していいはずだ。読者は「イモナベ」や〈虫樹〉と気ままに戯《たわむ》れて楽しい時を過ごせばいいと思う。

（えんどう・としあき　文芸・音楽評論家）

初出一覧

川辺のザムザ　「すばる」二〇〇六年一月号

地中のザムザとは何者？　「すばる」二〇一一年六月号

菊池英久「渡辺柾一論――虫愛づるテナーマン」について　「すばる」二〇〇六年三月号

虫王伝　「すばる」二〇〇九年七月号

特集「ニッポンのジャズマン二〇〇人」――畝木真治　「すばる」二〇〇六年五月号
（別冊『音楽世界』1994年よりの抜粋）

虫樹譚　「すばる」二〇〇九年二月号

Metamorphosis　「すばる」二〇一一年四月号

変身の書架　「すばる」二〇一〇年一月号

「川辺のザムザ」再説　「すばる」二〇一二年五月号

本書は二〇一二年十一月、集英社より刊行されました。

集英社文庫　目録（日本文学）

荻原浩　なかよし小鳩組
荻原浩　さよならバースディ
荻原浩　千年樹
荻原浩　花のさくら通り
奥泉光　バナールな現象
奥泉光　ノヴァーリスの引用
奥泉光　鳥類学者のファンタジア
奥泉光　虫樹音楽集
奥田英朗　東京物語
奥田英朗　真夜中のマーチ
奥田英朗　家日和
奥田英朗　我が家の問題
奥本大三郎　虫の宇宙誌
奥本大三郎　壊れた壺
奥本大三郎　本を枕に
奥本大三郎　虫の春秋

奥本大三郎　楽しき熱帯
長部日出雄　古事記とは何か　稗田《ひえだの》阿礼《あれ》はかく語りき
小沢章友　夢魔の森
小沢章友　闇の大納言
小沢一郎　小沢主義《オザワイズム》志を持て、日本人
小澤征良　おわらない夏
おすぎ　おすぎのネコっかぶり
落合信彦　男たちのバラード
落合信彦　モサド、その真実
落合信彦　石油戦争
落合信彦　英雄たちのバラード
落合信彦・訳　第四帝国
落合信彦　男たちの伝説
落合信彦　アメリカよ！あめりかよ！
落合信彦　狼たちへの伝言
落合信彦　挑戦者たち

落合信彦　栄光遙かなり
落合信彦　終局への宴
落合信彦　戦士に涙はいらない
落合信彦　狼たちへの伝言2
落合信彦　そしてわが祖国
落合信彦　狼たちへの伝言3
落合信彦　ケネディからの伝言
落合信彦　誇り高き者たちへ
落合信彦　太陽の馬(上)(下)
落合信彦　映画が僕を世界へ翔ばせてくれた
落合信彦　烈炎に舞う
落合信彦　決定版　二〇三九年の真実
落合信彦　翔べ黄金の翼に乗って
落合信彦　運命の劇場(上)(下)
ハロルド・ロビンス　落合信彦・訳　冒険者たち(上)　野性の歌
ハロルド・ロビンス　落合信彦・訳　冒険者たち(下)　愛と情熱のはてに

集英社文庫　目録（日本文学）

落合信彦　王たちの行進
落合信彦　そして帝国は消えた
落合信彦　騙《だま》し人《にん》
落合信彦　ザ・ラスト・ウォー
落合信彦　どしゃぶりの時代 魂の磨き方
落合信彦　ザ・ファイナル・オプション 騙し人II
落合信彦　虎を鎖でつなげ
落合信彦　名もなき勇者たちよ
落合信彦　小説サブプライム 世界を破滅させた人間たち
落合信彦　愛と惜別の果てに
乙一　夏と花火と私の死体
乙一　天帝妖狐
乙一　平面いぬ。
乙一　暗黒童話
乙一　ＺＯＯ 1
乙一　ＺＯＯ 2
古屋×乙一×兎丸　少年少女漂流記
乙一 荒木飛呂彦・原作　The Book jojo's bizarre adventure 4th another day
乙一　箱庭図書館
乙一　Arknoah 1 僕のつくった怪物
乙川優三郎　武家用心集
小野正嗣　残された者たち
小和田哲男　歴史に学ぶ「乱世」の守りと攻め
恩田陸　光の帝国 常野物語
恩田陸　ネバーランド
恩田陸　ねじの回転(上)(下) FEBRUARY MOMENT
恩田陸　蒲公英《たんぽぽ》草紙 常野物語
恩田陸　エンド・ゲーム 常野物語
恩田陸　蛇行する川のほとり
開高健　オーパ！
開高健　風に訊け
開高健　オーパ、オーパ!! アラスカ・カナダ カリフォルニア篇
開高健　オーパ、オーパ!! アラスカ至上篇 コスタリカ篇
開高健　オーパ、オーパ!! モンゴル・中国篇 スリランカ篇
開高健　知的な痴的な教養講座
開高健　風に訊け ザ・ラスト
海道龍一朗　華、散りゆけど 真田幸村 連戦記
加賀乙彦 津村節子　愛する伴侶《ひと》を失って
垣根涼介　月は怒らない
柿木奈子　さいはてにて やさしい香りと待ちながら
岳真也　修羅を生き、非命に死す 小説 小栗《おぐり》上野《こうずけ》介《のすけ》忠順《ただまさ》
角田光代　みどりの月
角田光代 佐内正史　だれかのことを強く思ってみたかった
角田光代　マザコン
角田光代　三月の招待状
角田光代 松尾たいこ　なくしたものたちの国
角田光代他　チーズと塩と豆と
角幡唯介　空白の五マイル チベット、世界最大のツアンポー峡谷に挑む

集英社文庫　目録（日本文学）

角幡唯介　雪男は向こうからやって来た
角幡唯介　アグルーカの行方　129人全員死亡、フランクリン隊が見た北極
梶よう子　柿のへた　御薬園同心　水上草介
梶井基次郎　檸檬
梶山季之　赤いダイヤ(上)(下)
片野ゆか　ポチのひみつ
片野ゆか　ゼロ！　熊本市動物愛護センター10年の闘い
かたやま和華　猫の手、貸します　猫の手屋繁盛記
かたやま和華　化け猫、まかり通る　猫の手屋繁盛記
勝目梓　決着
勝目梓　悪党どもの晩餐会
加藤千恵　ハニー ビター ハニー
加藤千恵　さよならの余熱
加藤千恵　ハッピー☆アイスクリーム
加藤千恵　あとは泣くだけ
加藤千穂美　エンキリ　おひとりさま京子の事件帖

加藤友朗　移植病棟24時
加藤友朗　赤ちゃんを救え！　移植病棟24時
加藤実秋　インディゴの夜
加藤実秋　チョコレートビースト　インディゴの夜
加藤実秋　ホワイトクロウ　インディゴの夜
加藤実秋　Dカラーバケーション　インディゴの夜
加藤実秋　ブラックスローン　インディゴの夜
加藤実秋　ロケットスカイ　インディゴの夜
金井美恵子　恋愛太平記1・2
金沢泰裕　イレズミ牧師とツッパリ少年たち
金子光晴　女たちへのいたみうた　金子光晴詩集
金城一紀　映画篇
金原ひとみ　蛇にピアス
金原ひとみ　アッシュベイビー
金原ひとみ　AMEBICアミービック
金原ひとみ　オートフィクション

金原ひとみ　星へ落ちる
兼若逸之　釜山港に帰れません　兼若教授の韓国ディープ紀行
加野厚志　龍馬暗殺者伝
加納朋子　月曜日の水玉模様
加納朋子　沙羅《さら》は和子《わこ》の名を呼ぶ
加納朋子　レインレイン・ボウ
加納朋子　七人の敵がいる
下野康史　「運転」　アシモからジャンボジェットまで
壁井ユカコ　2.43　清陰高校男子バレー部①②
鎌田實　がんばらない
鎌田實　あきらめない
鎌田實・高橋卓志　生き方のコツ　死に方の選択
鎌田實　それでもやっぱりがんばらない
鎌田實　ちょい太でだいじょうぶ
鎌田實　本当の自分に出会う旅
鎌田實　なげださない

集英社文庫 目録（日本文学）

鎌田實　たった1つ変わればうまくいく 生き方のヒント幸せのコツ
鎌田實　いいかげんがいい
鎌田實　がんばらないけどあきらめない
鎌田實　空気なんか、読まない
上坂冬子　あえて押します横車
上坂冬子　上坂冬子の上機嫌 不機嫌
上坂冬子　私の人生 私の昭和史
神永学　イノセントブルー 記憶の旅人
加門七海　蠱《こ》
加門七海　うわさの神仏 日本闇世界めぐり
加門七海　うわさの神仏 其ノ二 あやし紀行
加門七海　うわさの神仏 其ノ三 江戸TOKYO陰陽百景
加門七海　うわさの人物 神霊と生きる人々
加門七海　怪のはなし
加門七海　猫怪々
香山リカ　NANA恋愛勝利学
香山リカ　言葉のチカラ
香山リカ　女は男をどう見抜くのか
川上健一　宇宙のウインブルドン
川上健一　雨鱒の川
川上健一　ららのいた夏
川上健一　跳べ、ジョー！ B・Bの魂が見てるぞ
川上健一　ふたつの太陽と満月と
川上健一　翼はいつまでも
川上健一　虹の彼方に
川上健一　BETWEEN《ビトゥイン》 ノーマネーand能天気
川上健一　四月になれば彼女は
川上健一　渾身
川上弘美　風花
川島隆太 藤原智美　脳の力こぶ 科学と文学による新「学問のすゝめ」
川西政明　決定版 評伝 渡辺淳一
川端康成　伊豆の踊子
川端裕人　銀河のワールドカップ
川端裕人　今ここにいるぼくらは
川端裕人　風のダンデライオン 銀河のワールドカップ ガールズ
川端裕人　雲の王
川村二郎　孤高 国語学者大野晋の生涯
川本三郎　小説を、映画を、鉄道が走る
姜尚中　在日
姜尚中 森達也　戦争の世紀を超えて その場所で語られるべき戦争の記憶がある
姜尚中　母―オモニ―
姜尚中　心
木内昇　新選組 幕末の青嵐
木内昇　新選組裏表録《うらおもてろく》 地虫鳴く
木内昇　漂砂のうたう
岸田秀 町沢静夫　自分のこころをどう探るか 自己分析と他者分析
喜多喜久　真夏の異邦人 超常現象研究会のフィールドワーク
北杜夫　船乗りクプクプの冒険

集英社文庫

虫樹音楽集《ちゅうじゅおんがくしゅう》

2015年11月25日　第1刷　　定価はカバーに表示してあります。

著者　奥泉《おくいずみ》　光《ひかる》
発行者　村田登志江
発行所　株式会社　集英社
東京都千代田区一ツ橋2-5-10　〒101-8050
電話　【編集部】03-3230-6095
【読者係】03-3230-6080
【販売部】03-3230-6393（書店専用）
印刷　大日本印刷株式会社
製本　大日本印刷株式会社

フォーマットデザイン　アリヤマデザインストア　　マークデザイン　居山浩二

ISBN978-4-08-745384-3 C0193